价值阅读

阅读改变人生

西顿动物小说精选

王婷婷/编译

辽宁大学出版社

图书在版编目(CIP)数据

西顿动物小说精选 / 王婷婷编译 —沈阳：辽宁大学
出版社，2013.9

ISBN 978－7－5610－7488－6

Ⅰ. ①西… Ⅱ. ①王… Ⅲ. ①儿童文学－短篇小说
－小说集－加拿大－现代 Ⅳ. ①I711. 84

中国版本图书馆 CIP 数据核字(2013)第 229453 号

西顿动物小说精选

编　　译：王婷婷
出 版 者：辽宁大学出版社有限责任公司
　　　　　（地址：沈阳市皇姑区崇山中路 66 号 邮政编码：110036）
印 刷 者：沈阳天择彩色广告印刷有限公司
发 行 者：辽宁大学出版社有限责任公司
幅面尺寸：160mm×230mm
印　　张：12
字　　数：150 千字
出版时间：2013 年 10 月第 1 版
印刷时间：2013 年 10 月第 1 次印刷
策划制作：吉林省梦想文化艺术有限公司
责任编辑：董晋骞

书　　号：ISBN 978－7－5610－7488－6
定　　价：25.00 元

前　言

爱无处不在

提到有关爱的故事、令人感恩的情怀，我们首先想到的总是人与人之间的这种关系。没错，爱和感恩是人类所拥有的最美好的、最深沉的情感。可是，对于那些动物来说，它们又何尝没有这些优秀的品质呢？《西顿动物小说》就将为我们展现这样一个充满了爱与感恩情怀的神秘的动物世界。

威尼派克的狼，一只从小就被人类俘获的动物。一直以来，它都是在铁链的桎梏下，在人类与猎狗的威胁下生活。在这样一个满是敌人和伤害的世界中，一个小男孩朴实的爱给了它最温暖的慰藉。一次温柔的抚摸，一点可口的食物，一句关心的话语，微不足道的一点小事，却温暖了威尼派克狼那颗冰冷的心。也是因为这份最简单的爱，威尼派克狼过上了与其他的狼完全不一样的生活。当那唯一给过它关爱的男孩去世以后，它逃跑了。不过，它并没有回到森林中、平原上，而是每天逡巡在人烟稠密的镇上。因为对那个小男孩忠诚的爱，它依依不舍、不畏危险地在这里生活，每天都与人类和狗作着斗争，可是却从没有伤害过一个小孩子。它是如此纯粹、执着地固守着那颗感恩的心，从未改变，直到倒在猎人枪口下的那一天。

爱就是那样一点点的发自内心的给予，对于接受者来说，就像温暖的春风扑面而来，温暖的不仅是身体，也是灵魂。人类懂得感恩，动物亦是如此。那一种永久不变的守候，不就是它们表示感恩的一种方式吗？

泉原狐一家是幸福的，在孩子们出生后，狐狸爸爸妈妈教授孩子们各种生存本领，希望它们可以健康成长。它们按照自己的方式生活，可是这种生活和捕食的方式不可避免地会触碰到人类的利益。泉原狐一家一只只惨死，最后只剩下狐狸妈妈和被人类捉去的一只小狐狸了。作为一个母亲，它每晚给被铁链拴着的儿子带去食物，想尽办法要把孩子救出去。当它发现一切营救行动都是徒劳的时候，它为儿子带来了毒饵……

　　自由对于一只动物来说是多么的重要，若是余生要在铁链下生活，若是从此以后要向人类摇尾乞怜，那么活着也就失去了意义，生命也就毫无尊严可言！在自由与生命的天平上，毋庸置疑，自由获得了更多的砝码。于是，伟大的母爱使狐狸妈妈替孩子作出了"不自由，毋宁死"的决定。这种爱，令人肃然起敬。

　　动物的世界丰富多彩，它们也像人类一样，拥有喜怒哀乐、爱恨情仇等各种情感。它们忠于自己的主人，就像小狗宾果；它们热爱自己的妻子，就像狼王洛波；它们眷恋生活的家园，就像信鸽阿诺克斯；它们也有自己的善恶观念，就像那传说中的白驯鹿……

　　爱是花朵，开在世界的每一个角落，只要我们懂得捕捉，即使是在一只在人类看来最为冷酷的野兽身上，也会发现它的存在。

编　者

目　录

白尾兔豁豁耳

豁豁耳是一只兔子的名字，之所以得了这个可爱的名字，完全是出于它那只被扯豁了的耳朵。那是它第一次遭遇危险时留下的终身难忘的印记。豁豁耳和它的妈妈就住在奥利芬特的沼泽地里。正是在那里，我初次见到了它们，并想方设法收集了关于它们的方方面面的零散传闻，正是这些积累起来的素材，最终使我写下了它的故事。那些不了解动物的人们，可能会觉得我把这些小动物过于人格化了，可我知道，那些喜欢接近它们的人，则多多少少了解它们的一些习性和思想，自然就不会这样认为了。

的确，兔子没有我们人类能听懂的语言，但它们自有一套沟通的方式，它们通过声音、标志符号、气味、胡须的触碰和肢体动作，以及能起到类似语言作用的办法来传达思想。需要说明的是，在写这篇故事的时候，虽然我擅自把兔子的语言转化为我们的语言，但我所述之事却绝非我编造的。

1

豁豁耳的妈妈把它好好地藏在它们的安乐窝里，沼泽里茂盛的野草把窝巧妙地隐藏起来。妈妈出门前，用一些垫草盖住了儿子的半个身子，然后跟平常一样嘱咐它说："不管外面发生什么事，都趴得低低的，别出声！"豁豁耳就这么蜷缩在床上，却一点睡意也没有，明亮的眼睛将它头顶上的那一小块绿色的世界看得清清楚楚。蓝背鸟和红松鼠这两个臭名远扬的小偷正在互相指责对方偷了自己的东西，而豁豁耳家附近的那片草丛成了它们争吵交战的主战场；在离豁豁耳鼻子仅六英寸的地方，一只黄雀正捉住了一只蓝蝴蝶；一只红黑色的花瓢虫正悠闲地晃动着它的球状触角，慢慢地沿着一片草叶往上爬，然后，又爬到另一片草叶上，正好经过豁豁耳的家，甚至爬过了它的脸，但是它一动也没

1

动，甚至连眼睛都没有眨一下。

又过了一会儿，它听见从附近的灌木丛中传来一阵树叶的沙沙的响声。这声音响个不停，而且古怪异常，听起来，一会儿在这边，一会儿又跑到另一边去了。但无论如何，那声音越来越近了，可是却没有通常伴着声音的脚步声。翯翯耳已经出生三个星期了，一直生活在这片沼泽地上，却从来没有听见过这样的怪声音。对于一个孩子来说，这足以刺激它的好奇心。尽管妈妈嘱咐过它，要老老实实地趴着，但那都是要在危险来临的时候才做的。这种没有脚步声的怪怪的声音，没有什么好害怕的。

低哑刺耳的声音从近处经过，忽左忽右，一会儿仿佛转回来，一会儿又仿佛离开了。翯翯耳觉得自己应该做点什么，它可不是个小孩子了，它应当弄清楚那声音到底是怎么回事。这时，它慢慢伸展开毛茸茸的小腿把那胖乎乎的身子撑起来，圆圆的小脑袋顶开了遮窝的杂草，开始向林子里窥探。可是它一动，那声音就立即停止了，它什么也没看到。于是，就往前再走了一步，想看得清楚点儿。刹那间，它发现自己的对面竟然有一条黑蛇。

那怪物猛地朝它冲了过来，它吓得大叫一声"妈妈"，拼尽全力想逃脱厄运。可是那条蛇实在太厉害了，闪电一样地咬住了它的一只耳朵，蛇身盘旋，把小兔子缠了个严严实实。看着这只马上就要成为自己腹中物的小兔子，黑蛇很是得意。

这个怪物缓缓地收紧身子，可怜的小兔子奄奄一息地叫着"妈妈"，用不了多久这求救声也要停止了。正在这千钧一发之际，兔妈妈突然像离弦的箭一样穿过树林跳了出来。这时的它再也不是那只见到风吹草动就只顾着逃走、胆小怯懦的小白尾兔毛利了，母爱使它增添了无穷的勇气，于是，它纵身一跳，从那条恐怖的巨蛇身上跃过。身体跳过蛇身上时，它用尖利的后爪对着黑蛇狠狠地抓了一把。那家伙突然挨了这么一下，疼得身子扭动起来，咝咝直叫。

"妈——妈。"小兔子翯翯耳微弱地哀叫着。兔妈妈一次又一次地蹿向黑蛇，它的攻击一次比一次猛烈。最后，这个可恶的家伙终于松开了小兔子的耳朵，打算趁母兔跳过来时全力对付它。可是，兔妈妈的动作实在是太快了，每次它都只能咬到一嘴的兔毛。毛利猛烈的攻击产生了很大的作用，大蛇的背上已经被撕出了一条血淋淋的口子。形势对黑蛇越来越不利了，它集中精神准备对兔子妈妈再发动一次袭击，所以干脆松开了豁豁耳。小兔子立刻从蛇的身子的缠绕中挣脱出来，连爬带滚地跑进了灌木丛。它气喘吁吁，魂儿都快吓掉了。除了左耳朵被那条可恶的蛇咬伤之外，没有别的什么损伤。

毛利眼看目的达到，也无心恋战，迅速钻进了树林，小白兔紧盯着妈妈那指示灯一样雪白的尾巴，跟在妈妈身后，直到母子全都逃到沼泽地里一个安全的角落，这次历险才算结束了。

2

奥利芬特是一片低洼不平、荆棘丛生的灌木林。有一片湖沼和一条溪流从中穿过。古老的森林里很多树都已经枯干，横陈在灌木之中，此外还残留着一些参差不齐的树木。

湖沼周围长满了细柳和芦苇之类的植物，猫和马之类的动物都不敢靠近，只有身躯较大的牛不害怕。稍干燥点的地方还长满了荆棘和小树。沼泽地的最外围，靠近田野的地方，是一片枝繁叶茂的小松树林，树干上还渗着胶液。这些松树摇落的活针叶和落到地上的死针叶散发出缕缕清香，直钻进路人的鼻子里。但是，这种香味对于那些与它们争夺土地养料的其他树苗来说却是致命的。

这片沼泽的周围是一望无际的旷野，那上面唯一的足迹是由住在附近的一只狐狸留下的。与其他的野生动物相比，这只狐狸真是品质恶劣的无耻之徒。

毛利和豁豁耳就是这块沼泽地的主要居民。它们最近的邻居也在很远之外，很少往来。而它们的亲戚也都去世了，只剩下它们母子。这里就是它们的家，它们在一起生活，相依为命。豁豁耳接受妈妈的训练，毛利悉心照顾着孩子。

说到毛利，它真是一位好妈妈。它虽然是第一次抚养孩子，可是却把孩子照顾得无微不至。就如前文所说的，豁豁耳学到的第一套本领就是："趴得低低的，别出声！"那次它从黑蛇身下死里逃生的冒险经历充分证明了这条教诲的正确性，豁豁耳永远也忘不了这个教训。此后，豁豁耳什么事情都照着妈妈说的去做，很快就学会了其他的生存技巧。

豁豁耳所学的第二课就是"静如磐石"，这当然是从第一课的内容中引申出来的，所以一会儿就学会了。"静如磐石"就是什么都不做，像块岩石一样稳固。一只训练有素的白尾兔，一旦发现附近有敌人，不管它在干什么，马上就会停止一切动作，一动不动地呆在那里。因为生活在树林里的动物和植物形成了保护色，只要不动就很难被发现。因此，如果仇人狭路相逢，先注意到对方的一个肯定就会立即保持静止，这样就可以占据优势，可以主动选择进攻或者逃跑。只有森林里的居民才明白这么做的重要性，每一个野生动物和猎人都必须学会这种本领。虽然大家都精于此道，但如果要说起身体力行，恐怕谁也比不上白尾兔毛利。

毛利妈妈采用现身说法的方式来教它的孩子。当它带着白棉花似的尾巴忽闪忽闪地穿过树林时，豁豁耳就使出吃奶的劲儿追。但只要毛利停下来纹丝不动，模仿的天性就会使豁豁耳做出同样的动作——保持静止的状态。

豁豁耳从妈妈那儿学来的最好的本领还不是这个，而是关于荆棘丛林的秘密。至今，这是森林里一个古老的谜。为了弄清楚这个秘密，大家首先要了解的是，为什么荆棘林要跟动物们过不去。

很久很久以前，玫瑰本来是长在不带刺的灌木上的。但是麻雀和老鼠总是爬上去摘花儿，牛也经常用角把花儿抵掉，负鼠则用自己的长尾巴把花儿扑打下来，鹿还用尖利的蹄子去践踏那花儿。就是因为有这么多动物欺负它，所以小灌木才全身长满了刺，把自己武装起来，保护它的玫瑰花，并向所有爬树的、长角的、有蹄子或者有长尾巴的动物永久宣战。如此一来，就使得荆棘只能和白尾兔毛利和平共处。因为它不会爬树，没有角，没有蹄子，也没有长尾巴。

说真的，白尾兔也从来没有伤害过生长在荆棘上的玫瑰花。加之玫瑰由于树敌过多，所以格外愿意接纳白尾兔。当可怜的小兔子遇到危险时，就会跑到最近的荆棘丛里，让荆棘丛那千千万万把锋利而有毒的匕首来保护它不受敌人的攻击。

所以，豁豁耳从妈妈那里学来的秘诀就是："荆棘丛是你最好的朋友。"

对于豁豁耳来说，那个季节的很多时间都花在熟悉地形和荆棘丛里弯弯曲曲的小路上了。豁豁耳非常聪明，它可以通过两条不同的路围着沼泽四处活动，无论在哪个地方，都不会离开那些友好的荆棘丛五步远。

不久，白尾兔的敌人又发现了一种新的荆棘，在沼泽区的四周，围了一圈又一圈，这使得森林里的动物非常厌恶。因为这种荆棘很坚固，不管什么动物都没办法把它拉扯下来，而它那锐利的刺连最坚韧的毛皮也能划伤。这种荆棘每年都会增多，对这些野生动物造成的问题也一年比一年严重。但是白尾兔毛利并不害怕它，它可不是白白在荆棘丛中生活这么长时间的。对于狗和狐狸，牛和羊，甚至连人类自己，都可能被这种荆棘刺伤。可是只有毛利了解这种荆棘，并且在它的保护下愉快生活，繁衍后代。对于白尾兔来说，这种荆棘蔓延越多，白尾兔的安全地带就越广。

这种可怕的荆棘有一个名字，就是带刺的铁丝网。

3

毛利现在没有别的孩子需要照看，所以它把全部的心血倾注到豁豁耳的身上。在妈妈的呵护下，豁豁耳不仅长得健壮，而且敏捷机灵得非同一般，还有许多不寻常的遭遇，使得它的生活过得非常丰富多彩。这个季节，毛利妈妈悉心教导儿子如何识别痕迹，并利用足迹做文章，教它该吃什么，该喝什么，什么东西不该碰等等。兔妈妈天天辛苦地训练儿子，教给它很多有用的本领，这些都是它多年生活经验的总结，或者早年所受的训练在脑海里留下的深刻记忆。豁豁耳的经历逐渐丰富起来，这些知识能使它适应各种各样的生存环境。

在苜蓿地或者灌木丛中时，豁豁耳紧挨着兔妈妈蹲着。如果妈妈翕动着鼻子，以便闻得更准确点，那它也会跟着一起这样做。它还会从兔妈妈嘴里舔食，或者舔舔妈妈的嘴唇，确定自己是否吃着跟妈妈一样的东西。通过模仿兔妈妈，它学会了用爪子梳理耳朵，整理"外衣"，从"衬衣"和"袜子"中把那些刺儿咬出来。它还知道，最适合它们喝的水是灌木丛上的露珠，因为水一接触到土地就会沾染上脏东西。就这样，豁豁耳开始学习那门最古老的科学——森林知识。

豁豁耳一长到能够单独外出时，妈妈就把兔子间的通信密码教给了它。原来，兔子发出警报的方法是用后爪在地面上猛击，声音会沿着地面传出很远。比如说，从六英尺的高处向地面猛击，二十码以外的地方就听不见了，可是如果接近地面这么猛击一下，声音至少可以传出一百码远。兔子的听觉灵敏，所以同样的声音至少在两百码之外的地方都能听见。这就相当于从奥利芬特沼泽地的这一头传到另一头的距离。这里还需要说明的是，拍击一声的意思是"小心"或者"原地不动"，慢慢地拍动两下的意思是"过来"，迅速地拍击两下的意思是"危险"，而急速地连拍三下就是指"逃命"了。

一天，天气很晴朗，蓝背鸟又在叽叽喳喳斗嘴，说明周围没有危险的敌人。豁豁耳于是开始学习一种新本领。毛利扺起双耳，示意它蹲下，然后自己跑到远远的灌木丛中，发出"过来"的拍打信号。豁豁耳跑了过去，却找不到妈妈，它也发出信号给毛利，却没得到回应。通过仔细搜索，它发现了毛利的脚留下的气味，于是跟着这个奇怪的向导向前走去。臭迹是所有动物都熟悉的东西，而人类对此却迷惑不解。它弄清了臭迹，也就找到了妈妈藏身的地方。

就这样，它上了臭迹寻踪的第一课。它们玩的这种好像捉迷藏的游戏变成了严肃的课堂教育，在豁豁耳以后的生活中，这种追逐还会遇到很多很多。

第一期课程还没结束，豁豁耳就已经学会了兔子赖以生存的主要本领，而且，在许多情况下，它充分显示出自己是一个真正的天才。它善于利用树木，善于躲藏、蹲伏和滚圆木，巡视和兜圈子的本领也是十分高超的，似乎已经不需要学习别的本领了。

虽然它还没机会亲身试过，但却知道该怎么利用那些铁丝网了，这可是需要几分才智的新技能。因为沙子可以遮盖掉所有的臭迹，因此它还对沙子进行了特殊的研究。它精通变向、篱笆和急转弯，就像精通"钻洞躲藏"一样。相对而言，钻洞躲藏是一种需要更长时间学习领悟的本领，而它永远也不会忘记，"趴下不动"是一切技巧的基础，而"钻荆棘林"则是永远安全的绝招。

它还学会了如何识别敌人的足迹以及击败敌人的方法。因为无论是老鹰、猫头鹰、狐狸、猎狗、杂种狗，还是水貂、黄鼠狼、猫、臭鼬、浣熊以及人类，都有各自不同的追捕猎物的方法，针对这些敌人的阴谋诡计，豁豁耳学会了不同的应对方法。

至于如何判断敌人是否接近，它懂得首先要依靠自己和妈妈，其次就是蓝背鸟。"孩子，千万不要忽视蓝背鸟的警告，"妈妈说，"虽然这家伙总是爱挑拨离间，破坏别人的好事，还总喜欢小偷小摸，但什么事都逃不过它的眼睛。我们是否遭到危险它才不关心呢，有这些荆棘丛的保护，它也没办法伤害我们。可是你要记住，它的敌人也是我们的敌人，因此多注意它发出的警告声是有好处的。啄木鸟很诚实，它发出的警告一定是真的，你完全可以相信；但是和蓝背鸟比起来，它就像个大傻瓜了。虽然蓝背鸟经常撒谎、恶作剧，但如果它带来的是坏消息，只要你相信，就一定能保平安！"

对于穿过铁丝网这一本领，需要非凡的勇气和敏捷的身手。所以，过了很久，豁豁耳才开始冒险学习关于利用铁丝网的本领。等到它长大时，玩铁丝网就成了它最喜欢的游戏之一了。

"对于会玩的动物而言，"毛利对孩子说，"首先，你得诱惑追你的狗毫无顾忌地直扑过来，吊足它的胃口，使它眼睛里除了你什么也看不到。而你呢，跟它保持一跳的距离，带着它在斜坡上全速奔跑。这时，你就纵身一跃，钻进铁丝网，而它猛地一铺，刹不住身体，肯定会冲进齐胸高的铁丝网。我见过很多狗和狐狸都是这样被扎伤的，还有一只大猎狗当场就丧命了。但是，我要提醒你的是，我也见过不止一只兔子由于方法不得当，往前冲时不小心送掉了自己的性命。"

像这样，豁豁耳很早就学会了有些兔子终生都不会的本领。

它很早就知道对于多数兔子而言最安全的绝技"钻洞躲藏",其实也没有那么管用。也许对一只聪明的兔子来说,可能是安全的,但对一只傻瓜兔子而言,迟早会带来灾难。小兔子总是首先想到"钻洞躲藏",老兔子却要等到大家都失败了才肯尝试一下。对于人、狗、狐狸或猛禽之类的敌人,钻进洞里算是不错的抵御方式,可一旦敌人换作雪貂、水貂、臭鼬或者黄鼠狼,那"钻洞躲藏"就必死无疑。

在沼泽地上只有两个地洞。一个向阳,是南面一个草木覆盖的干土岗子。天气晴朗的时候,白尾兔就在这里享受日光浴。它们仰面躺在散发着缕缕清香的松针和鹿蹄草中间,姿势十分古怪,就像猫一样舒展四肢。它们在阳光下慢慢翻转着身体,希望把身体的每一个部位都彻底晒到。它们眨着眼睛,喘着气,看上去好像饱受煎熬,其实,这正是它们最为陶醉、舒心的时刻之一。

土岗子顶上是一个大松树桩子。它的根奇形怪状地盘绕扭曲着,就像一条条巨龙蜿蜒在黄沙滩上。在这些有保护作用的龙爪下面,一只郁郁寡欢的老土拨鼠很久以前挖了一个窝。随着时间的推移,它的情绪却越来越低,脾气也越来越乖戾暴躁。有一天,它竟然故意在窝外等着跟一只奥利芬特狗吵架,连家也不要了。一个小时之后,那个窝就被白尾兔毛利占为己有了。

后来,这个松根洞又被一只自负的臭鼬厚着脸皮占据了。要不是它那么胆大妄为,也许还能在那里享乐天年,因为即使是带着枪的人见着它也是避之不及。事实上,它是个胆小且渴望活命的家伙。它没能永久地把毛利驱逐出去,因此它的统治就像某位希伯来国王一样,只维持了四天就垮台了。

另一个洞是蕨洞,位于苜蓿地旁边的一个蕨草丛里。这个洞又潮湿又小,除了当作最后的避难所,没有别的用途。碰巧,这也是一个土拨鼠的杰作。对于兔子来说,土拨鼠是个善意友好的邻居,不过它也是个心浮气躁的家伙。它的皮通常被用来做成鞭梢,如今在奥利芬特拉车的牲口中产生着越来越大的力量。

"这道理非常简单,"老人这么说,"它的皮是靠偷吃来的饲料长成的,当然对牲口会产生特别的力量!"

如今，白尾兔是这两个洞的唯一的占有者。假如不是毫无办法的时候，它们是不会靠近这两个洞穴的，免得踩出小路之类的痕迹把避难所的地点暴露给敌人。

就在两个洞附近，还有一个空心的山核桃树，虽然树快倒了，树叶依然很绿。它的一大优点就是两头都开着洞，方便逃跑。一直以来这个空洞都是一只独居的老浣熊罗特的住处。它宣称自己只喜欢捕捉青蛙。照这样看来，它应该像以前的和尚一样，不沾荤腥的。不过，毋庸置疑，它更想有个机会能饱餐一顿兔子肉。终于，在一个月黑风高的夜晚，它在潜入沼泽地里偷鸡时一命呜呼。对于毛利而言，不仅没有为此产生悲痛之情，反而感到了无限的欢欣。而那个老浣熊的安乐窝，也被毛利顺便占为己有了。

4

八月的早晨，太阳光蔓延在沼泽地上。一切好像都在这温暖的光辉中沐浴。池塘上空，一只褐色的小麻雀正在欢乐地唧啾，下面是肮脏的水池，映出几片云彩的倒影。阳光把蓝天和黄色的浮萍构成一幅精美的图案，正中是小鸟的倒影。池塘后面长着的一棵茂盛的绿油油的臭菘，也在沼泽地褐色的草丛中投下了阴影。

小麻雀的眼睛虽然没有受过训练用来观赏绚丽的色彩，但是它能察觉到容易被我们忽视的某些东西：在宽大的臭菘叶子下面，有两团灰色的毛茸茸的东西，它们的鼻子正一个劲儿地上下翕动。除此以外，周围一片寂静。

它们就是毛利和它的孩子豁豁耳。此刻，它们正在臭菘下面伸展四肢舒服地趴着。这么做并不是因为它们爱闻臭菘那股臭味儿，而是因为那些飞来飞去的小虫子无法忍受这种臭味，所以不会来骚扰到它们。

对于兔子而言，并没有固定的上课学习时间，它们的学习随时随地都可以进行。至于上的是什么课，那得看所处的环境与时机的急切需要。当然，这些重点都是日后才知道的。本来它们来这个地方只是想安安稳稳地休息一会儿，可没过多久，那只时刻警觉的蓝背鸟突然发出了一声警报。毛利耸起鼻子，竖着耳朵，尾巴紧紧地贴在背后。原来，沼泽地的那边有只奥利芬特的大花狗，正径直朝它们冲过来。

"好吧，"毛利命令儿子说，"现在赶紧蹲下，我去把那个傻瓜引开，耍弄它一下。"说完就向那只狗迎了上去。

"汪！汪！"那只狗狂吠着，跳过去追赶毛利。毛利总是把那只狗落下一点儿，然后，把它引诱到了那个利剑如林的地方。这下可好，那只狗的耳朵被扎得伤痕累累。最后，毛利又把它引到一个不易发现的铁丝网处，它一头撞上去，伤得很重。它疼得嗷嗷叫，朝着家落荒而逃。这时毛利又来了个急转弯，跑了一圈才停下来，以防狗再回来捣乱。等它胜利凯旋时，发现豁豁耳正焦急地直立着身子，伸长了脖子眼巴巴地瞅着这场游戏。

儿子这么不听话，这下可把兔妈妈气坏了。它用后爪狠狠踢了豁豁耳一下，把它踢到泥滩里去了。

又有一天，母子俩在附近的苜蓿地里吃草，一只红尾鹰向它们扑过来。毛利踢起后腿跟它开了个玩笑，然后就沿着一条熟悉的小路躲进灌木丛中去了。老鹰当然不敢追到那里去。这条小路是从滨溪林通到烟筒林的主干道，沿路长满了爬山虎之类的植物。毛利一边监视着那只舍不得放弃的老鹰，一边用爪子把这些植物扒开。豁豁耳看着妈妈的举动，然后也跑到前面，学着妈妈的样子，把那些挡着的爬山虎又扯掉了一些。

"这就对了，"毛利赞赏儿子，"要时刻留意保持道路的畅通无阻，因为你会经常用到这条路的。你不用把道路拓宽，但一定要保证畅通无阻。就像现在这样，把那些横在路当中的爬山虎扯掉，有天你就会发现你已经破坏掉了一个圈套。"

"一个什么？"豁豁耳用左后爪搔着右耳朵，好像没听懂。

"哦，圈套的样子像爬山虎，但不是地里长出来的，它比世界上所有的老鹰还要坏。"毛利说着，扫了一眼渐渐远去的红尾鹰，"因为它们白天黑夜都藏在林中的小路上，随时都想找机会逮住你！"

"哼，我才不相信它能真的逮着我呢。"豁豁耳说着，年轻气盛地踮起后脚跟，在一株小树上蹭了蹭自己的下巴和胡子。豁豁耳或许没有意识到这个动作，可妈妈看见后，就意识到这是一个信号，就如男孩子的童音会改变一样，眼前这个小家伙已经不再是个长不大的小不点儿了。很快，它就要成长为一只成年的雄兔了。

5

流水蕴含着一种神奇的魔力。有谁不了解它呢？不同的人对流水会有不同的感觉。筑路工人毫无顾忌地在沼泽区、湖泊和大海边筑堤，却对那涓涓细流敬畏有加，并会仔细研究，根据它的流向和流量作出精心设计。那些口干舌燥的旅人们，可以在有毒的碱性沙漠里行走，可一旦发现沙丘的中心有明亮的细线，隐约听到有什么东西在流动，便会大喜过望地奔过去，毫不犹豫地捧起溪水喝。流水的魔力是任何邪恶的符咒都越不过的。汤姆·奥桑特这个森林中的精灵在生死攸关的时刻证明了它的魔力。它由于自己留下的臭迹，被敌人死死追赶，等到它力量殆尽，快要山穷水尽时，善良的天使就把它引领到了流动着的活水边。于是，臭迹被流水冲散。它在水中随着清凉的溪流漂荡，等精力恢复了，便又重奔回树林。

流水的确具有神奇的魔力。猎狗追踪猎物来到水边，也会停下来左顾右盼，久久地研究，虽然绞尽脑汁，但通常一无所获。它们高超的本领被欢快的溪流破坏了，所以那些被追杀的动物又重新获得了新生。

这便是豁豁耳从妈妈那里学来的又一大秘诀——"除了多刺的玫瑰，流水也是你最好的朋友。"

八月的一个闷热的晚上，毛利带着豁豁耳穿越树林。它的白尾巴在前面摇晃闪烁着，那就是豁豁耳的指路灯。它一停下来，这灯就熄灭了。豁豁耳也跟着停了下来。它们跑一跑，又停一停，听听四周的动静，不一会儿就来到了水池边。树蛙正在它们头顶吟唱着："睡吧，睡吧！"远处，一只鼓着肚皮的牛蛙正站在一根半截沉入深水中的圆木上。只把下巴露在清凉的水面上，高

11

唱着"一壶美酒"的颂歌。

"跟着我做。"毛利用兔子的语言说着，然后"扑通"一声跳进了池塘，用力朝沉在池子中央的那根圆木游去。豁豁耳有点儿害怕，可犹豫了一小会儿，也跟着"哎哟"一声跳进了水里。它气喘吁吁地急速煽动着鼻子，保持正常的呼吸。同时也跟妈妈一样，从水里游了过去。动作和在陆地上没有什么两样。这时，它才发现，自己已经能够游泳了。

它继续向前游着，一直游到那根沉入水中的圆木一头。妈妈浑身湿淋淋的，正蹲在圆木露出水面的一头，豁豁耳也爬了上去。周围灯心草浓郁的阴影把它们遮掩起来，形成了一道天然的屏障，四面的水也不会泄露它们在此的秘密。

从这以后，这里成了白尾兔的又一个避难所。每当那只从泉原来的老狐狸到沼泽地里四处寻找食物时，豁豁耳和毛利就会注意牛蛙唱歌的地点。在危难时刻，它们会迅速地跑向这个池塘中间的避难所。因此，后来牛蛙所唱的歌词便成了这样："来吧来吧，遇到危险时就快来吧！"

这是豁豁耳从它妈妈那里学来的最后的本领。相对于别的兔子而言，这的确是一门研究生的高级课程，因为许多小兔子根本就没学过这么高深的知识！

6

在野生动物的世界里，几乎没有一个动物是死于年老的。它们的一生迟早都会以悲剧的形式结束。问题只是在于，它们能跟自己的敌人对抗多长时间。但是豁豁耳却是一个特例，它的一生证明，兔子一旦安全度过青年时光，就有可能安全度过壮年期。只有在生命最后三分之一的阶段才有可能被杀死。而这个阶段，就是我们通常所说的老年期。

白尾兔有各种各样威胁它们生命的敌人。日常生活中的绝大部分时间就是不停地逃避敌人的追杀。那些狗、狐狸、猫、臭鼬、浣熊、黄鼠狼、水貂、蛇、鹰、猫头鹰、人，甚至连昆虫都企图置它们于死地。它们的一生，有千百次的冒险活动，一天至少有一次，它们需要靠腿和智慧保护自己的生命。

那只泉原狐，曾不止一次地把它们赶到泉水旁的铁丝网下。在那里，它们得到了暂时的庇护。有一次，狐狸用利爪拼命抓铁丝网，企图抓住它们，却没有得逞，它们这才保全了性命。

有一次，豁豁耳遭到猎狗的追踪，但聪明的小兔子引诱猎狗跟一只臭鼬斗了起来，自己却趁机逃掉了。说实话，那只臭鼬看上去虽然个头不大，却和猎狗一样危险。

还有一次，豁豁耳被一个带着猎狗和雪貂的猎人捉住了。可是豁豁耳运气不错，竟然成功逃了出来。从此以后，它对地面上的洞穴就更加地不信任了。有好几次它被猫赶到河里，还有很多次遭到鹰和猫头鹰的追捕，对于这些危险，它都有一种躲避技巧。妈妈早就把这些最重要的窍门传授给它了。随着它渐渐地长大，对这些窍门也逐渐加以了改进，并且还根据自己的实战经验发明创新了一些小窍门。年岁越大，豁豁耳越聪明。为了求得自己的安全，它对于兔子长期依赖的腿也越来越不信任，而是更加信赖自己的智慧。

在这片沼泽地附近，有一只年轻的猎狗，名叫"巡捕"。它的主人为了训练它，常让它追踪兔子的臭迹，而它经常追踪的就是豁豁耳的脚印。因为这只小雄兔跟它们一样喜欢追逐。对于兔子而言，给它们日常的运动增加一点危险的调料也未尝不好。于是，就可以听到豁豁耳经常说："嘿，妈妈！那只狗又来了，看来我今天又得跑一跑了。"

"孩子，你可别太冒失了！"兔妈妈总是这样回答，"我担心的就是这个！"

"但是妈妈，戏弄那只傻狗真是太有趣了，这也是个很好的训练啊。如果把我追得太紧了，我会拍打地面求救，这样你就可以过来换换我啊，我就可以趁机喘口气儿了。"

于是，它就开始跑起来，"巡捕"便沿着它的痕迹一路追来。等到豁豁耳跑累了，它要么给母亲发信号求援，让毛利来对付这条狗，要么就要个小聪明把狗甩掉。只从一个例子中，大家就能看出这个小家伙对森林求生技巧掌握得是多么娴熟了。

豁豁耳知道，它的臭迹在贴近地面的地方最为明显，在它全身因为奔跑发热的时候散发得最为强烈。因此，只要它能离开地面，找个地方凉快半小时，便能使臭迹消散，这样它就安全了。所以，当它被追累了时，就会跑进那条通向河畔的荆棘丛路，在那里"兜圈子"，也就是时左时右地跑，最后，只给狗留下一条弯曲的小路追踪。狗要理出个头绪来捉它的话，肯定要费很大一番功夫呢。然后，它先跑到附近最上风方向的地方，故意留下自己的臭迹，然后向前狂奔数米远，再原路返回至中点。随后，向垂直方向再跑上一会儿，再返回到中点，故意等待猎狗追踪过来。最后，它跑回到最先上风的地点，截断自己的臭迹，然后一个蹦跳跃上高高的圆木，像块木头一样一动不动地蹲在那里。

就这样，"巡捕"被豁豁耳弄得晕头转向，在荆棘丛生的迷宫里花了很长时间。当它最后艰难地找遍豁豁耳走过的地方，返回到臭迹消失的地点时，它只得沿着刚开始发现臭迹的地方再绕着圈子找下去。就这样，圈子越兜越大。最后，它正好从豁豁耳蹲着的那根圆木下经过。但是天气凉爽，已经变淡的臭迹是不会传到木头下面去的。豁豁耳就这么蹲在那里，连眼睛都不眨一下，纹丝不动，猎狗就这样一无所获地走过去了。

可是过了一会儿，不甘心的猎狗又转了回来。这次它经过圆木时停下来闻了一闻。"没错，这是那只小兔子的气味儿！"但是这味道看起来已经留下很久了，尽管这样，它还是爬上了豁豁耳藏身的圆木。

对于豁豁耳来说，考验它的时刻到来了。大猎狗"巡捕"一边嗤嗤地嗅着气味儿，一边顺着圆木走了过来。但是豁豁耳仍然能沉住气，风向也正好，它打定主意要等"巡捕"走到圆木中央，然后撒腿就跑。不过，那只狗没有过来。连一只杂种狗都能看见兔子蹲在那儿，可是这只猎狗竟然没看见。兔子的臭迹淡了很多，"巡捕"无精打采地嗅了一会儿，终于从圆木上跳了下去，悻悻地离开了。豁豁耳获得了胜利！

7

从出生到现在，除了妈妈，豁豁耳还没见过其他的同类。实

14

际上，它根本就没有想过，除了自己和妈妈还有别的兔子存在。现在，它越来越独立，对妈妈的依赖也不是那么强烈了。因为作为一只兔子，并不是那么渴望时刻有伙伴相随。十二月的一天，它在红山茱萸林子里的一条通往大滨溪林的路上，突然看见山坡向阳的那一面，露出一只奇怪的小兔子的头和耳朵。那个新来者很快发现了豁豁耳的存在，带着惊喜的神情沿着豁豁耳开辟的道路，一直来到了这片沼泽地。豁豁耳的心里忽然产生一种前所未有的感觉，那是怒火冲天和恨之入骨的感情交织在一起的特别感情。或者，我们可以称这种感情为嫉妒。

此刻，这位新来者就停在豁豁耳的一棵"摩擦树"旁边——那是它经常踮起后脚跟直立起来，伸长脖子，抵住树干摩擦下巴的地方。当然，它这么做纯粹是因为它喜欢，但是其实所有的雄兔都会这样做，因为这样做的同时还可以达到几个目的。这相当于给这棵树挂上了一家兔子的招牌，其他的兔子到这里一看，就知道这片沼泽地已经属于某个兔子家族，不许外族再来定居了。同时，它也使得新来者可以根据臭迹判断前面光顾此树的那只兔子是不是自己认识的。而摩擦点的高低，也可以显示出兔子的身高和大致的年龄。

现在最让豁豁耳感到厌恶的是，这位新来者竟然比自己要高一个头，而且是一只体格更加强健的雄兔。这可是前所未有的经历，它的体会也是前所未有的。一股杀气顿时从它心中油然而生。虽然它嘴里什么都没有，却使劲地开始咀嚼。接着，它纵身跳到一块平滑坚实的地面上，它慢慢拍击地面，给对方发出信号：

"砰砰砰"，这意思就是说："立刻从我的沼泽地里滚出去！否则的话，就拼个你死我活！"

只见那位新来者把双耳竖成了一个大大的 V 字形，直立了几秒钟，然后，把前脚放了下来，在地面上发出了更为响亮的三声信号"砰砰砰"。

就这样，它们开始交战了。

两只兔子走捷径从斜线迎到了一起，双方都力图在第一回合占到上风，于是都瞅着看有什么有利时机。新来者体格健壮、肌肉发达。当豁豁耳站在低处时，它的前腿就经常闪失，无法靠近对手。这么一两次闪失充分显示出它不够灵活，仅仅是指望靠自己的身高和力量来取胜。最后，它干脆扑了上来，豁豁耳也毫不畏惧地迎了上去。它们冲到一起，跳了起来，用各自的后脚击向对方。砰砰几声，它们打到了一起！可怜的小豁豁耳，因为身体的差距被撞倒在地。新来者立刻用自己的牙齿咬住它。它还没来得及翻身，几撮毛就被咬掉了。幸亏豁豁耳身手敏捷，挣脱开了，它马上又积蓄力量重新扑上去。但再次被打翻在地，还被狠狠地咬了几口。很明显，它远不是敌人的对手，下面要面临的问题不是如何获胜而是如何逃命了。

尽管伤口很疼，它还是一蹦一跳地跑开了。新来者一看这架势，哪里肯轻易放弃，下定决心要把豁豁耳永远从这片沼泽上逐出去。但豁豁耳的腿很有力，体力更是充沛。新来者虽然个头大，但后劲不足，不久就放弃了追赶。这对于受伤的豁豁耳而言，当然是好事情。因为它已经疲惫不堪，而且伤口也疼痛难忍。从那天起，豁豁耳的恐怖时期就开始了。因为它接受的训练一直是如何逃避猫头鹰、狗、黄鼠狼和人等敌人的追杀，却从来没学过遭到一只兔子的袭击时应该怎么办。现在它唯一知道的就是，遇到危险就趴下，如果被发现，就迅速逃走。

毛利妈妈可被吓坏了。它帮不了儿子，只有找个地方躲起来的份儿。可这只大雄兔很快就找到了它的藏身之所。它想要逃走，但它现在的腿脚已经远没有豁豁耳那样灵活敏捷了。那新来者并不想伤害它，只是想向它求爱，一看到它想逃跑，就死缠烂打地纠缠不休。它到哪里，这家伙就跟到哪里，天天如此，可把兔子妈妈烦透了。因为毛利对它深恶痛绝，这让它憎恨起毛利来。它经常抓住毛利把它掀倒在地，再一口一口地咬掉毛利身上柔软的皮毛，一直到怒气平息才把它松开一会儿。对于它而言，主要目的就是杀死豁豁耳，取得对这片沼泽地的占有权。因此，豁豁耳的逃跑几乎是没什么希望了。除了这里，它没别的沼泽地可去。即使连打盹休息的时候，它也得时刻警觉，准备随时逃跑。这样的情形，每天都有十多次。那个大块头的新来者会趁豁豁耳睡着的时候偷偷摸摸地靠近，虽然每次豁豁耳都能及时醒来，安全逃走，但逃不逃对于它而言其实都是一回事。因为小命虽然是保住了，可是已经活得太辛苦了。它无依无靠地四处流浪，眼看着可怜的妈妈每天遭受欺辱却不能上前救助，而那些它最喜欢的草地和安乐窝，以及长时间以来辛辛苦苦开辟出来的小路，统统都被这个可恨的敌人强取豪夺了。这可真是把它给气疯了！可怜的豁豁耳逐渐认识到，这一切都是那个胜利者一手造成的。那只自己的同类，其实比狐狸和雪貂更令人憎恨！

怎么才能结束这噩梦般的生活呢？豁豁耳疲于奔命，时刻警戒，吃不好，睡不香，逐渐消瘦下去。同时，由于长期遭受迫害，毛利的身体和精神也垮了下来。那个大块头的入侵者还在竭尽全力除掉豁豁耳这个心腹大患，最后竟然用兔子家族中最为人不齿的手段来对付豁豁耳。原来，不管兔子之间有多么深的仇恨，在遇到共同的敌人时，所有的兔子都会摒弃前嫌共同抗敌。可是有一天，当一只硕大无比的苍鹰从沼泽地上空俯冲下来时，那个大块头竟然把自己隐藏得好好的，却一次次地想把豁豁耳赶到空旷的草地上去！

有一两次，那只老鹰眼看着就要抓住豁豁耳了，最终还是因为荆棘丛的保护使豁豁耳幸免于难。只有当大块头自己遭遇危险时，才放弃了追逐豁豁耳。豁豁耳又一次逃脱了，但是情况却没什么好转。它已经下定决心，如果可以的话，第二天就带上妈妈一起离开这里，到外面去闯荡一番，找一个新的生存之处。正在这时，它听见一只叫"老雷"的猎狗正在附近嗤嗤地嗅着觅食，于是它决定铤而走险，实施一个具有毁灭性的阴谋。它故意从猎狗眼前经过，随即与猎狗展开了一场迅猛的追逐。它们绕着沼泽地跑了整整三圈。豁豁耳考虑到自己的妈妈已经隐藏好了，而它的仇人还呆在原来的窝里时，它便冲进了雄兔的窝，向大块头展开了突然袭击。它扑通一声落在大雄兔的身上，并在越过它头顶的时候踢了它一下。"你这个卑鄙的家伙！今天我一定要杀死你！"大块头怒不可遏地大叫一声，一跃而起。谁知道转眼就发现自己正处在豁豁耳与猎狗的追逐之间，成了这次追逐的牺牲品。

猎狗老雷汪汪叫着，循着气味儿追上来。这只大块头兔子虽然在重量和个头上超过了豁豁耳，但此时，这两点却成了它的致命弱点。它会的本领实在不多，只有一些小兔子懂得的伎俩。猎狗追得越来越紧了，它完全想不出来任何逃脱的办法。

眼下进行的是一场全力以赴的生死竞赛。尽管有带刺的玫瑰丛的全力保护，但是似乎没什么用处。猎狗汪汪叫个不停，声音越来越近，灌木丛的沙沙声和犬吠声混成一片，猎狗的耳朵已经被刺伤，可是它还在不顾一切地搜索兔子们的藏身之处。可是突然间，所有的声音都停止了。然后传来一阵混战声，接着就是一声可怕的惊声尖叫！豁豁耳知道这声音意味着什么，不禁打了个寒战。但等到这一切都过去之后，它很快就忘掉了这段经历。经历了这场恶斗之后，它再一次成为这块亲爱的沼泽地的主人，它感到无比的欣喜和自豪。

8

对于奥利芬特沼泽真正的主人——老奥利芬特来说，他无疑是有烧掉沼泽地东部和南部所有的灌木丛和清除泉水附近那个铁丝网围成的破猪圈的权力的。但是，这样一来，豁豁耳一家的日子就不太好过了。因为这将使它们失去很多住宅、哨所，还有安全避难所。

它们在这片沼泽地住得时间太久了，渐渐觉得这里的每一个角落、每一个部分都是自己的领土。甚至连那些奥利芬特的房屋也不例外。因此，它们痛恨任何一只兔子来分享它们的家园，即使是在附近的农舍出没，也会激得它们无名火起。

它们对自己权利的要求，就是要长期地占有这片领土，正像大多数的同家对领土的要求一样。

一月里，冰雪融化。奥利芬特一家把池塘周围的大片树林都砍掉了，眼看从四面八方蚕食鲸吞兔子的生存空间。但是，白尾兔母子依然坚守着这片日趋缩小的沼泽地。对于它们来说，这是它们自己的国家，它们可不愿意离开自己的国家迁居到陌生的地方。

日子照常过着，生活中的危险时有发生，它们依然凭借着如飞的步履、敏锐的嗅觉、智慧的头脑进行应对。最近，坏事接连不断，一只水貂又逆流而来，竟逛到它们安稳的小窝边，打破了它们难得的宁静。不过，这个令人不愉快的来访者还算明智，又转而去拜访奥利芬特的鸡舍了。不知道在那里它们是否会受到热情接待。现在，豁豁耳母子已经不再靠地洞藏身了，因为地洞可是最危险的死胡同。它们只能比以前更加多地接近那些砍伐后剩余的荆棘丛和灌木林。

初雪消融后，天气一直还算暖和。毛利最近总是觉得有点儿不太对劲儿，似乎是感染上了风湿病，于是就钻进低矮的灌木丛中寻找可以治疗风湿的冬绿树叶补药了。而豁豁耳呢？它此时正蹲在东边的一个斜坡上，享受着这微弱的阳光。从奥利芬特家那熟悉的烟囱里冒出了缕缕炊烟，弥漫到下风处的丛林，形成了淡蓝色的烟雾。在明亮的天空映衬下，呈现出一种朦胧迷人的深褐色。一边的山形墙被一排排刺玫紫色的影子遮盖了一半。一排排刺玫在阳光的照耀下，就像一根根闪耀着深红色的柱子，在阳光下闪闪发光。房屋那边的谷仓，此刻也像诺亚方舟一般巍然屹立。

从谷仓那边传来的声音，尤其是炊烟中夹杂的缕缕芳香，告诉豁豁耳，仓院里的那些家禽正在吃白菜呢。一想到这种美味的食物，豁豁耳的口水都流出来了，它太爱吃白菜了。它眨巴着眼睛，鼻子一抽一抽地拼命嗅着白菜诱人的香味。它已经在头天的夜里去仓院里搜寻过一点儿零星的莒蓿叶子吃了。聪明的兔子是不会一连两个晚上去同一个地方觅食的。所以豁豁耳接下去干的就是只有聪明兔子才会干的事儿。它跑到白菜的香味儿飘不到的地方，把从草垛上吹下来的一簇干草当作了晚餐。过了一会儿，它打算找个安全的地方过夜。这时，毛利来了。它吃过了冬绿树叶，随后在阳坡上吃了点甜桦枝，也算是解决了一顿晚饭。

这时，太阳已经渐渐西沉，随身带走了它播洒的金色光芒。东边远远地推来了一扇大百叶窗，越升越高。渐渐地，它覆盖了整片天空，遮蔽了所有光亮，给世界留下了一片阴暗。随后，另一个捣蛋鬼——风，趁着太阳退场，开始了一场恶作剧的表演。天气转眼越来越冷，似乎比大雪覆盖地面时还要恶劣。

"真是特别冷啊，妈妈。要是我们还能在烟囱边的灌木丛中暖和一会儿多好啊。"豁豁耳无奈地发着感慨。

"要是在松树下的树洞里呆着，该是多么温暖的夜晚啊。"毛利这样说道，"现在，我们还没看见那只水貂在仓库那出现呢。不看见它回到仓库，我们是不能安全休息的。"

那个空心的山核桃树也已经被砍掉了。事实上，这会儿水貂正躺在堆木场上的胡桃木树干里取暖呢。这时，豁豁耳母子蹦蹦跳跳地来到了池塘南边，选了一个灌木丛，爬到下面准备舒服地过上一夜。它们的脸迎着风，鼻子却朝着不同的方向，这样，遇到危险的时候，它们才可以向不同的方向跑开。一个又一个钟头过去了，风刮得越来越猛烈，天气也越来越冷。半夜的时候，夹着冰粒的雪啪嗒啪嗒地下了起来，打在枯枝败叶上，嗖嗖地飞进了它们休息的灌木丛里。看起来，这样的晚上应该不会有什么大动物出来觅食吧，可那只从泉原来的老狐狸偏偏此时出洞来了。这家伙在沼泽地的掩护下迎风而来，打算在灌木丛的庇护下碰碰运气。恰巧，它闻到了正在睡觉的白尾兔的气味。它稍微停了片刻，便偷偷摸摸地朝灌木丛走过来，它的尖鼻子正告诉它，那些兔子正蜷缩在那儿呢。风声和雨雪声掩护着它，它在慢慢地接近毛利。等毛利听见它在枯叶上发出的脚步声时，它已经来到了毛利的近前。它碰了碰豁豁耳的胡须，就在狐狸向它们扑过来时，两只兔子都醒了。幸好它们在睡觉时也保持着随时蹦跳的准备，所以迅速跳起，冲进了迷眼的暴风雪。狐狸扑了个空，在后面穷追不舍，而豁豁耳却向着另一个方向跑去。

毛利面前只有一条路可以走，就是顶风向前跑。它拼命一跳，刚好跳过了那个尚未结冰的泥沼。而狐狸一旦走到上面就会陷下去。毛利一直跑到池塘边，现在连拐弯的余地都没有了，只能一直往前冲。

它在草丛中前进，然后跳进深水里。那只老狐狸也紧跟着跳进水中。但是在这样寒冷的夜里，老狐狸可受不了冰冷的河水，所以又转身上岸了。毛利只有眼前一条路可以走，便奋力穿过芦苇丛进入了深水区，全力向岸边游去。可是风刮得正猛，冰冷的细浪冲击着它的脑袋。水里夹杂着雪花，像软冰和浮泥一样，挡住了它的去路。对岸那黑色的河堤看起来是那么遥远，可能那只狐狸还在那里等着它呢。

它抿起耳朵，减小一点风的阻力，又一鼓作气迎着风浪向前游去。它在冰冷不堪的水里游了很长时间，渐渐感到疲惫不堪。眼看着就快要游到对岸了，却有一大片雪块挡住了它的去路。这时，对岸吹来的风似乎都带有狐狸的怪味儿，这顿时使它丧失了所有的力气。还没躲开那片雪块，它又被风吹得向后漂去。

它再次鼓足勇气向前游，可是速度慢了许多。等它好不容易到达高高的芦苇丛，找到一个栖身之所的时候，它的四肢已经完全麻木了，力气也差不多耗尽了。那颗勇敢的心也开始下沉，它再也无力担心狐狸是不是已经追上来了。虽然它已经到达了芦苇丛，可是它的进程一旦在芦苇丛中动摇变慢，那虚弱无力的划水动作就很难再把它送到岸上的陆地了。它的周围的水已经结起了冰，阻碍了它的前行。没过多久，它那冰冷衰弱的四肢不动了。白尾兔妈妈毛茸茸的鼻尖不再翕动了，浅褐色的眼睛永远地闭了下去。

实际上，岸上并没有什么狐狸垂涎三尺地等着撕咬它。豁豁耳逃开敌人的初次进攻后，就跑回到跟妈妈分开的地方打算帮助妈妈。半路上它遇见了那只在池塘四周逡巡，想抓毛利的狐狸，于是把它引到了远处带刺的铁丝网那儿，狐狸的脑袋被划了一条长长的血口子。这才算彻底把那老狐狸甩掉了。它回到岸边，又是跟踪臭迹，又是"砰砰"拍地发出信号，可是都无济于事。它再也找不到自己的妈妈了。从此以后，它再也没见过妈妈，它也永远不会知道，妈妈已永远地沉睡在那永不泄露秘密的水的怀抱里。

可怜的毛利，它可真是兔子中的女英雄，也是那数不清的千千万万个女英雄中的一个。这些英雄在它们自己的小世界里，竭尽全力地努力生活，直到最后死去，也从来没有想过要做什么英雄。在生活的战场上，它们打过无数场漂亮仗，毛利正是这样的好榜样。现在虽然它已经死去，可是它的血脉、它的灵魂会在豁豁耳的身上得以延续。它永远都活在豁豁耳的心里，并且豁豁耳会将妈妈的精神代代传承。

这以后，豁豁耳依然在沼泽地里生活。老奥利芬特在那一年冬天去世了，那些不知节俭的子孙们不再清理沼泽地，也不再修理铁丝网了，于是沼泽地变成了一个比从前更加宽阔的天地。新树和荆棘长起来了，倒塌的铁丝网成了白尾兔的城堡和最后的避难所。对此，狗和狐狸都不敢轻易靠近。直到现在，豁豁耳还在那里住着。它已经长成一只健壮的大雄兔了，对任何对手都无所畏惧。它有了自己的大家庭，还有一个妻子——谁也不知道它是从什么地方娶到的漂亮灰兔。在接下来的许多年里，豁豁耳和它的子孙后代将在那里继续繁衍生息。假如你懂得它们的信号密码，并且知道如何以及何时拍击地面传递信号，那么，只要找到一个好的观察地点，你就会在任何一个黄昏看见它们。

白驯鹿的传说

干杯！干杯！为挪威干杯！你们歌唱着万德坝。我正在山林中隐藏。而幸运的挪威正在一只白色驯鹿的背上。奔腾！奔腾！

犹彻万德是一条荒芜、阴暗、深冷、幽长的冰带。它就如地球身上的一道伤口，而对于挪威山脉而言，这条冰带则是一条皱纹，恰好在挪威山脉和另一条山脉中间，终年奔腾着冰冷的洪流。它比海洋母亲高三千英尺以上，更接近它的太阳父亲。

在冰带凄清的岸边是一些矮小的树丛，它们总算为这个高高的山谷增加了一点生机。随着海拔的升高，树丛的面积越来越小。到了海拔一千千米的花岗岩的山腰上，树丛变成了灌木和苔藓，环绕着湖泊生长。这里就是树木能够生长的至高点了，大多数树木在这里都无法存活。桦树和柳树最后也放弃了与冰霜的长期斗争。这些小小的灌木丛和吵闹的田鹨、云雀、松鸡形成了一个独特的小圈子。但是，到了接近高原最高处时，这些也见不到了。那里只有冷冰冰的岩石和刺骨的寒风。越过寒冷的冰蚀高原，是一片崎岖不平的岩石平原，大片的积雪覆盖在下凹的地方。雪峰就在不远处高高耸立着，挡住了道路，山峰绵延起伏，一直延伸到最北边。雪峰在这里非常显眼，它是这一地区的精神家园。

越是树木稀少的地方，越能证明温暖的力量。太阳每落下一点，生命的范围就会缩小一点。每个山谷的北面都会比南面的温度低一些。在这里，没有松树和云杉，就连那些花楸、桦树和柳树也只能长到半山坡。再高一些的地方，只有蔓生的植物和苔藓才能在那里生长。看起来，那里是苍白的灰绿色，长满了驯鹿苔藓。在一些地方，金发藓会发出温暖的桔色。阳光充足的角落，还能看到一些深绿色的草药植物，它们有着像丁香一样精致的形状，散落在岩石的各个角落里。有灰绿色边缘的青苔，有的带着橙色的条纹，还有的带些好看的黑点，星星点点地分散在岩石

23

中。这些岩石可以保存热量，因此有一些喜热的植物会长在周围，最典型的就是桦树和柳树，它们都紧紧地拥抱着岩石，就如冬天里那些法国老头围坐在火炉周围。那些树的枝叶并不是伸向空中，而是贴在岩石上。离岩石一英尺外就是一些石楠树丛，它们比较耐寒。更远处温度就更低了，除了生命力顽强的驯鹿苔藓还能展现出一点点绿色以外，见不到其他植物。虽然已经到了六月份，但山谷里仍然有积雪。但是，这些积雪正在渐渐融化成冰冷的溪水，流进湖泊里，地面上的白色区域正在逐渐变小。在这些高地上，到处都只是荒凉的土地，看不到一丝生命的痕迹。看来，离开了温暖，生命是很难存在的。

没有动物，没有生机，那些灰绿色的斑驳的雪地分布在植物带和雪线之间的地区。在这里，冬季极长，一年中的大部分时间都是冬天。越往北，到达树林的边缘，雪线就变得越低，最后，树林就到达了海平面的地方。那个地方，因为没有树木生长，在旧大陆时代被称作冻土带，而在新大陆时期被称作荒地。这里就是驯鹿的家园和领地。

1

春天到了，驯鹿群在领头的母鹿沃塞姆的带领下沿着河边行走。这时，歌声正在山中回荡，在水中回响："干杯！干杯！为挪威干杯！"

还有更多的歌词："一头白驯鹿，真是挪威的好运气。"这句话表明，这个歌手很有预见力。

老斯威哥姆在犹彻万德之上、冰蚀高原的较低处建造万德坝住下来的时候，他认为自己当之无愧是这里的开创者和主人。不过，他不知道，早在他来到这里之前，这儿就已经有了主人。这个主人常常在小溪附近出没，自编自唱那些关于时代和这个地方的歌儿。斯威哥姆紧张地忙碌着。幸运的是，一切都很顺利——有人说他的好运来自那位巨大的水精灵，他穿着棕色衣服，长着白色的胡子，想住在水里或者陆地上都可以。

不过，斯威哥姆的邻居们只在这里见到过一只鸟——小瀑布鸟弗斯科。每年的这个时候它都会到这里来，在溪水里舞蹈，有时还潜到小溪深处。就像一些老农夫讲过的，那些会歌唱的精灵有时会变成男人或者变成小鸟。在所有的小鸟中，唯有这种鸟有资格在这里生活和歌唱，唱挪威人从没听过的各种歌曲。小鸟很聪明，视力也极好。它能看到许多人类看不到的东西。它能看见远处修筑巢穴的田鹬，看到那些正在抚育孩子的旅鼠。在苏里坦德的大地上，一个黑色的斑点正在移动，大家都不会看出那是一只驯鹿。那只驯鹿的毛已经褪了一半，万德坝上的那些绿色苔藓正吸引着它，对于它而言，那可是丰盛的美味。

啊，人类总是这样盲目并让自己变得面目可憎。不过，弗斯科并不会因为这样而伤害人类。所以人们也不惧怕它。它每天都在唱歌。它的歌声里既有愉悦，也有预言，有时还会带上一点点的嘲讽。它站在正在抽穗的桦树上面，看着万德坝的溪水从尼斯特部落的领地穿过，流入阴冷的犹彻万德的河里。如果它飞得再高一些，能够看到那块荒芜的高地正远远地伸向约顿海姆的北面。

现在，万物复苏。春天已经来到森林里了，山谷变成了有生命的脉搏。鸟儿们从南方飞回来；冬眠的动物已经醒了；在低处森林里过冬的驯鹿们就要回到高地了。但是，要想让严寒之神放弃自己的领地，必须经过一番战斗。此刻，一场伟大的战斗正在进行。太阳虽然缓慢但信心十足地获得了优势，它把严寒赶回约顿海姆。尽管在每一个山谷和阴冷的地方，严寒仍会顽抗，晚上的时候还会不时地偷袭，但结果总是屡次被阳光挫败。由于这些固执的严寒战士，很多花岗岩都裂开了，被它们的鲁莽打得粉碎，现出里面肉质的色彩，在点缀平原的灰绿色岩石中发出温暖的光彩。在经历过战争的地方或多或少都会看到这种现象。在苏里坦德山坡上，可以看见一个半英里长的山脊，可如果再仔细瞧瞧，就会发现它竟然在移动。原来，那可不是山脊，而是一群动物。

它们前进的路线很不规律，全都是逆风而行，但看起来就像一条直线。一会儿，它们从视线中消失，进入了山谷，一会儿，又出现在更近处的山脊上。在蓝天的映衬下，它们排列得密密麻麻。从它们头上那树枝一样的角可以知道，这是一些驯鹿。

路上出现了一些驯鹿，它们正像羊那样吃着草，嘴里还不时发出叽咕叽咕的声响。每只鹿都盯住了一块草地，一直站在那里，直到把那个范围内的草吃光，然后再到其他的地方去，接着吃另一块地上的草。这个鹿群的队形在不断改变，但有一只高大、漂亮的驯鹿一直走在鹿群的前面——看不清它是雌鹿还是雄鹿。不管这个队伍怎么前进、如何混乱，它一直走在队伍的前面。不过，你很快就会发现，这头鹿支配着整支队伍的行动——它的确是个领导者。甚至就连那些鹿角巨大、光滑的大个子雄鹿都得听从它的指挥。假如其中有谁想自立门户的话，很快就会被其他的鹿孤立起来。

雌鹿沃塞姆就是那个领导者。在一两个星期以前，它还带着鹿群在树林边上徘徊。随着雪慢慢融化，它们每天都能到达更高一些的地方，每天都离那片荒凉的高地近一点。那个地方的雪也化了，风把鹿虻吹跑了，草原区在慢慢上升。每天早晨，它们都会在那里吃草，晚上时，再回到比较安全的森林里去。夜晚，那些害怕寒冷夜风的动物们也不敢出来。不过，现在森林里的鹿虻仍然不少，因此这个时候鹿群一般不回到树林里，而是在很多隐蔽的岩石缝隙里过夜，那里很暖和。

作为鹿群的首领，它很喜欢其他的动物都围绕在自己周围的感觉。不过，鹿群有时候也会扔下它单独行动。冬季过后，沃塞姆比原来更胖了，也更加强壮了。不过，它的情绪似乎不太好，大多数时候就低着头，在鹿群旁边转来转去。有时还会抬起头，望着远方，眼神迷茫，甚至都忘记了吃草。过了一会儿，它又忽然反应过来，继续往前走。但接下来，它的眼神又变得迷茫了。它走向下面的桦树林，整个队伍跟在它后面。可是，到了那里后，它还是一动不动，低头沉思。而其他的鹿则继续吃草，叽咕叽咕地咀嚼着走了，只有它纹丝不动地站在山坡上。别的鹿都在向前走，它却悄悄地离开了队伍，走几步就抬头观察一下周围，假装在吃草的样子，用鼻子嗅着地面，看看远处的鹿群和周围的山岗，又继续往下走，朝着它们安家的森林走去。

一次，它看见在河岸上有一只驯鹿正独自徘徊着。但它却不想让那个同样孤独的鹿来陪伴自己。不知道什么原因，它特别想找一个地方躲藏起来。

于是，它就在那里一直安静地站着，一直到所有的驯鹿都离开了，它才转向旁边的小路，快速跑开了。它一直走到犹彻万德才停下来，顺着一条小溪向下游走去，老斯威哥姆的家就在那里。它从水坝的上游蹚水过去，灵巧地在溪水中走动着，凭着本能，它从容地躲避开那些激流。过了水溪，它在一片看起来有些绿意的荒地上转了个弯儿，从茂密的森林穿了过去，离轰隆隆的水坝越来越远。它来到一个地势稍高些的地方，观察了一下周围的情况，又继续往前走了一会儿，然后又回来了。它在一片被有色岩石覆盖的地方停下来，这里充满了暖意，周围的桦树已经显露出了春天的色彩。母鹿似乎要在这里休息，不过不是的，它在这里焦躁不安，驱赶着在它周围乱飞的虫子，对周围的青草也提不起兴趣，此刻，它只想躲开所有生物。

不过，什么都不能逃过弗斯科的眼睛。它看着母鹿独自离开鹿群，坐在那块美丽的岩石上。弗斯科倒挂在树上，唱着歌，它好像是专门在那里等待着，早就知道了这里将要发生的事。它唱道："干杯！干杯！为挪威干杯！你们歌唱着万德坝。我正在山林间隐藏。而幸运的挪威正在一只白色驯鹿的背上。奔腾！奔腾！"

白鹿从来没有在挪威出现过，但是，一个小时后，沃塞姆身边就多了一头非常美丽的小白鹿。鹿妈妈正在舔着胎盘和那只小鹿，小家伙吃着奶。而白鹿妈妈的脸上溢满幸福，就像这只小鹿是鹿群中的第一个孩子似的。事实上，在那个月，鹿群里出生了上百只小鹿，但是，却没有一只像这只小鹿一样，全身雪白。正在彩色岩石旁边的那个歌唱者唱的就是有关白色驯鹿的歌。

祝你好运，祝你好运！一只白色驯鹿。它好像已经知道这只白色的小鹿长大后将要承担的角色一样。

随着白色驯鹿降生的还有一只棕色的驯鹿，真是让人惊奇，这是以前从没有出现过的事情。为了生存，这两只小鹿它只能选择一只，尽管残酷，但必须作出抉择。两个小时后，沃塞姆带着那只白色的小鹿离开了，那只可怜的小棕鹿被留了下来。母鹿身上带着小棕鹿的毛发，忍痛离开了。

它是一个聪明的母亲：与其两个孩子都虚弱，不如让一个孩子健康成长。几天后，沃塞姆重新回到了鹿群中，继续担任鹿群的领导者，那只雪白的小鹿在它的身边跑来跑去。现在，鹿群中的很多母鹿都有了小鹿，沃塞姆把小白鹿照顾得很周到。随着时间的推移，小白鹿已经在小鹿中隐约有了领袖的样子。而沃塞姆现在更加高大、健壮了，正处在精力旺盛的时期。这只小白鹿就是它生命中的花朵。一天，弗斯科看到了它们，它忽然因为这种情景兴奋地大笑起来。远远望去，一大群鹿，走在队伍前面的是一头母鹿和一头白色的小鹿，母鹿健壮、高大，小鹿则刚刚长出鹿角，但看起来，似乎这头小白鹿才是这个鹿群的领导者。

它们缓缓地向着山脉的高处行进，整个夏天都是这样。"有一群精灵住在高处的冰峰上，它们这是要去接受那些精灵的洗礼。"住在溪谷下游的里弗这样说。可斯威哥姆则更接近那些鹿群，他说："那些鹿妈妈就是小鹿的老师，就如我们的妈妈是我们的老师一样。"

到了秋天，老斯威哥姆发现雪峰的峰线正向着远处的深色沼泽移动。那只刚刚一岁的白色小鹿正和鹿群在一起，那些鹿排成一排，站在溪边喝水。白色的小鹿虽然刚刚加入这个鹿群，可是在灰暗山峰的衬托下，却格外显眼。

随着鹿群在缺少苔藓的山岗上活动，很多在春天出生的小鹿都死去了。其中一些是因为身体不够强壮，还有一些是因为太不聪明了，所以倒在了路上。这也没什么办法，因为这就是自然的规律。有些鹿没能认识到这个规律，因此死去了。不过，这只白色的小鹿是这些幼鹿中最强壮的。它知道，虽然岩石阴面的草看上去和阳面的没什么区别，但是它们没有营养价值，也没有阳面的草甜美。它知道，每当妈妈的蹄子踩得噼啪噼啪响的时候，就必须赶快逃走了。要是所有的鹿蹄都发出噼啪噼啪的声音，那么就说明有敌人来了，要一直待在妈妈的身边。惠斯勒鸭子飞行时会发出哨声，这样可以保证鸭子们不会掉队，而鹿发出的这种噼啪声就像哨声一样。小白鹿还知道，在那充满危险的沼泽地带，小树上总是挂着一些棉状的绒毛，如果松鸡发出刺耳的咯咯的叫声的话，说明鹰就在附近。对于还不满一岁的小鹿来说，遇到鹰是一件非常危险的事情。它还知道，吃小鱼卵有可能丢掉性命，要是被昆虫咬到，就必须去雪地里解决。对于它而言，只有那些气味和妈妈一样的动物才是安全的。它在慢慢长大，原本没有力气的小腿和关节渐渐变得丰满和匀称，使它看起来更像是长大了一岁。在它两个月大的时候，它的头上有了小突起，现在已经长成锋利、坚硬的鹿角了。这就是它以后和敌人战斗的武器。

这些鹿常常会嗅到一些敌人的气味，那些味道来自北方，是那种被人类称作野狼或狼獾的动物发出的。

有一天，这种危险的气味忽然重了起来，从远处的岩石缝里跑出来一个很大的深色物体，径直朝着鹿群最前面的白色小鹿扑了过去。那是一只凶猛的狼獾。它的眼珠不停地转动着，身上的毛又粗又乱，眼睛和牙齿闪着光亮，呼吸急促，面孔狰狞。小白鹿很害怕，它紧张极了，鼻孔也张大了。不过，它并没有惊慌逃窜，反而因为这个破坏者打破了这里的宁静，让它觉得很气愤。这种感觉十分强烈，它感觉不到一点恐惧，稳稳地站在那里，准备用自己的鹿角来迎战敌人。忽然，那个深色的家伙发出了巨大的吼叫声，那种发自胸腔的声音让小鹿非常震惊，它不禁被吓倒了。幸好，鹿妈妈一直在它的身旁，否则它可能就被杀死了。这时候，小鹿对着这个恶棍发起了进攻。它用尽全力向那个东西撞去，用鹿角把那个家伙撞倒在地上。此时，小白鹿那原本温顺的眼睛里闪出了凶狠的光芒，站在一旁的鹿妈妈也向那个恶魔发出了攻击。狼獾终于筋疲力尽了，鹿妈妈退回来，继续吃起草来。但小白鹿的鼻子里仍然发着愤怒的气息，它走向狼獾，狠狠地用角撞去，直到它雪白的头上沾满了狼獾的鲜血，变得通红。

小白鹿平日是一个温顺的孩子，但这次的行动展示了它不为人知的好战的兽性。它就像北方的人一样，健壮、豪爽、平和，一般不会发怒，但一旦发怒却很吓人，那是一种暴怒。

秋天来了，驯鹿们一起站在湖边，弗斯科又唱起了那首歌：我正在山林间隐藏，而幸运的挪威正在一只白色驯鹿的背上。奔腾！奔腾！

它等到了自己想要的东西后，就飞走了。它飞过天空，飞过小溪，还在深深的水溪底下行走。没有人知道它去了什么地方，可老斯威哥姆却说它到别的地方过冬去了。但他既不会读书，也不会写信，怎么会知道那么多事呢？

2

每个春天，驯鹿都会经过老斯威哥姆的磨坊，从低地树林迁移到寒冷的犹彻万德的海滨。每到这时，弗斯科都会在旁边唱那支关于白色驯鹿斯道布科的歌。此时，那只小白鹿斯道布科正在成为鹿群的领导者。

第一年春天时，小白鹿站起来也只比那些野兔稍高些。当秋天到来时，它已经比斯威哥姆家门前的那块石头还要高了。到了第二年，它长得更高了，甚至都不能从那些矮树下面穿过去了。第三年的时候，它从那块彩色的岩石边经过，在旁边的弗斯科必须抬起头才能看到它，而不像从前那样低着头就能看到它了。

这个秋天，斯威哥姆和他的朋友罗尔在冰蚀高原上狩猎驯鹿，然后从中选了一些最强壮、最漂亮的来拉雪橇。他们看到斯道布科时认为：它比其他鹿更高更重，皮毛像雪一样白，鬃毛很稠密，而那只鹿角则像是在暴风雨里长大的橡木一样。无论从哪个角度来看，它都可以称得上是鹿王国的国王，而它也很容易就能成为雪地里的国王。

驯马师有两种，而驯鹿师也有两种：第一种是亲切地对待驯鹿，对它们进行驯服和教导，用这样的方法培养出来的是一个友好、勇敢的好助手；而另一种则是企图用暴力征服驯鹿，那么，他将得到一个充满怒气的奴隶，随时都可能反叛自己仇恨的主人。很多挪威人因为对驯鹿的残暴而付出了惨痛的代价，甚至失去了生命。

性格温和的斯威哥姆亲自训练了白鹿斯道布科。斯道布科走路很慢，因为它讨厌人类对自己的奴役，就像讨厌其他鹿的统治一样。但是斯威哥姆的仁慈感化了它，它学会了拉雪橇并且以此为荣。那是怎样高贵的场景呀？一只雄伟的白色动物眼睛中闪烁出平和的光，鼻子里冒着腾腾的热气，拉着雪橇走在白茫茫的雪地上，前边的雪就如汽船头的波浪一样向两边分开。慢慢地，雪橇、人和那头鹿全都消失在纷纷扬扬的大雪中。很快，他们就到达了圣诞节的欢乐广场上，每年一次的盛大的冰上比赛在这里举行。原本寂静的山谷里充满了欢叫声。驯鹿很善于赛跑，这些比赛给人们带来了欢笑，但有时也会发生不幸。这时，罗尔正和他的雪橇鹿待在一起，那只鹿很高大，全身乌黑，今年五岁，正处于最青春的时期。罗尔的脾气很暴躁，他经常虐待那只黑鹿。比赛正在激烈地进行，眼看罗尔就要赢得胜利了，忽然，他那只带着怒气的奴隶朝着猛烈的风暴跑了过去。雪橇翻了过来，罗尔躲在下面，逃过了一劫。那只黑鹿一直跑到一棵大树前才发泄完自己的怒气。斯威哥姆和他年轻的白鹿获得了第一名。这还不算，白鹿又在五英里环湖比赛中夺冠。每胜利一次，斯威哥姆都会在鹿身上挂一个银色的铃铛。于是，当白鹿神采飞扬地飞奔起来时，就会在路上洒下一串美丽的乐声。

下面的比赛是赛马——在这些比赛中，那些驯鹿只是小跑。一匹名叫保德的马获得了胜利，得到了绶带，马的主人也获得了奖金。这时，斯威哥姆走了过来，手里拿着自己的奖品。他说："嘿！拉斯，你的马真是一匹好马，可是我的鹿也不错。不如我们把这些奖品都放在这儿，让它们比试一下，谁赢了谁就可以把这些奖品全拿走。"

马和驯鹿之间进行比赛，人们从未见过。随着一声枪响，两个动物出发了。小马迅速冲了出去，而漂亮的选手斯道布科大步慢跑，落在了马的后面。"加油，保德！""加油，斯道布科！"那匹马首先跑了过来，人们高声欢呼起来，它以最快的速度跑了过去；而此时，斯道布科也加快了速度，就像要飞起来似的，越来越快，它和马之间的距离越来越小。小马刚开始的时候起速很快，而白鹿只是均匀大步地朝前跑着，像是在做热身运动一样，而现在它却越来越快了。斯威哥姆在旁边为它加油："加油，斯道布科！真棒，斯道布科！"或者就抖抖缰绳，提醒它。到了转弯时，两个选手已经几乎肩并肩了。小马虽然在冰上带着铁蹄跑起来很容易，主人的驾驶技术也很棒，但在过弯道的时候它好像还是有点儿害怕，于是，被斯道布科超过去了。小马和它的主人被远远地落在了后面。斯道布科首先冲过终点线，赢得了比赛。终点的人群为他们欢呼起来。尽管如此，白鹿的力量和速度还没有到达顶峰，毕竟它还很年轻。

罗尔向斯威哥姆表示祝贺，并表示希望能坐一次白驯鹿拉的雪橇。白鹿准备好了。本来罗尔只要拉一次缰绳就能指挥白鹿的。但罗尔却无缘无故地抽了它一鞭子，这就是他的坏毛病。过了一会儿，事情有点不正常了。白鹿忽然减速了，它的四条腿向前一撑，站住了。它抬起下垂的眼睑，眼珠子不住地转动，眼睛里闪出绿光，鼻子里喷出热腾腾的气来。罗尔不禁大叫起来，他感觉到了危险，赶紧把雪橇掀翻了，躲在下面。斯道布科把愤怒全发了那个雪橇上，不断地对着它喷气，用蹄子刨地上的雪。这时，一个小男孩跑了过来，他是斯威哥姆的儿子，他用胳膊搂住暴怒的驯鹿的脖子，于是狂暴的神情从它的眼睛里消失了，它慢慢平静下来。小心呀，骑手！驯鹿也会"发火"！

随后的两年里，白鹿的名声大噪，在人们中间流传着很多关于它的伟大业绩。它曾在二十分钟的时间里拉着斯威哥姆绕着犹彻万德跑了六英里。有一次雪崩把整个好莱克的村子都埋了，是斯道布科把这个消息带了出去，请求帮助，而且它还拉回了白兰地和食物等物品。

还有一次，一个喜欢冒险的年轻人掉到了犹彻万德的薄冰下面，他不断呼救，眼看就要被淹没了。这时，斯道布科跳进了冰冷的河水，一直把那个年轻人拖到岸边。它带着这个年轻人穿过了小溪。这时，那只精灵鸟喊道："祝你好运，祝你好运，有白驯鹿陪伴你！"

白驯鹿在此后的几个月里突然消失了——有人说它是潜到水里的某个地方参加宴会去了，会在那里狂欢一个冬天。可是斯威哥姆不相信这些。

3

国家的命运曾不止一次地被交付到一个孩子的手中，甚至受到动物的眷顾。罗马帝国是被一匹母狼哺育的，而结束英国斯图尔特王朝的据说是一只鹪鹩，它吃了鼓头上的面包渣，召来了奥兰治的军队。这真是令人难以置信，而挪威的命运将要托付在一头品行高尚的驯鹿身上了，那只在水车上的精灵就是这样唱的。

在斯堪的纳维亚的动乱年代里。那些邪恶的人们正在原来亲如手足的国家挪威和瑞典之间制造矛盾。人们都在高声呐喊着："打倒联邦！"

多么愚蠢的人们啊，如果你们到斯威哥姆的水车前，就会听到精灵的歌唱：乌鸦和狮子，它们共同抓住了一只无能的熊，熊送给它们一块骨头，当它们争夺骨头时，熊趁机逃脱了。

内战的威胁——为了独立的战争——正在挪威各地流传。各地都在秘密地举行会议。可是，在每一次会议上演讲的，都是那些口袋鼓鼓、油嘴滑舌的人，他们夸张地说着国家不公平的事情，并保证说假如人们愿意为此而发动战争，他们就一定能争取到国外势力的援助，不过，从没人说过，这种势力到底来自哪里。当然，这也没有必要说，因为到处都有人在说关于这种势力的事情。慢慢地，就连那些真正的爱国人士也开始相信这种说法了。他们也认为，自己的国家是如此的不公正，那些名声很好的人成了这些力量的代言人。此时，国家正在遭受各种破坏，社会上一片混乱，到处都是一片狼藉。尽管国王一心想为人民谋取利益，但是现在，他也无能为力，陷入了绝望。

这个国王诚实、正直，在那些居心叵测的阴谋者面前，他能做些什么呢？就连他身边的那些顾问也受到了那些误导人的爱国主义思想影响了。那些人根本就不知道，他们已经被人骗入了外国人的圈套。而那些被敌人收买的一两个人则知道事情的真相。这些卖国者的首领是前斯堪的纳维亚岛的长官博格文科，他是一个很有能力的领导者，甚至有望成为首相。但是他在做了几次没有原则的事情后，引起了人们的怀疑，所以大家不再支持他。他的政治野心无法实现，便选择了替敌人工作，做那些势力的代言人。相信他本来也是爱国的，但随着阴谋的进行，他就渐渐把自己的国家抛诸脑后，只想着怎样为外国人卖命了。

那些阴谋正在付诸实施。军队里的军官都被秘密地误导并被说服了。他们坚定不移地相信"我们的国家错了"这样的奇怪言论。其实，每一次行动都在帮助那位前长官巩固自己的领导者地位罢了。博格文科希望能通过这种办法获得各种好处，甚至经常和其他人因为这种问题而争吵。他参加各种会议，希望能独揽所有的大权。为了自己的安全，他卑鄙地利用手中的证据出卖自己的追随者。他开始收集对一份权利宣言的签名，事实上，那是用来通敌的。在拉斯达索伦会议前，很多领导者都被他迷惑了。初冬的一天，会议召开了。大约二十位爱国人士参加了这次会议，其中有一些还是位高权重的人物。他们全都是有能力、有智慧的人。在那个封闭的会议室里，他们商量着、计划着，还提出了许多问题。他们围在温暖的火炉旁，表达着自己的愿望，憧憬着美好的将来。

这个冬天的夜晚，那只白色的驯鹿被拴在雪橇上，头向后卧在那里，似乎睡着了，就像一头安静的公牛。到底谁会决定国家的命运呢？是屋里那些思考者，还是这位沉睡者？到底谁更重视国家的命运呢？是皇宫里的那些长着胡子的委员们，还是那些把石子扔到溪水里玩耍的男孩子们？在拉斯达伦索那里，一切如旧：博格文科滔滔不绝的演讲迷惑了所有的人。人们浑然不知地把自己的头放在绳索里，把国家交给了一个狡诈的阴谋家，还毫不怀疑他是一位爱国的天使。

难道所有的人都是这样吗？不，当然不是。老斯威哥姆就没有。他既不会读书，也不会写字。所以他没有在那个宣言上签名。尽管他不识字，可是他却能读懂人心。

在会议休息的时候，他向其中的一个同伙打听："刚才你签名的那张纸上，有博格文科的名字吗？"

于是，那个人惊慌地说："没有，没看到。"

"果然是这样，我信不过那个男人，必须把这件事通知给参加下一次集会的人。"

这很难办。因为，此时的博格文科已出发去尼斯特恩了。

斯威哥姆站在篱笆前向斯道布科打了个招呼，白鹿的眼睛闪烁着。斯威哥姆把白鹿身上的银铃铛解了下来，因为银铃一响，就会向敌人泄露自己的行踪。然后，他解开驯鹿，坐上雪橇。他拉动缰绳，大喊一声："出发！"奔向了尼斯特恩。

斯道布科渐渐加快了速度。不管怎么说，它可是同一匹速度最快的马比赛时获胜的斯道布科啊！他们渐渐离博格文科越来越近了，它的速度就像飞起来一样。

如果一直以这个速度追赶下去，他们很快就会赶上博格文科，可是那样不行，不能让那个阴谋者发现他们，即使到达森林的拐弯处也不能超过他。

一会儿，森林就在眼前了，博格文科的雪橇正好到达了森林的拐弯处，这时候，斯威哥姆驱动雪橇离开大路，转而从结了冰的河面上行走。

大路很平坦而且距离近，但河道又远又难走。四个小时后，博格文科到达了尼斯特恩。他发现人群中有一个人好像刚才在拉斯达索伦见过，这件事情很奇怪，但是，他却装作没见过那个老人。

尼斯特恩没有人为他签名，不用问，肯定是有人警告过他们了。在这种关键时刻出现这种问题是非常致命的。博格文科想了一下，开始怀疑是斯威哥姆在捣鬼。可是，这个老家伙在拉斯达索伦连自己的名字都不会写，他又是怎么提前到达这里的呢？

当天晚上，尼斯特恩举办了一个舞会，那个舞会是博格文科以欺骗为目的举办的带有政治色彩的集会。在舞会上，博格文科终于知道了原因，也知道了那头白驯鹿。由于白鹿带着斯威哥姆抢先赶到了尼斯特恩，博格文科的这次行动失败了。在那些话传到卑尔根之前，他必须到达那里，否则一切都完了。现在，只有一个办法可以挽救自己，那就是向斯威哥姆借他的白驯鹿，驾着白驯鹿拉的雪橇赶到卑尔根去，也许还能来得及。为了达到自己的目的，博格文科会不择手段，即使牺牲整个挪威也在所不惜。他动用了自己所有的影响力，迫使老斯威哥姆同意借他白驯鹿和雪橇。

当斯威哥姆去牵斯道布科的时候，它还在那里安详地睡觉。它慢慢地站起来，先是伸开后腿，然后把自己的尾巴伸得和背部一样平，接着晃动着自己的鹿角，把身上的那些干草抖掉。斯威哥姆牵着它，慢慢走出来。看着白鹿那缓慢的速度，博格文科实在忍受不了，狠狠地踢了它一脚。"呜——"斯道布科的鼻子里使劲地喷着气，而斯威哥姆则严重地警告了博格文科。白鹿和主人好像都被惹怒了。

白鹿的马具上带着铃铛，但博格文科想要把那些铃铛拿掉，他要悄悄地到达那里。斯威哥姆当然不愿意与自己心爱的白鹿分开。因此，他坐在了跟在白鹿后面的那个马拉的雪橇里。不过，博格文科已经暗中嘱咐过那个马夫，在路上要尽量走得慢一些。斯威哥姆提醒他，白驯鹿出发时，很容易使他摔到雪橇里。博格文科很生气，不过，此时马拉的雪橇已经开始扬鞭出发了。他只好压住自己的怒火，拉动缰绳，大叫着出发了。白驯鹿迈着步子开始了小跑。它的步伐十分稳健，每一步都会踏踏实实地踩在雪地上。即使在冬季的早晨，它的鼻孔里也冒出了一阵阵水汽。雪橇所过之处，在雪地上留下了长长的痕迹，那些白雪跟着雪橇飞舞，雪白一片。鹿王那双大大的眼睛闪烁出喜悦的光芒。马铃声从后面传来，越来越小，它已经把马拉雪橇抛下了。

就连专横的博格文科现在也十分兴奋。这头白驯鹿虽然昨天晚上破坏了他的大事，但它确实很棒，而且，它现在正在为自己效力。按照他的预计，他要比马拉雪橇提前几个小时到达卑尔根。

白鹿雪橇在上坡的时候竟然和下坡的时候一样快，驾驶者的精神也随着这种惊人的速度好了起来。雪橇下的雪发出连续的声音，飞奔的驯鹿蹄下——冰雪的咯吱声就像有力的牙齿在咀嚼食物，发出阵阵的响声。现在，他们正行驶在尼斯特恩山和戴尔卡尔山之间。在他们疾行的时候，小卡尔正好透过窗子向外看，他看到了白色的驯鹿，白色的雪橇，还有一个白色的驾驶者，简直就像巨人故事中描述的一样，他拍着手叫起来："太好了，太好了。"

小卡尔的爷爷也看到了这白色的奇迹，不过，当他发现竟然没有铃铛声的时候，感到头皮发冷。他回身点燃了一根蜡烛，放到了窗台上，一直放到太阳升高，为的是确认这是否就是那个约顿海姆的斯道布科。

驯鹿仍在疾驰，驾驶者不住地抖动着缰绳，他只想着尽快到达卑尔根。他用绳头抽打着这匹"白骏马"，白驯鹿则喷出三大声鼻息，又跳了三下，跑得更快了。

当他们经过代斯科尔的时候，忽然狂风怒吼，乌云压顶，这是暴风雪来临的前兆。对于驯鹿来说，它们很了解这些事情。斯道布科朝着周围嗅了一下，空气中的气味已经预示了一切，它担心地看了看天空，步子也慢了下来。博格文科叫了起来，虽然这头驯鹿已经跑得很快了，但他希望可以跑得更快。他频繁地挥动着鞭子，一下、两下、三下，打得越来越狠。雪橇像小船掠过水面一样迅速。斯道布科的眼睛喷射出愤怒的火焰，博格文科也很难安稳地坐在雪橇里了。雪橇的速度越来越快，很快就到达了斯威哥姆桥。雪花随风飘落，后来终于变成了暴风雪。这时，精灵在那里出现了。没有人知道它从哪里来，它在拱顶石上跳跃，大声唱着挪威命运之歌和驾驭雄鹿之歌。

雪橇正顺着蜿蜒的大路朝下走，在拐弯的地方雪橇向内倾斜得很厉害。这时候，白鹿听到了桥上的声响，它把耳朵向后转着，放慢了脚步。博格文科什么也不知道，他只是拼命地驱赶着白鹿。红光在白驯鹿的眼睛里闪烁着，它发出了愤怒的鼻息，狂暴地摇动着鹿角。可是，它并没有停下来为它所受到的殴打进行报复。它即将会在前面对这个人进行一次强大的报复。白鹿依旧按照原来的速度奔跑，根本不受博格文科的控制，驯鹿刚刚听到的那种声音已经被落在了后面。他们没有从桥上过去，而是离开道路，往旁边涡转。雪橇翻倒了，但又自己正了过来。被皮带束在雪橇上的博格文科没有被抛出去摔死。他只是受了一些擦伤和撞伤，仍旧活得好好的。此时，挪威所有的诅咒因某个目的而集中在了那个雪橇上。精灵从桥那边过来了，它轻轻跳上驯鹿的头，抓住驯鹿的角，大声地唱了起来："终于来到了！紧要关头幸运降临，挪威的诅咒被抹去了！"

博格文科听到这个声音又怕又怒。当驯鹿跳过更崎岖的雪地时，他更加猛烈地抽打它，想控制它，可是那只不过是徒劳罢了。博格文科因恐惧失去了理智，竟然拿出刀朝着驯鹿的腿部刺去。驯鹿用后腿把刀弹向了风雪弥漫的天空。他们在路上的速度慢了下来，白驯鹿不再是大步小跑，而是发疯似的跳跃，一跳就有五步远。驯鹿每次跳起来时，雪橇也跟着一跳。倒霉的博格文科被皮带捆在雪橇上，根本无计可施，只能大叫、诅咒，可怎么做也不见成效，最后，他只能祷告了。白驯鹿满眼血丝，喘着粗气，沿着凹凸不平的道路往支离破碎的冰蚀高原跑去，就像一只海鸟飞上浪尖一样登上山顶。它在高原上奔驰着，就像海鸥掠过海岸。它寻找着鹿妈妈第一次带它蹒跚学步时的地方，从万德水坝下来，它沿着走了五年的路向前走，在那里，长着白翅膀的鸟儿正往天上飞去，那里有闪着白光的黑色岩山，直到天际。驯鹿在那里找到了它们的奥秘。

白鹿就如暴风前的小雪花，就如吹过苏里坦德的一阵旋风。它比其他任何生物的速度都要快，一直向上，向上。没有人能看到它经过，就像是一只乌鸦猛地飞起来，然后向下一个猛扑就消失了一样。那只在万德水坝唱歌的小精灵，此时正在鹿角之间来回跳着，唱着："好运，挪威好运！"

白色驯鹿继续前进。经过特温得豪格，他们就像荒地上的飞云一样消失在幽暗的远方，直奔约顿海姆而去。那里终年积雪，是邪灵的聚集地。白驯鹿和雪橇痕迹很快就被暴风雪抹掉了，没有人知道他们最后怎么样了。

但是，有一件事再清楚不过了，那就是那些在纸上签名的人谁也没有受到惩罚，因为，那张有着签名的纸也和白驯鹿一起失踪了。另外，挪威和瑞典两国也和好了，避免了一场战争。挪威人终于摆脱了噩梦。

唯一遗留下来的是斯威哥姆从斯道布科脖子上摘下来的那串银铃，这是代表胜利的铃铛。每一个铃铛代表着一场胜利。老人知道了那件事的结果，他叹息着，在这串铃铛上又系上了一个特别大的铃铛。

此后，再也没有人听说过这个动物，这个曾经与挪威的命运紧密联系在一起的动物。但是，直到现在，在那个遥远的山峰附近居住的人们中间都流传着这样一个故事：在那个暴风雪的夜里，狂风夹杂着雪花吹袭着森林。这时，有人看到有什么东西经过了，速度非常快，那是一头大白驯鹿，目光如炬，拉着白色的雪橇，上面坐着一个可怜的白人，他惊慌得大声喊叫。有一个棕衣白须的精灵站在驯鹿的双角之间，高兴地对着那头白鹿笑着、唱着："挪威，万岁！白驯鹿，万岁！"

　　他们说，当白桦树穿上春装的时候，常能听到先知的歌声在斯威哥姆的万德水坝上回响。目光温和的沃塞姆独自来到这里，离开的时候带着一只白色的小驯鹿，那只小驯鹿温顺地跟在它的身边。

公鹿的脚印

"砂丘"是个尚待开发的森林地带。夏天的时候，天气闷热得似乎随时都会冒出火一般。在森林里的草地上，到处都看得到被烈日晒得冒烟的浊水洼。

一天，生活在这里的青年杨，由于在森林里追捕小鸟，跑得太累了，气喘吁吁地向有泉水的方向走去。他知道在这附近只有这个地方才能喝到冰凉而且洁净的水。

到了泉水边，他弯下身去捧水喝，忽然发现附近的泥地上有动物的脚印。那些脚印既明显又漂亮，杨从来没有见过，高兴得他的心脏扑通扑通直跳，因为他认出那是野鹿的脚印。

回去后，他问在这一带开垦的前辈们，前辈们告诉他："你一定是看错了，这边的山丘已经没有鹿了。"

杨很快就把这件事忘掉了。直到这年的秋天，大地刚刚飘雪的时候，他才又想起夏天时候在泉水旁的泥地上发现的脚印，于是他取下墙上的枪，自言自语地说："我确定我没有看错，我每天都要到山中寻找，直至捕到一只鹿为止。"

杨是个年约二十、身材高大的青年。虽然还不是出色的猎人，却拥有着无穷的精力和一双强有力的脚，他可以永不疲倦地翻山越岭，时时洋溢着不认输的精神。

从那天起，杨每天上山寻鹿，从不间断。数日下来，他已经在盖满白雪的地面上搜寻了几十公里，可是，却连一点痕迹也没有发现。每天夜晚的时候，他都是带着失望的心情回到小屋。即便如此，他仍没有打消捕鹿的念头，依旧冒着严寒，每天上山搜寻。一天，他朝南面的山涧走了很长的一段距离，终于发现雪地上有动物的脚印向前延伸而去。杨兴奋得差点叫出声来，心中暗想，这脚印虽已模糊，但它确实是鹿留下的足迹。

刚开始因为脚印模糊，杨无法判断鹿是往哪个方向跑的，直到认出脚印较尖的一端，即脚尖所朝的方向，这才确定了方向。

同时，他发现前脚与后脚脚印的距离，越到山坡上的时候越窄，在没有雪的沙地上，又露出明显的脚印时，他更相信自己的判断没有错。于是，他沿着这些脚印，在这片无边无际、白茫茫的山林间飞奔起来。眼前的脚印越来越明显了，杨的热血也在沸腾，全身因兴奋而发烫，头发也一根根竖了起来。

就这样，杨一整天都在追踪脚印。直到傍晚时分，他发现脚印的方向改变了，竟朝着自己家那边走去，最后，进入很深、很繁茂的白杨树林里。由于天色暗了下来，杨再也看不清脚印了，只好暂时停止追踪。他察看了一下周围的环境，估计这个地方距离他住的小屋只不过十多英里。果然，一个小时后他就回到了家。

第二天一早，杨又来到昨天的地方，想继续追踪。没想到，昨天的脚印还只有一道，今天却多了好几道新的，错综交杂在一起，使杨不知道到底该追哪一道才是。他在附近随便走动察看，终于发现其中有两道特别清晰。确定了这个目标之后，杨又开始认真地追踪下去。

他全神贯注地沿着眼前的痕迹一心一意地追踪着，完全没有留意到自己正一步步地走近树林。当他踏入树林时，不禁大吃一惊，因为前面突然跳出两只耳朵很大的灰色动物，它们一直跑到距离他五十码远的土堤上才停下，并回头看着他。

它们侧着身子，双眼凝视着杨，一动不动。杨被它们那温柔的目光迷惑住了，好像那温柔的目光正爱抚着自己。

这时，杨已看清楚了那两个动物。那不正是几星期来，他日夜所渴望获得的鹿吗？按理说，他那么热衷、不畏艰难地追寻鹿，当然不愿意错过这个千载难逢的机会。可是，以前那种渴望拥有它们的心情早已消失得无影无踪了，此时，他的脸上只剩下惊讶和赞叹的神情。

杨不自觉地发出了赞美的叹息："啊！……"

站在那边注视他的那两只鹿，回头跑了两三步，到了比较平坦的地方便开始追逐起来，好像杨根本不存在一样。

令他惊讶的是，眼前的这种生灵只把蹄轻轻触一触地面，就能跳到两米半的空中去。那姿势，就像一种没有翅膀的飞翔。

他深深地被那轻盈可爱的灰色动物给吸引住了，静静地站在那里出神。两只鹿继续在那里戏耍着，没有显出一点恐慌的样子。杨知道，如果鹿要想逃跑的话，一定会仓皇又迅速，可是它们并没有。两只鹿一次比一次跳得高，姿势无比优美，腾跃在半空中时，身体后半部的白色长毛被风拂动，真像一只没有翅膀的鸟，飞翔在幽静的山谷间。终于，鹿的表演结束了，它们轻盈无声地离去。杨一声不响地注视着一切，丝毫没有举枪射击它们的念头。

直到鹿的影子完全消失了，杨才走近它们刚才互相追逐的地方，察看它们留下的脚印。起初，他只发现第一个脚印，却找不到第二个脚印。最后，他才吃惊地发现第二个脚印竟在五米外。

从留下第二个脚印的地方再找另外的脚印，它们相距更远了，有些相距七八米，有些甚至远达十米。

不可思议！这两只鹿仿佛并不是在走，而是在跳，并且每次落下时，只用美丽的蹄子轻轻触一下地面而已。

杨不禁喃喃自语地说："逃得好！逃得妙！今天总算大开眼界，让我看到这么奇妙的事情。这里的人以前必定没有见过这种景象，否则他们一定会告诉我的，就如我今天所看到的。"

2

第二天，杨已经完全从昨天的恍惚中脱离出来，他在心里嘀咕着："我还要上山寻找鹿的脚印，像狼一样再次追赶它们，和它们斗斗智慧与耐力，看看是它们的速度快，还是我的枪法准。"

站在连绵起伏的山丘上，放眼望去是一望无际的美丽景色。湖泊、森林、草原，到处都充满了生命的活力。杨似乎也受到感染，浑身充满了蓬勃的朝气。

"现在才是我一生中最快乐的日子，它像黄金一样闪烁着耀眼的光芒，照亮了我的人生。"

的确，在以后的岁月里，当杨历经了许多遭遇后，更印证了这一段"黄金时光"是他永远不会忘怀的宝贵记忆。

一整天，杨像狼一样迈着大步在森林里走着，惊动了不少躲在草丛中的野兔和歇在树林中的鸟儿。杨没有心思管这些，只是专心地边走边搜寻鹿留下的脚印。那脚印有如写在雪地上的文字，可以告诉人们许多事情。这是世界上最古老的文字，对于追寻它们的人而言，这比珍贵的埃及文字更有趣、更令人激动。

　　雪花不断地飘落，像是故意帮助鹿来阻止杨的追踪，它几乎覆盖了所有可能遗留的痕迹。第二天，杨依然在山林间寻找，但如前一天一样，一无所获。

　　就这样，一连好几个星期过去了，杨已经记不清自己走过了多少波浪似的丘陵。离家已经越来越远了，他开始在冰冷的雪地上过夜。有时候，他会发现断断续续的脚印，只是机会不多，仅仅像奇迹般的一两次而已。他也看到过鹿的影子轻盈地跃过山丘，但也只是瞬间就消失了。

　　传说有人曾在靠近木材工厂的森林里看到公鹿。杨也看过那只公鹿留下的足迹，但从没发现公鹿的踪影。于是，杨决定仔细搜查那附近的几条路，一旦发现公鹿，就用枪射击它。可是后来，他连举枪瞄准的机会也没有了。因为在连续失败的日子之后，一年之中打猎的季节也跟着过去了。

　　但是，那是一次愉快的失败。对于杨来说，他并不是一无所获。在那一次与鹿的巧遇中，他得到了无比的幸福和乐趣。

3

　　一年之后，又是一个打猎的季节，杨再度兴起猎鹿的念头。因为，此时，他对公鹿的传说早已着了迷，而且等不及打猎季节的真正来临，就已经准备出发了。

　　因为那只巨大的公鹿曾经在远处的山岗上休息，所以人们叫它"砂丘公鹿"。看过这只公鹿的人常常绘声绘色地叙述着它有多高大，跑起来有多神速。而且还说，它有一对像皇冠那么美丽的角，乍看上去，就像用青铜雕刻成的，尖尖的前端还闪着迷人的象牙般的光亮。

　　一旦飘起白雪，地面上将会留下公鹿踏过的痕迹。杨跟几个伙伴一起打猎，他热切的心情无形中也感染了他们，大伙儿驾着雪橇来到史布尔斯冈。大家约好傍晚时分在原地集合，然后就各自分散捕猎了。

史布尔斯冈附近的森林里，有无数的野兔和雷鸟。在这个捕猎的季节里，空气中到处飘荡着射击后的火药味，却找不到公鹿留下的痕迹。杨只好悄悄地走出森林，独自向着甘乃迪平原走去，他想，美丽的公鹿也许会在那里出现。

走了大约五公里远，杨突然看见了公鹿遗留下的脚印。哦，根据脚印判断，它的体型一定很大，否则怎会留下这么大的脚印！杨心里想着，并立刻意识到那是"砂丘公鹿"的脚印。他的精神突然振奋起来，浑身充满了活力，开始像狼一样向前追踪。

追踪，追踪，不间断的追踪。到了傍晚时分，他才想起与伙伴约定集合的事，但是此地距离史布尔斯冈已经很远了。

杨沉思了一会儿，想到即使是立刻动身，大概也要太阳下山后才能回到史布尔斯冈，到那时伙伴们一定都离开了，既然如此，他又何必拘泥于这项约定呢？他又满心认为，即便没有别人的帮忙，他也能像钢铁和猎狗一样坚强地在雪地里行动。

对于年轻力壮的杨来说，步行十公里，跟别人走一公里没有两样。他可以一整天不停地翻山越岭，晚上回家后，依旧精力充沛。在他的那种年龄，浑身上下好像有着用不完的力量。

果然，伙伴们如杨所料，约定的时间一过，便都驾着雪橇回去了。回家的途中，他们多少为杨必须独自一个人跋涉回家感到不安。此时，他们没有想到的是，在这刮大风、下大雪的山中，杨正享受着一种从未有过的喜悦。

风雪虽然强烈得要将人吞噬似的，但杨健康的身体里却燃烧着旺盛的火。啊！那天傍晚，甘乃迪平原展现着一派壮丽的景象：白色的雪地映着红霞，连那片白杨树林也仿佛被点燃了似的，闪耀着红色的光辉。在渐渐昏暗的森林里独自漫步，是何等的美好呀！不知不觉中黄澄澄的月亮已经爬上树梢，照射在地面上的杨的影子，也越来越浓了。

在这空旷无人的山林中，杨唱歌似的说："和从前相比，现在才是我一生中最快乐的时刻，它像金子一样闪烁着光芒。"

深夜，当他走回史布尔斯冈时，对着山林里喊了一声："你们还在吗？"

没有回应，大地一片沉寂。杨再度侧耳倾听，终于，从甘乃迪平原那边传来微弱的狼嗥，呜呜的声音在空气中回荡。根据狩猎的经验，杨听出来，这是狼群在围捕猎物时相互呼应的叫声。渐渐地，声音越来越清楚，也越来越激昂。

杨不禁模仿它们叫了一声，立刻从四周黑暗的地方传来更多应和声。杨这才意识到：原来它们所窥伺、追踪的猎物就是自己。

在这样严寒的天气里，想要爬上树去躲避狼群是不可能的。于是他索性走到草地中央，在洒满月光的雪地上坐下。他手上握着又黑又亮的枪，皮带上那排整齐的子弹，在月光下闪着森严的光芒。此刻的杨正处在生死关头，必须保持高度的警惕性。同时，他的内心又交织着一股前所未有的、不可思议的感受。

狼群的嚎叫声更接近了，那是一种深沉、有节奏的叫声。到了森林边缘，那些声音突然停止。周围静悄悄的一片，月光照得大地有如白昼般光亮。杨知道，它们只能躲在森林的暗处，对自己加以监视，静静地等待下手的好时机。

一阵可怕的静寂之后，突然从右边发出小树枝"啪啦"折断的清脆声，接着从左边传来低低的"呜呜"声，然后一切又恢复静寂。杨可以感觉到，狼群正悄悄地接近自己，可能正躲在树林后面窥视他。于是，他更加凝神贯注，准备一有什么风吹动，就开枪射击。然而，他什么也没看到。

无疑，狼跟杨都很机警聪慧。杨知道，如果自己现在逃走，一定会马上遭到狼群的围攻而丧生；另一方面，狼也知道，没有稳操胜算的把握，它们不可以轻举妄动。

双方对峙了好一会儿，狼群大概意识到杨是不好惹的，"商量"一番后，就纷纷离去了。

杨很有耐心，又静静地等了二十多分钟，确定狼群已经走远了，才站起身来，慢慢地踏上归途。他边走边想："唉，现在我才真正体会到，鹿整日提心吊胆、防备敌人随时从后面追上来，它们听到走近的脚步声或枪的'喀嚓'声时，那感受应该跟我刚刚所经历的一模一样吧！"

以后的日子里，杨依旧天天出外打猎，对史布尔斯冈这一带的地势也摸得更清楚了。只要地上有一点痕迹，不管是多么细微模糊，他都能很快地做出判断，并且毫不放松地追踪下去。

当然，杨在这永不停止的追踪里，有时候也会发现"砂丘公鹿"的脚印。

4

这一天，大地上铺了一层厚厚的雪，杨穿过高大的枞树林时，沿途听到山雀在歌唱，这意味着：春天就要到了，打猎的季节又接近尾声了。

途中，杨遇到了一位樵夫，樵夫对杨说："昨天夜里，我在森林中看见了两只美丽的鹿，一只是母鹿，一只是好大好大的公鹿，它的头顶上还顶着像鸟巢一样的大角。"

听到这些，杨兴奋地想看个究竟，于是就跑到樵夫所说的地方。果然，地上有很多鹿的脚印，有的似曾相识，就像以前在泉水旁的泥地上见过的一样，而有的却显得特别大。是的，那一定是砂丘公鹿的脚印。

杨那潜藏了一个冬天的渴望，又被激发起来。于是，他越过重重的森林、山丘，一路跟随公鹿的脚印追下去。

长久以来，杨总结了一套追踪公鹿的经验，在不停地追踪公鹿的脚印的过程中，他发觉脚印与脚印间相距不远，公鹿似乎没有尽全力跳跃。对于杨来说，这是多么难得的好机会啊！

到了下午，地上的脚印更加明显了。为了减轻负重，杨把一些不需要的东西丢掉，开始沿着野鹿走过的痕迹，像蛇一样，匍匐前进，避免惊动那些敏感的动物。

"这两只鹿经过长久的严寒季节之后，现在可能是出来寻找食物了。"杨暗自想着。

就这样，经过一段长途追踪后，杨果然在草原和树林的边缘，发现有什么东西在晃动着。

可能是公鹿！杨静静地观看着。不久，在灰色的树林中，他看到了好像粗圆木般的灰色东西，顶端耸着两支粗粗的、树枝般的角。哦！它的耳朵缓慢地动着，接着树枝般的角也动了。杨的身体不自觉地颤抖起来——那正是砂丘公鹿！

多么高贵而充满生机的姿态啊！杨觉得自己好像看到的是最尊贵、最高尚的国王。它穿着毛皮衣裳，戴着美丽皇冠……

"现在，这头美丽的公鹿丝毫没有察觉到眼前的危险，如果我在此时射杀它，岂不犯下了大罪吗？但是，我奔波了这么久，不就是为了要猎捕它吗？现在机会来了，怎么能轻易放过呢？"杨的内心挣扎翻涌着，最后，他终于明白了自己所扮演的角色，他是个猎人。于是，他鼓足了勇气，拿起枪开始瞄准。

可是，可恨的枪却不听他使唤，枪口不是摇向这边，就是摇向那边。杨的呼吸加快了，喉咙好像被什么东西塞住似的无法喘息，到底该不该扣动扳机？他心慌意乱，拿不定主意。

为了让自己冷静下来，杨暂时把枪放在雪地上，他的手在不停地颤抖。过了一会儿，他恢复了镇定，才又开始瞄准。在这时候，公鹿用眼睛、耳朵、鼻子不断地向四周看、听、闻，终于，它面朝着杨停了下来。

传说古时候有一位国王，在没有携带武器的微服出访途中遭人袭击。国王盯着那拿着刀子的人，从容不迫地说："你有杀我的勇气吗？"

刺客看到国王那威严、镇定的神色，不觉胆怯而退。

此时的杨，就像那个刺客一样，当那只他梦寐以求的鹿面对着他时，他竟像看到国王一般，不住地发抖……最后，杨心里的兽性战胜了一切，他开枪射击了。

第一枪瞄得太低，子弹落在公鹿前面的雪地里。公鹿惊慌地跃起，母鹿也出现了。他又开了一枪，照样落空。那两只鹿开始逃跑了。当他准备开第三枪时，它们已经轻快地跃过了丘陵，像风一样消逝得无影无踪。

5

杨迅速追了上去，然而，那地方没有积雪，无从追踪鹿的脚印。杨气得咬牙切齿，心里十分懊恼刚才的心软和犹豫。

又走了大约一公里半，杨发现雪地上多了一行新的鞋印，心里更加不快。那是印第安人的鹿皮鞋印——这种鞋的鞋底和表面是用同一张鹿皮做成，前端圆圆的，很好辨认。鞋印成一直线排列向前延伸，说明那是古利族猎人留下的足迹。

杨怀着一丝莫名的气愤，跟踪那脚印走去。爬上一道斜坡时，他看到一个身材高大的印第安人，从坐着的木头上站起来，很亲切地向他挥手。

杨很不客气地问："你是谁？"

"我是加斯卡。你好！"

"你在我的土地上干什么？"

加斯卡用很平和的语气回答："这地方起初是我的。"

杨指着雪地上的痕迹说："但你所追捕的却是我的鹿。"

"是吗？据说山中的鹿谁能捕获，就是谁的。"

"我不管别人怎么说，我追踪的鹿你最好不要插手，以免惹来麻烦。"

"我是不怕的。"

加斯卡这样说罢，做出像要把土地环抱起来作为己有的姿态，然后很温和地说："年轻人，争斗是没有用的。一个好的猎人自然可以获得很多鹿。"

这就是他们初次相见的情形。此后的几天，杨一直跟加斯卡在一起。他虽然没有猎到那只顶着美丽的角的公鹿，却得到比那更珍贵的东西——学到如何当个好猎人的方法。

加斯卡告诉杨不要越过丘陵紧追那些动物的足迹，因为鹿对于追踪它的人很注意，只要看到他越过丘陵，马上会藏匿起来。

加斯卡还教他如何用手去感受那些脚印，并且去闻它的味道。这样做，不但可以知道鹿离此有多远，甚至也可以猜测出鹿的年龄和体格大小。

还有，他还告诉骄傲的杨，即使你知道鹿在这附近，也不要跟得太紧，以免暴露自己的行迹。又教他如何把手指弄湿，伸到空中辨识风的方向。

杨专心听着他的讲解，觉得受益很多。

"我终于知道了，为什么鹿的鼻子是潮湿的，大概就是这个原因吧！"

相处的那几天，他们两人有时一起打猎，有时候分开行动。

一天，杨独自一人追踪一只鹿的脚印。印痕一直延伸到树林里一处现在叫做加斯卡湖的湖边。

杨蹑着脚，小心翼翼地跟在那些清晰的印痕后面。渐渐地，他听到森林里传来喳喳的声音，树枝开始摇动起来，他马上端好枪，准备一有动静，立即开枪射击。不久，他依稀看到枝叶那边有什么生物在动，他瞄准好，正准备扣下扳机时，突然看到了一团红色的东西，于是立刻停了下来。那生物出来了，"它"就是加斯卡。

杨吓得喘着粗气，说："天哪，加斯卡……我刚才差点打到你。"

加斯卡没有说话，用手指指绑在头上的红色带子，杨明白他的意思，这就是为什么印第安人出外打猎时，头上绑着红色带子的缘故。此后，每次外出打猎，杨也在自己的头上绑上红色的带子。毕竟，他不想被同伴当作猎物杀掉。

有一次，一群雷鸟高高地掠过他们的头上，向着枞树林那边飞去，另外一大群也跟在它们的后面，那情形就像所有的雷鸟都要到森林去集合一样。

加斯卡一直静静地看着，毫不惊讶，他对杨说："大批的雷鸟到茂密的枞树林里躲避，今晚一定有大风雪要来。

果然如加斯卡所料，没过多久，大地上就下起了凛冽刺骨的大风雪，猎人们整日守在火堆旁边，无法出行。第二天，大风雪不仅没有停止的意思，反而好像更大了。到了第三天，风雪终于稍微平息了，他们两人再度出去打猎。

这天，加斯卡一不小心把猎枪摔坏了，有一段时间他不发一言，只静静地抽着烟。后来，他突然问："杨，你有没有到穆斯山打过猎？"

"没有。"

"那边有好多动物。你真的没去过吗？"

杨摇摇头。

加斯卡眼睛望着东方，继续说："今天我发现修族人的脚印，我有不祥的预感，这里恐怕会发生不好的事情。"

杨知道，加斯卡已经决定到穆斯山去了。

加斯卡走了，从此两人再也没见过面。直到现在，唯一能让人记起加斯卡的东西，只有那片位于喀魅力山地中间寂寞的加斯卡湖。

6

在这之后，杨也搬到东部的乡下去住。新的生活环境并不如他想象中那么如意，因此他每天都过着颓丧的生活。是啊，追寻砂丘公鹿的踪影一度是他的精神支柱，现在公鹿了无踪迹，他的生活也顿时陷入了空虚之中。就在这时，他得到下面的消息：

"喀魅力山附近的鹿比过去更多。在甘乃迪平原和木材工厂之间，偶尔也可看到砂丘公鹿的影子。"

打猎的季节又揭开了它诱人的序幕，杨再度开始了"愉快的旅程"。穿上鹿皮做的猎装，杨觉得好像长出了翅膀般，浑身轻飘飘的。和以往一样，他做了好几次远途打猎，在外过夜，然后再回到小屋。

这期间，他听到一个传闻：有人在向东的一个遥远的湖畔，曾看见七只又肥又大的公鹿。于是杨和三个同伴一起驾着雪橇，到东边的湖畔察看。不久，他们真的找到了那些脚印。共有七个大小不一的脚印，其中一个看起来特别大——这一定是著名的砂丘公鹿的脚印了。看哪！原本平整地覆盖在地面上的白雪，被七个像链子一般衔接着的脚印踩踏得一片狼藉。猎人们看到这种情形，不觉眼睛发亮，开始展开一连串执着的追踪。

太阳快要下山的时候，脚印变得更为清晰，猎人们不顾杨的激烈反对，无视渐暗的天色，执意驾着雪橇继续前进。

他们从遗留的印痕了解到，那七只鹿曾站在丘陵上转头看，并且以敏锐的眼光发现了追赶它们的人。然后，它们排成了一条直线，以一跃八米的方式迅速逃跑。猎人们虽然没有看见鹿的踪影，却仍然继续不断地追赶，直到夜已经很深了，才匆忙在雪地上扎营。

第二天一早，一行人又顺着脚印追赶，不久就碰到七个由于雪的融化而现出地面的凹痕，那是鹿睡觉时留下的痕迹。脚印变得更加明显，杨劝大家不要坐着雪橇，下来走路追赶，因为鹿群的脚印进入密林里了。

当他们走进那密林时，听到一只松鸦不停地呱呱叫着，杨立刻察知鹿的所在地，并且作了一个正确而巧妙的"预言"：如果听到松鸦叫，就表示"可以"的信号，我们在这里等待松鸦的暗示，再开始行动也不迟。可是大伙儿不听，莽撞追赶的结果可想而知，又被鹿逃走了。

鹿群知道危险就在眼前，所以分成两组：两只走同一个方向，另外五只则朝着另一个方向逃去。杨留下一个叫达夫的猎人和他一起追赶那两只鹿，其他人则追赶另外五只。因为，他所要追踪的那两个脚印中的一个显得特别大，那正是杨从两年前便开始窥伺的砂丘公鹿的脚印。

两人不停地向前追赶。当他们快要追上时，发现脚印又分为两道，看来公鹿和母鹿分开逃跑了。杨叫达夫追捕母鹿，自己以不让鹿有喘息机会的速度，开始追赶著名的砂丘公鹿。不久，太阳西沉，杨追踪到有疏林的广大平地来，这里对他来说是个陌生的地方。为了追赶这只砂丘公鹿，他已经来到了自己以前打猎从未到过的地方。

脚印变得更清晰了，可能马上就要接近公鹿了！杨正这么想着时，突然听到远处传来一阵枪声。不远处的公鹿受到惊吓，飞速向前奔去，好像长了翅膀一样，转眼间跑出去了几公里远。

杨在后面紧紧追赶，不久碰到达夫，原来刚才那阵枪声是达夫向母鹿开了两枪。达夫一见到杨，就兴奋地说："第二发似乎打中了母鹿。"

他们往前走了不到一英里路，发现印痕的旁边有血滴。在往前走一段路后，印痕变得更深了。

风雪不断地吹袭，使得脚印很难辨别，但是杨立刻明白，现在他们所追踪的脚印并不是那只受伤的母鹿的，而是它的丈夫砂丘公鹿的。

为了解开这个谜题，两个人又沿着脚印猛追了一阵儿，终于证明他的猜想：公鹿回来接替母鹿的脚印，帮助母鹿能够逃脱，那是动物在被追赶时所使用的脱身方法。当一只鹿被追急了，另外一只就会接着它的脚印，好像替身一样继续奔跑，来搭救同伴，而那只原先追逐的鹿，可以跳到旁边隐匿，或向另一个方向逃走。

现在砂丘公鹿也表现了这种动物特性，它用这个办法来搭救自己的妻子。对此，猎人们并没有沮丧，继续认真寻找母鹿的脚印。当他们发现滴有血痕的脚印时，就像狼一样地舔了舔舌头，瞄准了猎物逃跑的方向。

没走多远，公鹿知道自己所耍的伎俩已被人拆穿了，就又回到母鹿身边来。到了太阳快要完全落下去时，猎人们看见那两只鹿在四百码远的地方，正登上一道斜坡。

母鹿走得很慢，头和耳朵都无力地垂着，公鹿则在它的身边团团转，还不停地跑来跑去，那模样像是在紧张地说："糟糕！这怎么办？该怎么办？"

又追了大约七八百码，他们终于追上了那两只鹿。母鹿已经倒在雪地上，那只大公鹿看到猎人逐渐靠近它们，就不停地摇着头上的角，好像不知如何是好的样子，最后，只好不情愿地匆匆逃走了。

当他们走近时，母鹿使尽全力，挣扎着想站起来，却根本不能动弹。达夫拔出身上的小刀。这时候杨才明白，为什么大伙儿身上都带着一把小刀。

那可怜的母鹿抬起明亮的双眼，注视着敌人。它的眼睛里溢满了大颗晶莹的泪花，但连一声呻吟也发不出来。

看到这情形，杨赶紧转过身去，用手蒙着脸，不忍心再看下去。兴奋的达夫却无动于衷，拿着刀子走近母鹿，做着他想做的事。这时候的杨只觉得天旋地转，恍惚得险些晕倒。直到达夫喊他，才从朦胧中清醒过来，慢慢地回过身去。此时，砂丘公鹿的妻子已经静静地躺在满是鲜血的雪地上了。

两人离开这捕杀地时，周围一片沉寂，看不到其他生物的影子，只有远方的丘陵上，一只大公鹿焦急地彷徨着，还不停地望着这边……

一个小时后，他们拖着雪橇再度回到原地，想把母鹿的尸体从血泊中运回，却发现尸体的周围有一串新的足迹。

这时，只见一个孤独的影子正越过覆盖着白雪的丘陵，消失在黑暗中……

那天晚上，大家围着火堆庆祝，唯有杨凝视着帐篷外熊熊的火苗，心情十分沉重。他的心里激烈地进行着人性与兽性的交战，他越来越不能肯定，自己的做法是否正确。

啊！难道这就叫做打猎吗？花了好几个星期的心血克服了各种艰难，与风雪搏斗，经过一次次的失败，得到的成功就是这种令人发指的事——让美丽而又高贵的生物，饱尝无穷的磨难，然后变成悲惨的肉块？

7

第二天早晨，杨昨晚的郁闷情绪已经冲淡了。

一行猎人向着回家的路途出发。一个小时的时间里，杨心里不停地暗自盘算：要用什么理由让自己留在这里？不久，他们又发现了砂丘公鹿的新脚印，杨的心又被点燃了。于是，他对大家说道：

"我不想回去，似乎有什么东西在挽留着我，叫我不要回去。我一定要和砂丘公鹿再见一次面。"

其他的猎人因为受不了这种恶劣的天气，决定回去。杨从雪橇上取下小锅、毛皮和少量的食物，告别了大家，独自一人继续追踪雪地上的新脚印。

"再见，祝各位平安回家！"

跟伙伴们告完别，杨目送着渐渐远去的雪橇，一股从未有过的感受涌上心头。以前，即使独自一人在山野中待上好几个月，也不觉得孤独，可是现在却和以前不一样，面对着无边无际的雪地，一股无法形容的寂寞充满心头。

曾经，他经常独自品味这寂静世界里的乐趣，现在那些乐趣都到哪里去了呢？杨不禁想高声喊回渐渐远去的同伴，然而基于好强的心理，始终没有开口。于是，他只能默默地忍受着孤独。

雪橇的影子终于消失无踪，现在后悔也来不及了。不久，他的心又好像被锁在了那脚印上一般，继续踏上了"征途"。他又变成了紧追生物的凶猛野兽，刚才那浓厚的伤感瞬间已化为乌有。

天色渐渐晚了，杨仍然一直追踪着脚印。脚印有好几次显出杂沓的样子，并且时断时续地进入繁茂的白杨树林。公鹿肯定在那里躺着休息。当然，它是迎风而卧，眼睛、耳朵注意着杨接近的方向，鼻子还不时地向前嗅着。杨从旁边绕过，心里想这次一定能够一发打中它。

　　杨谨慎地跟着脚印，一直往前走。他的心情很紧张，在地上匍匐前行了一段相当长的距离，忽然觉得身后有小树枝折断的声音，回头察看了许久，才明白原来是公鹿发出的声响。

　　原来，公鹿在要躺下休息之前，会按照自己原先的脚印，倒退回来，让追的人认为自己仍在前行。杨上了公鹿的当，还以为它在前面，仍然继续猛追，事实上公鹿早躺在杨的身后了。它一闻到人的气味，拔腿就跑，等杨发现自己上当时，它已经跑出好几英里远了。

　　杨追踪着新的印痕，来到了北方的一个陌生地带。这时，黑暗寒冷的夜晚降临了，杨找到一处可以稍避风寒的树荫，仿照印第安人的方法，燃起一小堆篝火。那是加斯卡曾经教给他的："在野外，燃起大的黄火是愚蠢的行为。"

　　杨想蜷缩着身体睡一会儿，但不知什么原因，却冻得辗转反侧，难以入睡。他想，要是脸上能长出毛该有多好！或者，如果有一条大而多毛的尾巴，来温暖冻僵的手脚，也不错啊。

　　星星在天空中闪烁着，杨觉得自己好像听得到星星闪动的声音。大地笼罩在严寒里，似乎连那又厚又重的地面也会被冻得裂开一样，附近湖上的浮冰不停地崩裂，声音响遍了湖边原野。山丘与山丘间的低洼地带，好像有一股刺骨的冷气流在兜圈子。

　　半夜的时候，来了一只野狼。那狼可能不把杨当人看待，只是"呜呼、呜呼"像狗一样哼着走过去，好像在对杨说："喂，朋友，你终于又回到野生动物的世界来了。"

　　天快亮时，天气稍微暖和起来，但又刮起了风雪。公鹿的脚印已经完全消失了，杨由于只顾注意脚印，拼命追赶，现在已经无法判断自己身处哪里了。他摸索了两三英里，在毫无目标可循的情形下，便决定到伯国河去。伯国河应该是在东南方，但是，哪边是东南方呢？细碎的雪不停地往下飘，他的眼睛已经疲倦得

54

快睁不开了，皮肤也被冻得疼痛不堪。

大雪有时像烟般飘渺，有时又像雾一样迷茫。杨走进白杨树林，开始挖掘雪地，终于看到麒麟草。这种草都是向北生长，虽然已经枯萎，却还善解人意，亲切地指示着他——那是北边。

确定方向后，杨开始赶路。当他一觉得方向可能出现差错时，马上就挖掘那种可代替指南针、好像磁石般的麒麟草，以辨别方向。杨终于走到下坡路，伯国河就在眼前。雪不再下了，那一整天，杨继续找寻公鹿的脚印，可是却毫无所获。那晚跟前一天夜里一样寒冷，杨又忍不住想：如果自己身上能长出更多的毛来抵御难耐的冰冻，该有多好！

其实，杨在单独过夜的第一个晚上，脸和脚趾都被冻伤了，现在，伤口像火烧似的疼痛难忍，可是杨依然咬紧牙关，继续前进。他的心底好像有一个声音在告诉他："前进吧！胜利已经在望了。"

就这样，第二天，似乎有什么东西在召唤他似的，他向东渡过伯国河，到了一处没有树林的空地。走不到一英里，便看到被昨天的风雪覆盖着、已经模糊了的脚印。他继续跟踪下去。不久，杨找到了有野鹿休息的场所。那地方留有一个特别大的睡觉的痕迹和脚印。杨知道：能留下这种印痕的只有那只公鹿。

印痕还很新，而且睡痕也尚未结冰，杨兴奋得心怦怦直跳。

"鹿离这里一定不到两英里了。"

可是走了不到一百码，在薄雾笼罩着的丘陵地带，他隐隐约约地看到五头鹿正竖着敏锐的耳朵倾听着。同时，覆盖着白雪的丘陵顶部站着一头躯体巨大、犄角像树枝一样的公鹿。

鹿群很快就发现了他，他还没来得及开枪，它们就全部像风一样逃走了。那座特别爱护鹿群的丘陵，又把它们从枪的威胁下解救了出来。

砂丘公鹿再次把家属集合起来，它们知道敌人还在后面紧紧追赶，所以和以往一样，它们又分为两群奔逃，杨所追赶的依旧是砂丘公鹿。

大约过了两英里，他一直追赶到伯国河的洼地，那里有一座很深的树林。冥冥中好像有什么在指示着他："公鹿正隐藏在这里窥伺动静，它绝不会在此休息的。"

杨也藏了起来，谨慎地注意着，三十分钟后，那黑点终于走出白杨树林，登上了对面的山峰。等到它越过山顶不见踪影时，杨就横穿过山谷，蹑着脚迂回地攀爬过山峰，来到背风的山坡，找到了它刚留下的足迹。但公鹿的表现并不比杨差——当它登上高峰，回头一望，发现杨正横过山谷追过来，便又飞也似的跑掉了。

此时，公鹿明白了自己的处境，在决定胜负的关键时刻，绝对不能轻率，所以又迅速地逃往新的地带去。

杨现在开始终于理解了以前常听说的打猎秘诀——不论猎物跑得多快，只要猎人具有超人的耐力，一定会获得最后的胜利。杨现在依然精力充沛，而大公鹿每次跳跃的距离好像变窄了，那说明它已经疲惫了。如果能趁势追击，一定会有收获。

公鹿时常登上高处，在盖满雪的银色世界里，寻望敌人的踪影。在跟踪的同时，杨一直很困惑：公鹿找的是什么？怕的又是什么？为什么常常在追着追着时，就会发现脚印突然中断了呢？他完全不能理解。

公鹿的脚印中断时，杨必须绕回原路，花上很长时间才能找到公鹿的新脚印，然后再继续追赶。可是应该已经疲累了的公鹿，其脚印却显示它的跳跃幅度竟由窄变大了。

黑夜慢慢笼罩了大地，杨仍然猜不透这是什么原因，只好停下来扎营，度过了又一个寒冷难耐的夜晚。第二天清晨，天将亮时，他终于解开了谜团。

原来，在白天的光线下，杨发现他所追踪的是公鹿以前留下的脚印。他回头仔细观察，终于证实了挣扎着逃难的公鹿，是循着自己的旧脚印，往回奔跑了一段时间，然后就跳到旁边去，让毫不知情的杨，继续追着它的旧脚印前进。

这种诡计公鹿一共用了三次。它沿着脚印回到白杨树林之后，就在那里静静伏卧着，警惕杨的靠近。因为追踪脚印的杨，一定会从树林边缘经过，这样，公鹿就可以在杨还没靠近它之前，嗅出杨的气味，听出他的脚步声，然后趁机逃走。

可是现在，杨从它的旧脚印中，仍然隐约看得出新脚印，那脚印告诉杨：砂丘公鹿已经疲累到了极点。它在猎人毫不放松的追赶下，累得不想吃东西，甚至整日心惊肉跳，睡立难安。

8

最后一场追捕开始了。逃亡、被追逐的砂丘公鹿和杨，又回到了熟悉的地方——四周都是沼泽的森林。这里有三个入口，公鹿从其中的一个入口进入森林。杨知道公鹿再也不会轻易地走出森林，于是就轻手轻脚地、迅速地向背风的第二个入口走去，找到一个合适的地方，把自己的上衣和肩带挂在树枝上，又很快地跑到第三条路上守着。

等了一阵，一点动静也没有。杨于是低声学着松鸦叫。前面提到过，这是森林里发生了危险的警告声，鹿都是靠它来提高警觉的。过了一会儿，杨看到茂密森林的那边，公鹿正摇动着耳朵，好像想登高眺望，寻找敌人的踪影。

杨又低声吹了一下口哨，公鹿停下来，不再动了。因为距离公鹿太远，又有很多树枝挡着，杨无法瞄准射击。公鹿背着敌人，停下脚步，嗅着气味，大约有几秒钟，它的眼睛直盯着刚刚进来的那条路，因为敌人曾在这一条路上追逐过它。然而它做梦也没有想到，敌人正在自己要前去的路上守候着。

不久，吹来一阵微风，刮得杨吊在树枝上的上衣扑扑直响。公鹿下了小山，穿过茂密的森林，既没有跑，也没有发出任何声响，在幽深的森林里像鼬鼠一样地走着。

杨在茂密的白杨树林里蹲着，全身的神经绷得紧紧的，凝神倾听着。突然，杨听到从密林里传出小树枝折断的声音。

杨紧张到了极点，端着枪，慢慢站起身来；只见五码之前也有什么东西站了起来，先是象牙一般的一对角，接着是王者似的头，再下去是美丽的躯体……

——杨和砂丘公鹿面对面站着。谁都不率先采取行动。

此时，砂丘公鹿的生命终于掌握在杨的手中。然而它却毫不畏怯，兀立不动。它高耸着大耳朵，两眼含着悲愤，目不转睛地望着敌人。杨瞄好的枪又放了下来，因为公鹿一动不动，一直静静地看着他。杨那紧张得竖立起来的头发又恢复原状了，咬紧的牙关顿时也松弛下来，原先弯下去准备随时追扑过去的身子，也慢慢地挺直起来。

"开枪啊，开枪啊，你这傻瓜！现在正是时候，你的辛劳就要获得回报了。"

杨的心里不停地发出这种怂恿的细语，但是，那声音不久就消失得无影无踪。

他回忆起那天晚上，在荒郊野地被狼群包围时的恐惧心情，也想起另一个夜晚，那块被母鹿的血染红了的雪地。而此时，他更像做梦一样，脑海中浮现出母鹿临死前痛苦的神情：它那明亮而满含悲愤的眼神，好像不停地在追问自己："我到底做了什么坏事？你为什么要杀害我？"

杨的心情变了，和公鹿的眼光相遇的刹那间——心与心的相对中——想杀死公鹿的念头突然消失殆尽。他无法在公鹿的注视下，夺去它的生命。从前对公鹿的那些非分之想，在这一瞬间也化为乌有。而另一种新的想法——以前就已经在心里萌芽并一点一滴逐渐累积起来的想法，如今兴起完全不同的一种心绪。

"啊！你是多么美丽的动物呀！智慧的人曾说：'身是心的外表'。那么你的心一定像表现在外的身躯一般，美丽且灵巧。虽然我们经常处于敌对的关系，但这已成为过眼云烟。现在，我们面对面站立，在宽广宁静的大地上，彼此以生物的身份相对峙，虽然我们无法听懂对方的语言，但是，我们所想到的、所感受到的，却是相同的。"

"在过去，我从未像现在这么了解你。你不是也想了解我吗？否则，为什么当你知道自己的生命握在我的手里时，却丝毫不感到畏惧？"

"我曾经听过一个关于鹿的故事：一只被猎狗追逐的鹿，竟向猎人求救，他真的救了鹿一命——你也被我追逐着，现在，你也在向我求救吗？"

"是的，你美丽，而且聪慧，你竟然知道我不会伤害你。是的，我们是兄弟。你，是有着美丽的角的弟弟，而我不过是比你年长，比你强健的兄长罢了。假如我能永远守护你，你就不会受到伤害了吧！"

"你走吧！只管放心地越过松林那边的山丘吧！过去我像狼一样地追赶你，以后再不会有这样的事情了；过去我把你和你的伙伴视为追捕的目标，以后，我再也不会这样了。"

　　"虽然我比你年长，而且懂得许多你所不知道的伎俩，然而你却有不可思议的力量，能体会出人所不了解的奥秘。请你走吧！再也不必担心我追捕你了。"

　　"也许，以后我再也不能见到你了；即使再相遇，从你那凝望的眼神中，我那残忍好杀的心理，也会像今天一样，完全消散。但我深知，已没有机会再见到你了。可爱的动物，去吧！愿你在你的世界里，永远过着自由、快乐的生活。"

狼王洛波

1

　　喀伦坡是新墨西哥北部的一个大牧区。和所有美丽富饶的牧区一样，那里有丰茂的牧草，成群的牛羊。当然，更美的要数那些起伏不平的山地和曲折蜿蜒的溪水，这些流水最后汇入喀伦坡河。说到这儿，大家都应该知道了，整个牧区的名字就是从这条河得来的。而我们这个故事的主人公，就是在这里称王称霸，威震整个牧区的大王——老灰狼洛波。

　　老洛波是一群勇猛出色的灰狼的大首领。这个狼群在喀伦坡溪谷里为非作歹，已经好多年了。牧人们和牧场工人们对洛波都很熟悉，后来干脆就直接叫它大王。同时，不管它带着它那忠实的狼群在哪里出现，哪里就会鸡飞狗跳，牛羊遭难。对此，不论是牛羊，还是它们的主人，都只有气愤和绝望的份儿。

　　在狼群中间，老洛波不光是又高又大，它的狡诈和强壮，也是别的狼所比不上的。它在夜晚的叫声也非常有名，与其他的狼截然不同，泾渭分明。一只普通的狼，哪怕在牧人的营地周围叫上半夜，最多只能引起一点小小的注意，但是，当老狼王深沉的嗥叫声在山谷里回荡的时候，看守人就要提心吊胆，坐立不安了，他们只好睁着眼等到天亮，再到牲口那儿去，看看遭到了怎样严重的祸害。

　　老洛波统领的那群狼数目并不多，这一点我始终不大明白。因为，通常一只狼如果有了像它这样的地位和身份，总会招引上一大群随从的。也许，它早就打算好了，它只想要这些，少而精嘛；不然，就是它那残暴的脾气妨碍了它的狼群的扩大。不过，有一点我是可以肯定的，在它当权的后期，只有五个忠实的追随者。不过，这些狼每只都是赫赫有名的，身材也要比一般的狼高大很多。特别是那只副首领，简直可以算得上一只巨狼了。

但是，即使是这样的狼族精英，在身材和勇敢方面，还跟狼王差得远呢。

这个狼群里除了两只领头的以外，还有几只特别出色的。其中有一只美丽的白狼，墨西哥人管它叫布兰珈，大家都猜它是母狼，说不定就是洛波的妻子。另外还有一只动作特别敏捷的黄狼，牧人们经常传闻，它曾经好几次为狼群抓到过羚羊。

我们待会儿就会知道，这片牧区的牧人们对这些狼真是太熟悉了。人们常常看到这群野兽，而实际上听到它们的次数更多些。可以这样说，它们的生活，跟牧人们的生活有着密切的联系，虽然牧人们总是恨不得将它们全部杀死。在喀伦坡，没有一个牧人会不愿意拿出一笔相当于几头牛的代价，来换取洛波狼群里任何一只狼的脑袋的。可是这些狼好像都有刀枪不入的诀窍似的，无论人们用什么办法捕杀它们，总是无济于事。时间一长，它们开始蔑视这些猎手。

它们看不起所有的猎人，嘲笑所有的毒药。至少有五年，它们接连不断地接受喀伦坡牧人的进贡。很多人无奈地说，一天没有一头牛是不行的。如果不给它们，就将会有更多的牛丧生。照这样估算起来，这群狼在这些年已经杀死了两千多头最肥最大的牛羊。因为，大家都知道得很清楚，它们每次总是拣最好的牲口下手。

那种认为狼总是饿得饥不择食的旧想法，对这一群狼来说，已经完全不适用了。这群强盗总是皮毛光鲜地出现在人们的眼前，不但体质健康，而且吃起东西来，总要嫌好嫌坏，挑剔得很厉害。随便哪种动物，只要是因为自然原因死掉的，有病的，腐烂了的，它们从来碰都不会碰一下。就连牧人宰杀的东西，它们也不会沾边。它们所挑选捕杀的食物，大多是刚满一周岁的小母牛，而且只吃最嫩的那部分。而那些老公牛和老母牛，它们是瞧不上眼的。虽然它们偶尔也逮只小公牛或小马吃，但是很明显，它们对小公牛肉和马肉并不是很喜欢。大家还知道，这群狼对羊肉也不喜欢，虽然它们常常把弄死羊的事当作玩儿。1893年11月的一个夜里，布兰珈和那只黄狼就杀死了两百五十只羊，但是它们竟一口羊肉也没吃，明摆着是为了好玩才这么干的。

上面说的不过是几个例子，但足以表明这群恶狼的危害有多大。为了要消灭这群狼，人们每年都使用了许多新的办法。尽管这些狼的敌人竭尽了全力，但是，它们对人们的努力根本不在乎，还是越活越滋润。人们出了高额赏金，悬赏洛波的脑袋。于是，有人想了几十种妙计，甚至用毒药来捉它，可是最后都没有成功。对于老狼洛波而言，它只怕一样东西，那就是枪，它还非常清楚，这一带的人，个个都带枪，所以它从来不攻击一个人，也从来不出现在人的面前。一点不假，这群狼的固定策略是：白天的时候，只要发现有人，不管距离多远，拔腿就溜。同时，洛波只允许狼群吃它们自己弄死的东西，它的这个命令，也无数次解救狼群于危险之中。洛波的嗅觉很敏锐，能及时地发现人的踪迹和他们投放的毒药，这样就更彻底地保证了这群狼的安全。

有一次，一个牧人经过一个地方，正巧听见老洛波给狼群打气的熟悉的嗥叫声，只有在狼群围攻猎物的时候才会发出这种声音。牧人偷偷地走过去看，他发现这群狼在一块凹地上围攻一小群牛。洛波坐在一旁的山坡上指挥，布兰珈和其他的狼，正在拼命地向它们看中的一头小母牛进攻。那些被攻击的牛紧紧地挨在一起，牛头朝外，用一排牛角对付敌人。要不是有几头牛被这群狼的又一次冲击吓怕了，想退到牛群中间去，这个坚固的防线是很难突破的。这下可好，狼群正好钻了这个空子冲进牛群，把那头小牛咬伤了，可是，那头小牛还是顽强地一个劲儿抵抗着。终于，洛波似乎对它的部下失掉了耐心，纵身奔下山坡，深沉地嗥叫了一声，就向牛群猛扑过去。牛看见它一到，立刻吓得张皇失措，阵脚大乱，本来具有相当威力的防御体系顿时就被破坏了。洛波在牛群里左冲右突，这样一来，牛群就像一颗爆炸的炸弹似的，没命地四下乱窜。那头小母牛也逃开了，可是还没跑出二十五码远，就被洛波给扑住了。它死死抓住小母牛的脖子，使足力气把它往后一拉，重重地掼在地上。这次打击一定大极了，那头小母牛被掼得四脚朝天。由于力道太大，洛波自个儿也翻了个跟头，但它马上就站了起来，它的部下扑到这头可怜的小母牛身上，只几秒钟的时间，就把它弄死了。洛波没有参加弄死小母牛的工作——它把这头遭殃的小牛掼倒之后，独自跑到一边，那神情好像在说："瞧，这么简单就能办成的事，你们竟然浪费了那么多的时间！"

看到这里，一直躲在一旁看热闹的牧人吆喝起来，并骑着马朝那群狼冲了过去。这群狼像平时一样，眨眼间就跑掉了。牧人有一瓶番木鳖碱，他赶忙在死牛身上下了三处毒，然后离开了。他知道这群狼肯定还要回来吃牛肉的，因为这是它们自己亲自弄死的东西。可是等到第二天早晨，当他回到那儿去，想看看那些中了毒的狼时，却发现这些狼虽然的确吃了牛肉，可是却把他所有下过毒的地方，都非常小心地撕割下来，扔在一边了。毋庸置疑，这肯定又是老奸巨猾的洛波干的好事。

就这样，随着时间的推移，在牧人中间，怕这只狼的人，一年比一年多了，悬赏它的脑袋的赏金，也一年比一年高了。到最后，竟提高到一千美金，这真是一笔空前未有的捕狼赏金，就算是悬赏捉人，也很难达到这个数字呢。

于是，一个名叫坦纳瑞的德克萨斯年轻牧人，对这笔赏金动了心。一天，他骑着马奔到喀伦坡的溪谷里来了。他有一套专门的捕狼装备——最好的枪、最快的马，还有一群训练有素的大狼狗。他曾经带着这群大狼狗，在西弗吉尼亚辽阔的平原上捕杀了许多的狼，现在他自信要不了几天，就能杀掉老洛波。

这是夏天的一个早晨，他们在灰蒙蒙的曙光里，信心百倍地出发打狼去了。上路没多久，那群大狼狗就用兴奋的吠声报告说他们已经找到狼群的踪迹了。果然，又走了不到两里路，喀伦坡的灰狼群就跳入了众人的视野。于是，这场追猎也变得更紧张、更激烈了。

狼狗的任务，主要是牵制住狼群，好让猎手赶上来打死它们。这么做，在德克萨斯旷野上，一般是很容易的。可是在这里，新的地形决定了他们必定失败，也说明洛波挑选的又是多么好的地方。喀伦坡重岩多石的溪谷和它的许多支流，把大草原割得支离破碎，猎狗根本就不能发挥在平原上应有的作用。

现在，老狼王看见了猎人，马上向最近的那条支流跑去。渡过河，就把骑马的人摆脱了。与此同时，它的狼群也分散开来，使得追猎的狼狗也跟着分散开来。等到狼群跑了一段路，又重新集合起来的时候，那些狼狗当然是来不及一下子到齐的。这么一来，这些狼就不在数量上吃亏了。于是，它们掉过头来，扑向后边的追猎者，不是把它们弄死，就是把它们咬成重伤，没有一只不遭殃的。当天晚上，坦纳瑞一检查，发现他的狗只回来了六只，当中还有两只被撕咬得浑身稀烂。后来，这个猎人又作了两次努力，想得到狼王那值钱的脑袋。可是，这两次也都是白费工夫，甚至损失更为惨重。在最后一次捕猎中，连他的那匹最得力的马也摔死了。愤怒之下，他放弃了这次打猎，回到德克萨斯去了。而老洛波留在当地，越来越专横，越来越猖狂。

类似的故事总是接二连三地发生。第二年，又有两个打猎的来到这里，决心要拿到这笔赏金。他们都深信自己可以把这只赫赫有名的狼消灭掉，并拿到那笔让无数人垂涎的赏金。

第一个人用的是一种新发明的毒药，投放的方法，也跟以前完全不同；另一个是法国籍加拿大人，用的不光是毒药，而且还要画上一些符，念上一些咒语来帮忙，因为他坚信：洛波是一只地道的"老狼精"，决不是用一般的方法就可以消灭的。但是，就如我们所知道的，对这只灰色的老狼来说，无论是配置巧妙的毒药，还是画符呀，念咒呀，全都不顶事儿。它还是和从前一样，照常游游荡荡，吃吃喝喝，不到几个星期，乔·卡隆和拉罗谢都绝望地放弃了原来的计划，到别处打猎去了。

1893 年春天，乔·卡隆在捕捉洛波失败之后，又碰上了一桩更丢脸的事。从这件事中，似乎可以看出，这只大狼的确瞧不起它的对手，并且对自己有着绝对的自信。

乔·卡隆的庄园，坐落在喀伦坡河的一条小支流旁边，那是一个风景优美的山谷。在这个万物复苏的季节里，就在这个山谷的岩石堆里，在离开乔·卡隆家不到一千码的地方，老洛波夫妻选择了它们的巢窟，在那儿成起家来，打算养儿育女。它们在那儿住了整整一夏天，这期间咬死了乔·卡隆的牛、羊和狗，安安全全地呆在凹凸不平的岩壁深处，嘲笑他放置的那些毒药和机关。乔·卡隆呢，他枉费心机，想办法用烟火把它们熏出来，或是用炸药去炸它们。可是，它们从始至终都安然无恙，并且还是和以前一样，继续干它们抢劫迫害的勾当。

"你们看，去年整整一个夏天，它就住在那儿，"乔·卡隆指着那块岩壁说，"我对它却一点儿办法也没有。在它面前，我真像个大傻瓜。"

2

以上的这些故事都是我从牧人们那里道听途说而来，一直很难相信全部属实。直到 1893 年秋天，我自个儿认识了这个狡猾的强盗，才相信传说的都是真话，并且渐渐地对它有了比别人更为深刻的了解。

几年以前，我的爱犬宾格还活着时，我当过猎狼人，可是后来换了另一种职业，就把我给拴在写字台上了。时间长了，我开始怀念那种自由的狩猎生活，真想换换环境。所以当一个也是在喀伦坡做牧场老板的朋友邀我去新墨西哥，叫我试试能不能对这帮强盗干点什么的时候，我就接受了他的邀请。由于事先听到了那些传闻，我迫不及待想见见这个狼王，于是，我尽快赶到了那里。我花了些时间，骑着马四处去了解周围的环境，给我带路的向导，常常要指着一块还连着皮肉的牛骨头说："这就是它干的。"

我现在很明白了，在这个崎岖不平的地区，用狗和马来追捕洛波不可行。因此，有效的办法就只有用毒药和捕狼机了。因为目前我们还没有够大的捕狼机，于是我就用毒药干了起来。

关于用来捕捉这条"老狼精"的成百种方法，我用不着详细讲了，像番木鳖碱、砒霜、氰化物或者是氢氰酸的化合物，没有一种我没试过；凡是能用来当诱饵的食物，没有一样我们没用过。但是，当我一个早晨又一个早晨地骑着马去查看事情的结果时，总是发现我所花的心血全部都是白费。

这条老狼王的狡猾和精明有无数个事例可以证明。这里只要举一个例子，就可以看出它那使人叫绝的机灵。有一次，根据一个老猎手的提示，我把一些奶酪跟一只刚宰掉的小母牛的肥腰子拌在一起，放在一个瓷盘里炖烂了，再用骨头做的刀子把它切开，以免沾上金属的味道。等这盘奶酪拌牛腰凉了以后，我把它切成块儿，每一块的一面，挖上一个洞，再塞进一大撮番木鳖碱和氢化物，这些毒药原来是放在密封的胶管里的。最后，我又用奶酪把洞塞上。工作时，我始终戴着在小母牛血里浸过的手套，连气儿都不朝这盘子食饵喘。等一切都准备好以后，我把它们装在一只抹满牛血的生皮口袋里，又在一根绳子的一端，拴上牛肝和牛腰，骑着马拖着走。我像这样绕了一个十英里的圈子，每走到大约四分之一英里处，就扔一块儿肉饵，扔的时候，我总是万分小心，决不让手去碰它们一下。

通常来说，洛波总是在每个星期的前几天到这个地区来转悠转悠。其余的时间，大概是在茜拉·格朗迪山麓附近度过的。这天是星期一，就在当天晚上，我们正准备睡觉的时候，突然听见了狼王低沉的嗥叫声。一听到这种声音，同伴面露喜色，简单地说了句："它来啦，等着瞧吧。"

第二天一早我出发了，迫不及待地想瞧瞧结果怎样。不久我就发现了这帮强盗的新脚印，洛波的在最前头。要看出它的脚印其实很简单。普通的狼，前脚只有四英寸半长，大的也不超过四又四分之三英寸。可是洛波的呢？根据我们丈量多次的结果，它的前爪到后跟，竟有五英寸半长。后来我又发现，它身体的其他部位也很大，它身高三英尺，重达一百五十磅。因此，它的脚印即使被别的狼踩模糊了，却仍然不难辨认。从它们留下的脚印看，这群狼很快就发现了我拖牛肝牛腰的路线，并且照例地跟下来了。我看得出，洛波到第一块食饵这儿来过，还嗅了一阵子，最终还是把它带走了。

此刻，我高兴不已，"我到底逮住它了，"我喊道，"在一英里以内，我肯定能找到它的尸首。"我快马加鞭往前飞奔，一路上满怀希望地紧盯着尘土上又大又宽的脚印。接着，我又发现，第二块诱饵也不见了。我多高兴啊——这下可真的逮住它啦，还可能逮住几只别的狼呢！但是，宽大的脚印还是继续在路线上出现。我把走过的平原仔细地搜索了一下，可是没发现半只狼的影子，更别说尸体了。我又跟着往前走，发现第三块食饵也不见了——我跟着狼王的脚印，走到第四块食饵那儿的时候，才知道它实际上根本一块儿也没吃过，只是把它们衔在嘴巴里带着。最后，它把前三块儿食饵往第四块儿上一叠，还在上面撒了一泡尿，表示它对我的计策是多么的瞧不起。做完这些以后，它离开了我拖牛肝牛腰的路线，领着被它保护的狼群，干自己的勾当去了。

就这只是我许多类似经历中的一个例子，这些经历告诉我，用毒药是怎么也消灭不了这个强盗的，可是在等待捕狼机运来的时候，我还是继续在用，这也不过是因为，对消灭许多草原上的狼和其他的有害动物来说，放毒药还是一种挺可靠的方法。

就在这个时候，在我的眼皮底下发生了一件事情，更说明了洛波的狡猾。就像前面所讲到的，这些狼除了给自己捕食以外，至少有一桩事，是专门为寻寻开心才干的，它们很少吃羊，可还是要去吓唬它们，杀死它们。平时，羊总是一千头到三千头合成一群，由一个或几个牧羊人来看管。夜晚时，它们就集中在最隐蔽的地方休息，为了加强防守，羊群的每一边都睡上一个牧人。羊是一种极没有头脑的动物，一点小小的惊扰，也准能把它们吓得东逃西散，但是它们天生就有一种跟随首领的本性，这种本性也正是它们最致命的弱点。牧人们巧妙地利用了它们的这个弱点，在羊群里放了六只山羊。羊群觉得它们生胡子的表亲比起自己来要更聪明，所以在夜里遇到警报的时候，就紧紧地围着这些山羊。通常这样做，能使它们不被猛兽冲散，从而受到保护。但是，这种情况并不是一直维持下去的。

去年十一月末的一天夜里，有两个彼里克的牧人被狼群袭击惊醒了。他们的羊群挤在山羊周围，山羊呢，坚守着自己的阵地，显出一副勇敢无畏的样子。可惜的是，这回带头进犯的可不是一只普通的狼啊。对于狼王洛波而言，山羊是羊群的精神力量，这一点它知道得和牧人一样清楚。它飞快地从密集在一堆的羊背上跑过去，直扑那些领头的山羊，一会儿工夫，就把它们全部弄死了。于是，那些不幸的羊，马上就朝四面八方乱窜。以后的几个星期里，几乎每天都会有几个焦急不安的牧人跑来问我："近来你见过身体上印有'OTO'标记的羊了吗？"我通常只能说见到过，有一次这么说道："看见了，在钻石泉那边见到的，有五只，都已经死了。"另一次，我大概是这样回答的："没见过。但是两天之前，琼·梅拉在塞德拉山特见过二十多只被杀死不久的羊。"

最后，捕狼机终于运到了，为了把它们安装好，我和另外两个人一起，整整干了一个星期的活儿。我们辛苦工作，只要是能想到的，有助于捉到狼的办法都采用了。捕狼机布置好的第二天，我骑着马出去巡视，走了没多久，想不到竟会看到洛波在每一架捕狼机旁边走过的脚印。在漆黑的夜里，尽管捕狼机隐藏得那么隐秘，还是被老狼王发现了第一架。它马上叫狼群停止前进，小心翼翼地把捕狼机四周的土扒开，直到捕狼机、链条和木桩全部暴露出来，但是弹簧还仍旧绷得紧紧的，这才离开那里继续前进。它用同样的方法处理了十二架捕狼机。不久，我又发现，一旦它发觉什么可疑的形迹，马上就停住脚步，转向另一边。于是，我想到一个哄骗它上当的新办法。

我把捕狼机布置成 H 的形状。办法是，在路的两边放上两架捕狼机，在路的中间，像"H"当中的一横那样，再安置一架。可是没过几天，我发现这个计划又失败了。洛波顺着我布下机关的这条路走来，而且在发觉当中的那架捕狼机以前，就已经陷进两排平行的捕狼机中间了。但是，它及时地停住了脚步。至于它为什么会这样，我也不知道。至此，我深信一定有什么保护神在守护着它。发觉危险后，它寸步不偏地沿着自己走过的步子退了回来，每一步都是一分不差地踏在原来的脚印上，直到离开了这个危险的区域。接着，它回到另一边，用后脚使劲儿扒开了土疙瘩和石头块儿，把捕狼机全部触发。

后来还有很多次，它也这样干过，虽然我频繁改变方法，加倍小心，但总瞒不过它。看上去，它好像永远也不会出现偏差。如果不是那桩不幸的婚姻，把它的名字写进野生动物的英雄榜里，或许至今它还在干着那强盗的勾当。无数的事实说明，这些英雄独身一个时，总能做到所向披靡，到最后都是因为伙伴的轻率大意而断送了性命。

3

过了一段时间，我发现了一些迹象，使我觉得喀伦坡狼群里有些事情不大对头。比如，从狼群的脚印上可以看得很清楚，有只较小的狼有时会跑在狼王的前头，这一点使我很费解。直到后来，有个牧人说起他的所见，才把事情弄明白了。

"今天我看见它们了！"他说，"离开狼群乱跑的那只狼是布兰珈。"一听他这么说，我脑子里亮堂了，我说："我看哪，布兰珈是只母狼，因为，如果是一只公狼这么做的话，洛波马上就会干掉它了。"

这个发现促使我想到了一个捕杀洛波的新方法。我宰了一只小母牛，把一两架捕狼机，比较明显地安放在死牛旁边。然后，割下牛头（牛头对于捕狼而言相当于废物，对于狼来说更是如此）。我把牛头放在离死牛不远的地方，牛头旁边，又放上六架强劲有力的钢制捕狼机，彻底消除过气味，并且把它们安置在非常隐蔽的地方。布置的时候，我的手上、皮靴上和工具上都抹了新鲜的牛血，过后还在地上撒了些，做得好像是从牛头里淌出来的一样。捕狼机埋在土里以后，我又用郊狼皮把这些地方打扫了一遍，并用一只郊狼的爪子在地面上弄出了一些脚印。牛头放在一堆乱丛棵子旁边，中间留着一条窄道，在这条通道上，我又埋伏了两架最好的捕狼机，把它们跟牛头拴在一起。

狼有个习惯，只要一闻到有什么死动物的气味，为了看个明白，就是不想吃，也要走到跟前去看看。我就是希望这种习惯能把喀伦坡狼群带进我的新圈套中。当然，根据长久以来对洛波的了解，我并不怀疑洛波会发现我在牛肉上所耍的花招，不让狼群去接近它。可是我对牛头却寄托了很多希望，因为它看起来就像是一个废物被扔在一边。这也许能让狡猾的洛波放松警惕。

第二天清晨，我赶去看那些捕狼机，嗬，真使人高兴！到处都是狼的脚印，原来放牛头和捕狼机的地方，现在什么也没有了。我蹲下身，仔细把脚印研究了一下，发现洛波虽然不让狼群走近牛肉。可是，却有一只小狼，跑去看放在一边的牛头了，并且不偏不歪地踏进了一架捕狼机。

我们跟着脚印往前追，不到一英里路，就发现这只不幸的狼原来是布兰珈。它还在拼命地向前跑，虽然有个五十多磅的牛脑袋拖累着，还是很快就把我们这一伙步行的人落得老远。但等它跑到岩石地带时，就被我们赶上了。因为牛角被地面上的岩石挂住，紧紧地把它拖住了。在我所见过的狼当中，它是最美丽的。浑身油光雪亮，白色的皮毛像雪一样，漂亮极了。

在前方狼群的助威声中，它向我们转过身来，提高着嗓子发出一声震撼山谷的长嗥。这时，远处的山冈上，传来了洛波一声深沉的回应。这是布兰珈最后一次嗥叫。因为这时候，我们已经逼近它的身边，随时都会将它抓住。而它也鼓足了全部气力，准备拼死搏斗。

接着，不可避免的悲剧就发生了。后来我想起当时的情景，还感觉很害怕。我们每个人都朝这只注定要遭殃的狼的脖子上，扔出了一根套索，再用马往相反的方向用力拉。直到它嘴里喷出了血，眼睛发直，四条腿也僵硬了，瘫倒在地上才住手。然后，我们带着死狼，骑着马回家去，为能使喀伦坡狼群遭到了第一次致命的打击而欣喜若狂。

在悲剧发生的当时以及在后来我们骑马回去的时候，我们不时地听见洛波的嗥叫声。它在远处的山冈上徘徊着，好像是在寻找布兰珈。说实在的，它从来没有遗弃过布兰珈，可是，它一向对枪怀着根深蒂固的恐惧，所以当我们靠近布兰珈的时候，它就知道斗不过我们，而且知道已经无法再搭救布兰珈了。那一整天，我们一直听见它在四处找寻，在那儿哀声嗥叫。我对一个牧人说："这回我可真的明白啦，布兰珈的确是它的妻子。"

黄昏时，它好像在朝山谷这边走来，因为它的叫声越来越近了。很明显，它的声音里充满着悲伤的音调。它不再是那种无畏和响亮的嗥叫，而是变得悠长和凄楚，它好像在喊："布兰珈！布兰珈！"当黑夜降临的时候，我听见它就在我们追上布兰珈附近的地方。最后，它好像发现了事情的真相，当它走到我们弄死布兰珈的地方时，它那伤心的哀叫声，听起来真叫人可怜。

那种悲伤是人类很难想象到的，连那些铁石心肠的牧人听了，也说："从来没有听见过一只狼这样叫过。"那片被那只母狼的鲜血染红的地面。告诉了洛波一切。

随后，它跟随着马蹄印，来到牧场的屋子跟前，它去那儿是想找布兰珈呢，还是想报仇，我们不知道。但是第二天我们就知道了，它是为了报仇而来。屋子外面的那条不幸的看门狗，在离开屋门不到五十码的地方，被它给撕成了碎块儿。这一回它显然是单独来的，因为第二天早上我只发现一只狼的脚印。它跑的时候在路上一点也不注意，这完全异乎寻常。不过，我对这一点也估计到一些，所以在牧场周围又架设了一批捕狼机。后来我发现，洛波的确也踏中过一架，可是它的力气太大，竟然挣脱了出来，又把捕狼机抛在一边了。

我感觉到，它还要在附近这一带继续找下去，直到把布兰珈的尸首找到了才会罢休。于是，我就把所有的精力，全部集中在这件事情上，想在它离开这个地区以前，趁它还在伤心得什么也不顾的时候，趁机把它逮住。这时我才意识到，弄死布兰珈是个多么大的错误，如果把它当作诱饵的话，第二天晚上我就可能逮住它了。

我把所有能够使用的捕狼机都集中起来，一共一百三十架，把它们分成四组，安置在每一条通往山谷的路线上。同时，每一架捕狼机都分别拴在一根木桩子上，再把木桩子一根根分别埋好。埋的时候，我小心地扒开草皮，把挖出来的泥土一点不漏地全部放在毯子里。等草皮重新铺好后，看不出一丝人手动过的痕迹。等捕狼机隐藏好之后，我又拖着可怜的布兰珈的尸体，到各处走了一圈，还在牧场周围绕了一圈。最后，我又割下它的一只爪子，在经过每一架捕狼机的路线上，印上了一串脚印。这一次，凡是我能够想到的措施和计策全都用上了，一直干到很晚才休息。

那天夜里，我好像听见了洛波的叫声，但不能肯定是不是它。第二天我骑马出去巡查，可是还没有走完山谷北部的路线呢，天就已经黑了下来，我什么也没发现。吃晚饭时，有个牧人说："今天早上，山谷北面的牛群闹得很凶，恐怕那边的捕狼机逮住什么了。"第二天，我迫不及待地跑到牧人所说的那个地方去，还没到达，就看见一只大大的、灰溜溜的东西从地上挣扎起来，妄想要逃走。哈哈，在我面前的正是喀伦坡狼王洛波，叫捕狼机结结实实地咬住了。这可怜的老英雄，它无时无刻不在寻找自己的妻子，一发现它的尸体留下的痕迹时，就不顾一切地跟来了，于是就落进了为它布置好的圈套。

它躺在那儿，被四架捕狼机紧紧地夹住，一点办法也没有。在它周围，还有好多好多蹄印，说明牛群是怎样围集在它旁边，侮辱它这个落了难的专制暴君，但却不敢跑到它还可以抓得着的地方去。从时间上计算，它已经在这儿躺了两天两夜，现在已经挣扎得精疲力尽了。可是，当我走近它的时候，它还爬起身来，竖起鬃毛，扯开嗓子，最后一次使山谷震荡起它那深沉洪亮的嗥叫声。这是一种求救的呼声，是召集它的狼群的信号。可是，一点回应也没有。尽管它已经陷入了孤立无援、走投无路境地，但它仍用尽全力扭动着身子，拼命想向我扑来。这可都是白费劲儿，每一架捕狼机都有三百磅以上，死死地把它拖住。它在四架残酷的捕狼机的控制下，每一只脚都被大钢齿咬住了。那些大木桩子和链条，又全纠缠在一起，使得它毫无办法。

　　它那象牙色的大牙齿，拼命磨啃着无情的铁链，当我鼓起勇气用枪托子去碰它时，它在枪托子上留下的牙齿印，直到今天还没有被磨平。在它枉费气力，想抓我和我那匹吓得发抖的马的时候，它的眼睛里闪着绿幽幽的光，充满了仇恨和愤怒，爪子爬出了一道很深的沟。但是，饥饿、挣扎和不断的流血，已经耗尽了它的气力，不久，它就浑身无力地倒在地上了。

　　在它手里受过罪遭过殃的动物不计其数，但当我准备下手结束它的生命的时候，却突然产生一种于心不忍的感觉。

　　"好一个老恶棍，上千次非法勾当的主角儿，不消几分钟，你就不过是一大堆腐肉了。这是你应得的下场。"我一边说着，一边向它的脑袋投去套索。但事情可没那么顺当，对付它要比对付其他的狼困难得多。它不等套索落在脖子上，就截住了它，使劲这么一咬，又粗又硬的绳索，"咔嚓"一声成为两段，掉在它的跟前。

　　当然，万不得已的时候我最后一招还可以用枪，但是我不想损害它那张宝贵的毛皮。于是，我骑马回到营地，找来一个牧人和一副新的套索。我们先把一根木棒朝它扔去，让它咬住，然后，在它还没来得及吐掉的时候，我们赶紧扔过去套索，紧紧地套在它的脖子上。

　　这时，它凶猛的眼睛还在发亮，我赶忙喊道："等等，咱们先别忙弄死它，把它活捉到牧场去。"现在它已经筋疲力尽，所以我们很容易地往它嘴里插了一根木棍，塞在它的牙齿后面，然后用粗绳绑住它的嘴巴，再把绳子系在木棍上。木棍拉紧了绳子，绳子又拉紧了木棍。这么一来，它就没法伤人了。它感到自己的嘴被绑起来以后，也不再反抗了。它一声不响，只是静静地看着我们，那神情似乎在说："得啦，你们到底把我抓住了。现在你们想拿我怎么办就怎么办吧。"果然，打那时候起，它也不再理睬我们了。

接着，我们牢牢地绑住它的脚，但是它并不哼哼，也不叫唤，连脑袋也不转动一下。然后，我们两个人一齐用力，刚好能够把它抬到马背上。它这时的呼吸很均匀，好像已经睡着了。它的眼睛依然睁开着，依旧清澈明亮，可是并没有朝我们瞧。它死死盯着远处一大片起伏的山冈，那是它过去的王国。如今，它那赫赫有名的狼群，已经东离西散了。它就这样一直看着，后来马下了坡，走进了山谷，岩石才把它的视线给切断了。

我们不再急着赶路，一路走得很慢，安全到达了牧场，没有出现什么意外。到了牧场后，我们给它戴好项圈，套上一根粗链子以后，把它拴在牧场的一根桩子上，然后再把绳子解掉。直到这时，我才算有机会能够仔仔细细地瞧瞧它了，同时也证实了，人们对这位当代英雄或暴君的那些传说，是多么离谱的事。它的脖子上没有什么金圈儿，肩头上也没有什么表示它和魔王结盟的反十字。不过，我倒是在它的腰部，发现一大块伤疤，据传说，这是坦纳瑞的猎狼狗领班裘诺在它的身上留下的牙齿印——是裘诺被它弄死在山谷沙地上之前，给它留下的伤疤。

我把肉和水放在它旁边，可是它根本不理睬。它平静地趴在那儿，用它那对意志坚定的、黄澄澄的眼睛，依然从我的身旁望过去，凝视着远方空旷的原野。那是它的原野啊！直到太阳落山，它还是死盯着那片草原。我碰它的时候，它身上的肌肉动也不动，一点反应也没有。我以为它是在积攒力量，到夜里把它的狼群叫来一起逃走，所以我们为它们做好了准备。可是，除了它在走投无路的时候叫过一次外，就再也没有叫过一声。

据说，如果一头狮子被耗尽了气力，一只老鹰被剥夺了自由，或是一只鸽子被抢走了伴侣，都会因为心碎而死去。谁又能肯定，这个残酷的强盗能够经得起这样多重的打击，而一点也不伤心呢？对于这一点，只有我能肯定。因为，在第二天天亮的时候，它还是极其平静地躺在老地方。不过，它已经失掉了活力——老狼王死了。

我把它脖子上的链条解开，在一个牧人帮助下，把它抬到了放置布兰珈尸体的小屋里。当我们把它放在妻子的旁边时，那个牧人大声说："喂，你不是要找它吗？现在你们又可以团圆了。"

领跑的野马

1

乔卡罗那下了马，把马鞍丢在土地上，咚咚咚地走进了牧场的小屋里。

"可以开饭了吗？"他问道。

"还有十七分钟。"厨师看了一眼挂钟，回答说。这位厨师的神情就像一位火车调度员，但事实证明没有必要这样故弄精准。

"普瑞克那边的情况怎么样？"乔的一个伙伴问道。

"在装脚链呢。"乔回答他说，"我们的牛生了很多小牛，情况好像很不错呢。"

"我见到了一群野马，就是经常去羚羊泉饮水的那群。有两匹小雄马落在了后面，其中一匹比另外一匹的颜色显得稍黑一些，长得漂亮极了。它好像一生下来就有领跑的本领。我跟着它后面跑了一两里路，见到了那个野马群。那匹小野马一直按照自己的速度奔跑，显得自由自在。后来我干脆放开了猛追，也就是图个开心，想看看能不能追得它乱了步子——没门儿。"

"你不会喝醉了吧？"思卡斯对他的话表示怀疑。

"得了吧，思卡斯，上次打赌你输了，还没有在地上爬呢，如果不相信，我们再打一次赌，那你还得再爬一次。"

"饭做好了！"厨师大声叫道。他们停止了争论。第二天，牧牛的地点换了，关于野马的事情也被抛到了脑后。

一年后，人们再次来到新墨西哥的这个地方放牧，又有人发现了那个野马群。当年那匹暗黑的小野马已经满一周岁了，变成了一匹黑色的骏马。它的四条腿修长匀称，肌肉健美结实，肋部平滑。不止一个牛仔曾亲眼见过这匹天生就是领跑者的野马。

乔也在场，而且还产生了一个念头：我一定要拥有那匹野马。这个想法把乔带到了这里。对于美国西部的人来说，乔的这个想法让人觉得非常惊奇，因为在西部，只要五美元就能买到一匹未经调教过的小马，而一匹普通驯马的价格却是十五美元到二十美元。因此，通常来说，牛仔绝不会想到去弄一匹野马，况且野马很难抓捕，就算抓到了也只能把它当成是被囚禁的野生动物，根本没法驯服，得不到任何好处。甚至有一些牧场主曾建议，应该把所有能看到的野马全部杀掉。因为野马不仅会妨碍草场放牧，还常常会把驯马带走，和野马一起的驯马习惯了荒野生活之后就一去不复返了。

乔的朋友们觉得很意外，他竟然会想捕获那匹一岁的小野马，不过乔已经下定决心了。可是那一年乔一直没有找到机会抓住它。

乔当时还只是一个牛仔，一个月只能赚二十五美元，而且被工作时间拴死了。乔像许多小伙子一样，希望有朝一日能有一个自己的大农场，和全套的农用工具。他在圣达菲注册了自己的烙印标志，但是，他所有的财产也不过是一头老牛。只要他能找到任何没有烙印的或者是没有主人的动物，都可以在那些动物身上打上自己的烙印，将其据为己有。

可是，每到秋天，在他付清了各种款项后，只要手里还剩一点钱，他都想去城里和小伙子们玩乐，这个诱惑让他无法抵挡。这样年复一年，他所有的财产还是只有他的马鞍和一头老牛。他一直希望能交上好运，从而过上像模像样的生活，所以当他有了捕获那匹野马的想法时，就决定好好把握这个机会。

围捕野马的行动开始了。人们从加拿大河顺势而下，直到秋天，乔才从卡洛斯希尔返回。他一直没有见着那匹野马，尽管他在很多地方听说过那匹野马的故事。这匹小马现在已经快三岁了，它雄姿英发，成为人们茶余饭后的谈资。

在美丽的大草原的中央是羚羊泉。水位高涨的季节，泉水就会汇成一个小湖，周围长满了莎草；水位降低的时候，四面露出一大圈黑泥地，因为有些地方含碱，便闪闪发亮，泉中间剩下一口水眼。尽管既没有外水流入，也没有内水流出，但泉水却依然清甜，在数十里的范围内是唯一可以饮水的地方。

这块平原，北面人都叫它大草原，是牧养黑种马的好地方，同时也是很多马群和牛群的牧场。但是这个地方最主要的用途还是给牲畜交配提供场所。福斯特是这里的管理者，也占有这里的一部分土地。他是个事业心很强的人。他认为改良品种一定会有利可图，于是做了种种尝试。一次，他一下子驯养了十匹高大匀称的混血母马，这些母马个头高挑，四条腿修长，有着鹿眼一样温柔的大眼睛。它们站在牛群和羊群中间，显得鹤立鸡群，使其他的动物看上去非常矮小，好像营养不良一样。

除了一匹仍旧关在马厩里，供人骑用外，其他九匹在生育的小马断奶之后就陆续逃走了。

大多数的马都具有敏锐的领悟力，它们很快就会找到最适合自己的食物，那九匹母马同样具有这样的天赋。在羚羊泉南边二十英里远的大草原上，正在遛马的福斯特发现那九匹母马正和一匹墨黑色的野马在一起，它们看起来和那匹马非常亲密，心甘情愿接受它的驱使。那匹野马像个情场高手似的，在母马的周围奔跑着，让它们排成一队，野马的墨黑色和母马的金黄色交织辉映，十分美丽。

母马的性情原本很温顺，如果没有那个新来乍到、不期而遇的家伙，本可以很容易地就把它们赶回家去。黑马被破坏了兴致，狂怒不已。它的野性好像也感染了母马群，它不停地来回奔驰，带着整个队伍朝远处跑去。它们越跑越远，福斯特和他的同伴很快就被甩在了后面。

这简直令两个男人抓狂，他们举起枪想把那匹野马射倒，但是他们根本找不到机会，因为母马们紧紧地围绕在野马的周围。一整天过去了，尽管牧人们想尽了办法，可是仍旧无济于事。就这样，这个领跑者带领着自己的家眷一起消失在南方的山丘地带。疲惫的追捕者无功而返。他们发誓，一定要向导致他们失败的这匹野马复仇。

最让人烦恼的是，在有过一两次这样的经历之后，母马们将会变得和那匹野马一样野，而且也没有什么好办法让它们恢复成家畜的样子。

低等生物到底是靠美貌还是靠力量来吸引异性呢？科学家们各执一词，但无论是从外貌还是勇气来看，领跑者都是其中的佼佼者。它具有非凡的天赋，甚至连他的对手的妻妾们都愿意跟从他。这匹了不起的黑马，凭着自己像油墨一样黑得发亮的鬃毛和尾巴，像绿宝石似的眼睛，漫游整个牧区，吸引了许多母马以身相许、忠心追随。在一般情况下，只有那些品质低劣的马才会跑出去流浪，但是那九匹母马却是个例外。它们和野马形成了一个独立的小团体，非常醒目。据目击者说，那匹黑野马总是以旺盛的精力小心谨慎地维护着它的马群，不论什么样的母马，只要加入，对于它的主人来说就意味着一去不复返了。牧场主们非常的担心，因为他们发现这匹野马造成的危害很大，大到胜过其他所有的危害加起来也还有过之而无不及。

2

一八九三年十二月，我初到此地，要从坐落在皮尼亚韦蒂托河畔的牧场主的住宅坐马车去加拿大河。在我要动身的时候，福斯特告诉我："如果你碰到那匹该死的野马，一定要杀死它。"

这是我头一次听人提起那匹野马。在路上，我的向导伯恩斯给我讲了野马的一些事情。从此，我对这匹三岁的野马充满了好奇，很想目睹它的风采。第二天，我们到达了羚羊泉所在的大草原，遗憾的是，没有发现野马和它的伙伴的踪影。

第二天，我们穿过了阿拉莫沙河，再次来到了这个广阔的草原。正骑着马走在前面的杰克伯恩斯突然从马上跳了下来，跑到我的四轮马车旁边告诉我："快拿枪，那匹野马在那儿呢。"

我一把拿起来福枪，赶紧向大草原的远处望去，那群野马正经过下面的山谷，那匹神奇的黑野马，就在马队的最后面。它似乎看到了我们，但却毫不畏惧。它站在那里，昂着头，鼻孔张得很大，尾巴直挺挺的，俨然一尊完美的雕像，美得无懈可击。我想在这个大草原上再也没有其他的动物比它更高贵了。一想到要把这么高贵的动物杀死，这个念头就让我不禁打起寒战。这时，杰克还在身边不停地催促我："快开枪，快开枪！"可我故意磨蹭着，并没有打算那么做。性子急、脾气暴的杰克看我这个样子，冲我怒吼道："把枪给我！"然后不由分说就过来抢我的枪。就在他一把抓过枪的同时，我不自觉地把枪口往上一抬，"意外"地放了一枪。

枪声惊动了马群，那匹黑野马一边嘶鸣着，一边在马群四周来回奔跑，把母马们笼在一起，然后，在一阵响亮而低沉的马蹄声中，飞驰远去。

那匹野马一会儿冲到这边，一会儿冲到那边，时刻关注着野马群的动向，驱赶着母马以稳定的速度往前跑去。我一直看着它跑出了我的视线，发现它真的一次也不曾乱了步伐。

杰克不断地挖苦讽刺我的枪法，咒骂那匹野马，而我则因为那匹马的力量与健美而满怀欣喜。就算把那些母马都给我，我也绝不会去伤害它那美丽耀眼的皮毛。

3

有几种办法可以捕获野马。其中的一个办法是用来复枪的子弹擦破它颈背的一点皮，这样它就会被吓晕，好长时间也醒不过来，这样就可以趁机困住马腿。

不过乔对这种办法并不认同："我曾经看到过上百匹马因此被打断脖子，可从来没见过用这种方法擦伤过一匹野马。"

有时，如果有比较好的地形，可以把野马驱赶到一个畜栏里面；还有一种情况，可以用特别好的装备去追捕野马。但最常用、最荒谬，却最有效的办法是，跟它们竞走，将它们走垮。

以前默默无闻的黑色野马已经成为远近闻名的动物了，处处有人传讲着它的种种故事，还有它的奔跑速度，它的步伐，而且总是极尽渲染。当时有一家牧业公司以"三角一杠"为烙印，这个公司的蒙哥马利老头偶然来克莱顿镇上的威尔旅馆小住，他放出话来，如果这些传闻是真的，有谁能把这匹马捕获并安全装上车，他愿意支付一千美元。于是，有十几个年轻的牛仔都想获得这笔诱人的奖金。乔也一直关注着这个消息。当其他人都在关心老蒙哥马利是否能履行诺言时，他早就已经开始准备出猎所需的种种器具和物品了。

乔透支了他已经过分透支的信贷，动用了自己已经滥用过度的朋友的慷慨，终于弄到了二十匹好马，一辆破旧的马车，并为三个人——他自己、伙伴查理，还有厨师，准备好了两周的生活用品。

他们从克莱顿出发，向草原上的人公开宣布要去找那匹野马。第三天，他们到了大草原的羚羊泉。当时正值中午，不出所料，那匹黑马正率领着它的马群在饮水。他们监视着野马，耐心地等待着野马喝完水，因为他们知道，喝足水的野马要比口渴的野马跑得慢一些。

乔和他的伙计们等野马喝完水后慢慢地向野马群靠近，距离还有半英里的时候，黑野马发现了他们，并且向马群发出了警报，它带着马群蹿上一片长满皂草的台地，转眼间在东南方向消失了。乔紧随其后，等到确定了它们的行踪，看到了它们落脚的地方后，就回来告诉厨师，驾着四轮马车去南边的阿拉莫沙河，然后再往东南方向前进。接着，他便往东南方向追去。过了一会儿，乔再次跟上了野马群，他骑着马缓缓地往前靠近，结果因为离得太近，马群发现了他，又一次朝南方奔逃。这一次，乔不再跟着野马的足迹，他推测野马群要去什么地方，然后抄近路赶了过去。一个小时后，他再一次发现了野马群，再一次野马群也发现了他，并继续逃跑。就这样周而复始，整个下午，野马群被赶得不断向南奔逃。当太阳快要落山的时候，就像乔原来预料的一样，他们已经离阿拉莫沙河不远了。这时候，马群就在附近，他朝着马群直冲了过去，把马群惊散了。

此时，他的伙伴已经赶着四轮马车来到了这里，正在悠闲地等待着。乔换上了一匹体力充沛的马继续追逐马群。

晚饭后，按照原定的计划，四轮马车行驶至阿拉莫沙河上游的浅滩上，在那里露营过夜。

这期间，查理替换乔继续跟踪那马群。因为进攻者没有表现出什么进攻的迹象，它们似乎习惯了追逐者的陪伴，跑得也没有刚开始时那样远了。天色渐暗，马群中有一匹雪白的母马，在淡淡的月光的照耀下，很容易被发现。在黑夜中，人辨不清方向，查理只能依靠着他的马。马安静地带着他，跟在马群的后边，查理紧紧地盯着那匹白色的像幽灵一样的母马，跟住它就等于跟住了整个马群。最后，黑暗吞噬了一切，马群也消失在夜色中。于是，查理从马上下来，卸下马鞍，把马拴好，然后把自己裹在毛毯中，很快就睡着了。

破晓后的第一道阳光射向大地的时候，查理就起来了，多亏有那匹白马，所以在半英里内，他就看到了那一群野马。他刚一靠近，黑野马就发现了他，它发出一声尖锐的嘶叫，命令它的马群组成一个机动小组。但它们在下第一块台地之前停下脚步回头张望，好像想弄清楚这甩不掉的跟随者，到底想要干什么。野马们凝望了一会儿，直到黑马确信已经了解了追击者的意图，才抖了抖它的鬃毛，像流星一样冲向前方，带领它的母马们疾驰而去，它富有节奏地起伏跃动，充满了活力，似乎永不知疲倦。

它们驰骋着，转向西边，继续奔跑，这之后所发生的几乎是和前面一样的故事：奔逃——追踪——赶上——又奔逃，如此循环。快到中午时，马群经过了印第安人阿帕切部落曾用过的瞭望台——野牛崖。乔正在这里守候着。他点起了一道长烟，给查理发了一个信号，让他来这里露营。查理用镜子的反光进行了回应。

乔骑上新备的马开始了再一次的追踪，查理回到了营地吃饭、休息，然后继续跟踪马群。

那一整天，乔都跟在马群后面，并且在必要时，他想方设法使野马群不停地往前奔跑，因为持续跟踪，四轮马车受到损坏。日落时分，乔来到了韦德角路口。查理正在那里等着他，给他带来了精力充沛的马匹和食物。于是，他们继续采用这种执着的追逐办法，跟踪野马群一直到深夜。这时，野马群跑到了一个比较平稳的地方，这更方便了乔的跟踪。经过长途跋涉的马群已经疲惫不堪。它们远离了绿草青青的草原，不像跟踪它们的那些马有谷料可以吃，特别是那种持续的紧张情绪，虽然不是很强烈，却也对它们产生了很大的影响。它们非常口渴，只要到了有水的地方，乔总是放任，甚至鼓励它们去痛饮一番。奔跑过度的动物大量饮水，其后果是众所周知的：奔跑过度、大量饮水会导致四肢僵硬、呼吸困难。所以，乔很留心不让自己的马饮太多的水，防止出现这种情况。因此，那天晚上，当野马们筋疲力尽的时候，他和他的马却还精力充沛。

破晓时分，乔一眼就看见了不远处的野马群，它们受惊后拔腿就跑，可是，它们跑得已经没有从前那样快了。看起来，追踪快接近胜利了。因为在整个"走垮"过程中，最难做到的就是在野马群精力旺盛的两三天咬住它们不放。

那天早上，乔一直和野马群保持着一定的距离，让野马群保持在自己的视线之内。大约十点的时候，乔告诉查理，野马群就在前面四分之一英里处，体力很差，已经非常疲倦，现在又往更北的方向前行了。晚上，查理更换了精神抖擞的马匹后，继续跟随野马群。

第三天，野马群奔跑的时候，个个都耷拉着脑袋。尽管黑色的领跑者尽力驱赶，它们的速度还是很慢，和追赶者的距离无法拉开，总是保持在一百码左右。

第四天、第五天也是这个样子。野马群绕了一个圈子，马上就要回到羚羊泉了，这正中追赶者们的下怀。于是，追赶者和四轮马车也跟着绕了一个大圈子。当野马群回到这里的时候，已经精疲力尽，可是追赶者仍旧精神抖擞。在这之前，野马群就一直不断地饮水，回到羚羊泉，它们又痛饮了一番，估计胃都胀大了。现在到了追捕者们动手的最好时机。猛然间喝了那么多水，对于野马来说简直是自我毁灭，现在它们的四肢和肠胃都已经被麻痹了，套马者毫不费力地就把这些马一匹一匹地套住。

抓捕的过程非常轻松完美，只有一点儿漏洞，那匹黑色的领跑者好像是钢筋铁骨，有用不完的力气。从早上捕猎的时候开始它就在一直在敏捷地跑来跑去，催促雌马赶快逃跑，但此时的野马群已经没有一点力气了，根本无法执行领跑者的命令。那匹曾经帮助过乔他们发现马群的老白马此时已经倒在地上，完全没有力气了。那些混血的雌马们早已经不再害怕这些牧人们。现在局面完全在乔的控制之中。但对于野马群的领袖——黑色的领跑者，人们却没有什么办法。

接下来的事情令人费解，同伴们非常了解乔，他们认为，现在这种情况，乔一定会开枪杀掉黑野马。但乔却没有这样做。其实，在这一周的追逐中，乔已经放弃了这种念头。他每天都跟踪着野马，密切注意着它的一举一动，但是却从未见过黑野马四足腾空。

于是，这匹高贵的黑野马越来越引起牧马人的爱惜之情，乔宁愿一枪崩了自己最好的坐骑，也绝不会想到要去伤害那绝妙的生灵。

乔甚至怀疑自己是否舍得用黑野马来换取巨额奖金，他知道，这样好的马本身就是一笔宝贵的财富。如果参加赛马的话，一定能获得巨大的财富。

不过，那笔巨额奖金的吸引力仍然很大。追捕行动马上就要接近尾声了。乔最好的坐骑被牵了过来，那是一匹具有东方血统却在西部草原长大的母马。假如它没有得那种怪病，是无论如何也不会落到乔的手中的。这个地区生长着一种有毒的杂草叫疯草，大多数动物都不会去碰它，但偶尔也会有一两个充满好奇心的动物试着尝几口。疯草就像吗啡一样，上瘾的动物虽然在一段时间内会保持正常，但却经常急切地要吃到这种草，并且最终死于疯狂的状态。如果一头牲畜疯了，人们就说它得了疯草病。乔那匹最好的母马，眼睛里泛着野性的微光，内行人一看就知道，这是疯草中毒的症状。由于这匹母马跑得又快身体又健壮，乔就想用它来结束这场追逐赛。

现在这些母马已经很容易用绳索套住，但没必要这么做了，这些母马已经和黑色的野马分开了，都被驱赶到家用的畜栏内。但是，那个作为领袖的黑野马根本不打算屈服，乔为自己棋逢对手而欢喜。他催马向前，尝试着去抓住它。他把绳套抛在地上拖着，解开了每一个绳结，然后在马上把它在左手掌上绕成最简洁的圈子。在整个追捕的过程中，他第一次带了踢马刺。此时的黑野马正在距离乔四分之一英里外的地方，黑野马全速奔跑，乔紧紧地跟在它后面。他们所到之处，那些受惊的母马迅速向两侧闪开，让出了道路。乔骑着矫健的马从它们中间穿过，风驰电掣地奔向前去。而黑野马仍以它那远近闻名的步伐，跑在前面。就这样，一前一后两匹马奔腾在广阔的平原上。

事态的发展令人觉得不可思议，乔不断用马刺踢他的马，催促自己的马加快速度，母马跑得虽然快要飞起来了，但和前面野马的距离还是没有缩短。黑野马像旋风一样飞奔过平地，一会儿上坡，一会儿又跑过一片长满皂草的台地，一会儿下坡，绕过一片沙地，然后又跑过一片草地；一群草原鼠狂叫了一阵后，藏起来了。等乔赶过来的时候，他看到黑野马已经把他落得更远了。乔简直不能相信，只能怪自己运气太差了。乔焦急地催促自己的坐骑，那匹可怜的病马也跟着慌乱起来，翻着白眼，发疯似的摆动着头，没有留意到地面，结果陷到了獾洞里，再也爬不起来了。马倒在了地上，乔也摔了下来。乔被擦伤了，很严重，不过幸好腿脚没伤着，他站起来，试图跨上马继续追赶。不幸的是那可怜的马的前腿已经骨折，不能往前走了，看来只能到此为止了。

没有办法，乔只好松开了马的肚带，轻轻地包扎好马的伤腿，然后牵着马儿回到了露营的地方。而黑野马则疾驰而去，眨眼间消失无踪。

不过对于乔和他的同伴来说，他们也有收获，因为所有的母马都被抓到了。乔和查理把这些马赶回了原来它们所属的牧场，得到了一笔丰厚的酬金。但是乔仍然没有死心，他比以往任何时候都更想抓到那匹黑色野马。乔已经看到了那匹黑野马的能耐，越发地喜欢和珍视它，不过要抓到这个聪明的家伙，还得制定一套更好的方案。

4

那次追捕行动中的另一个伙计是厨师，他的名字叫贝茨——汤姆斯贝茨先生，这是他在邮局领取邮件时用的全名。他经常去邮局里查收信件和汇款，但从来没有什么收获。很多牛仔都叫他火鸡爪印汤姆，因为他总是说火鸡爪印是他的烙印标志。贝茨自称这个烙印在丹佛注册过，还说，在南方的某个小地方，有数不尽的牛和马身上都有他的烙印。

当初，贝茨被乔邀请参加活动时，他还挖苦说，那些野马一打也卖不到十二美元，他宁愿靠微薄的工资过活，也不愿意去捕捉野马，在当年也确实是这样的行情。可是，有谁会在亲眼见到了那匹野马之后不为之动心，甚至是发狂呢？自从上次追捕后，他的想法变了，他也想拥有那匹野马，但是具体要怎么干还没有想好。不久，他在一个大农场里找到了工作，也就暂时放弃了那个想法。

比尔史密斯，人们根据他的牲畜身上的烙印叫他马蹄铁比尔。他正在津津有味地吃饭，桌子上那些新鲜的牛肉和面包都快被吃光了，马蹄铁比尔喝着廉价的咖啡开始说话了，周围的人都侧耳听着。

"我见过那匹黑野马，而且离它非常近，我都可以给它的尾巴梳个辫子。"

"怎么，你没开枪？"

"没有，但我确实就在它旁边。"

"你真是个笨蛋。"坐在桌子另一边绰号叫"双杠 H"的一个牛仔说道，"下个月圆之前我就要让那匹野马带上我的烙印。"

"那你可要快点了，否则当你看到它的时候，它的身上已经有我马蹄铁的烙印了。"

"你在哪里见到它的？"

"是这么回事，当时我正骑马经过羚羊泉旁边。这时我在河流中间的干地上看到一个东西，我以前从来没有见过，所以我骑着马走过去，心想说不定是我们自己的牲口呢。结果我看见有一匹马躺在哪里。微风不停地从马往我这个方向吹来。我骑着马缓缓地往那匹马的方向靠近，发现竟是那匹黑野马。它像一只搁浅的鲸鱼一样，躺在那里一动不动，它肚子不胀，身上没有伤口，也闻不到什么异味，不知道它到底是怎么回事。

一只苍蝇飞到它旁边，这时，我看见它的耳朵动了一下去驱赶那只苍蝇，才明白它是在睡觉。于是，我取出自己的马套，把它绕成圈儿，可是我发现绳子太旧了，有好几处已经快磨断了。那匹马正值壮年，体形健壮，而我自己的马那么虚弱。一匹只有七百磅重的马，要和一千二百磅重的野马对抗，我不禁有点担心。本来我已经给它绑了一根肚带，但我想估计这也没什么用，还是解开肚带让它走吧。至少我也不会损失我的马，不会倒霉。于是我把肚带割开让它走了，可惜你们没有看到那匹野马，它猛地蹿起六英尺高，像一列火车一样喷着响鼻，眼睛瞪得大大的，飞奔着往加州的方向跑去。假如它一直以它起跑时的速度，现在应该已经到达加州了——我确信它一路上步子都不会乱的。

马蹄铁比尔讲的故事不太连贯，有点语无伦次，还经常被别人打断，但是人们都相信，这件事一定是真的，因为他是不会撒谎的。在这些人中间，火鸡爪印汤姆说话很少，他在思考着，这个故事给了他启发，让他有了一个新点子。

吃过晚饭，火鸡爪印一边吸着烟斗一边又把这个事情仔细琢磨了一番，他决定和马蹄铁比尔合伙做这件事，只凭一个人是不行的。如果能把黑野马弄上车，据说奖金已经涨到五千块了。

那匹野马平时经常来羚羊泉喝水。因为现在是旱季，水位低，泉与四周环绕的莎草之间出现了一圈宽宽的干黑泥带，有两处地方被来往喝水的动物踩出的小路穿过，野马和其他的动物经常走这两条路。但牛总是走捷径，常常通过莎草地去泉水边。

他们在研究了这条泥路上的痕迹后，立刻开始工作了。他们在路上挖了一个大坑，长十五英尺，宽六英尺，深七英尺，用了二十个小时才完成这项艰巨的工作。他们要赶在那匹野马来喝水之前把这个坑挖好，一直挖到可以渗出水来。把坑挖好后，他们在坑的表面覆盖了一些木杆、树枝和泥土。然后，他们俩躲到远处，静静地等待野马的到来。

大约到了中午，黑野马来了。自从它的同伴被抓走以后，黑野马经常独自来喝水。在有陷阱的泥路对面还有一条小路，平时很少有动物走动，但为了以防万一，老汤姆还是把一些新鲜的灯芯草扔在小路上，野马要是一时心血来潮想走这条不常走的路，也会因为那些草而选择另一条。

难道真的有天使在眷顾这些野生动物吗？虽然那匹野马有无数个理由走平时走的那条路，可这次它却选择了另外一条。那些看上去会引起黑野马疑心的灯芯草失去了作用。它非常平静地走到泉水边喝起水来。看来这个办法要失败了。但是老汤姆想到了一种补救的办法。当野马低下头正准备第二次饮水的时候，他们从藏身的地方跑了出来，迅速跑到野马后面的小路上。野马警觉地发现了这一切，正当它抬头张望的时候，比尔用左轮手枪在它身后的地面上开了一枪。

黑野马迈开它特有的步伐，直奔陷阱。黑野马接近了陷阱，眼看就要掉进去了，老汤姆和比尔觉得黑野马已经是他们的囊中之物了。但令人不解的奇迹又出现了，像受到了神灵保护一样，接近陷阱的野马，纵身一跃，跨过了十五英尺长的危险地带，毫发无损地逃走了。此后，黑野马再也不走那两条常走的小路去羚羊泉了。

5

乔是一个精力旺盛的人，他一门心思地要抓住那匹黑野马。当他听说其他很多人也要去抓那匹黑野马时，便决定立即行动，因为他已经有了一个他认为最好的方案。狼群能抓到善于奔跑的长耳大野兔，山中的印第安人能捕获以速度闻名的羚羊。这个最古老的办法就是轮番追击。

从南方的加拿大河到西北的支流希纳威特河再到西部喀纳斯丹山脉的小溪，形成了一个六十英里的三角形地带，这是那匹黑野马的活动区域。它从来没有走出过这个地带，而羚羊泉则是它的大本营。

乔对这个地区很了解，他知道这一地区的水溪峡谷，也熟悉那匹黑野马的行踪，假如他有五十匹好马的话，他就能制定一个完美的计划，弥补所有的不足，可是，他只能找到二十匹好马和五个优秀的骑手。

上阵前的头两周，乔一直给这二十四马喂食谷料，现在它们被赶着走在最前边，而每个骑手也早已掌握了应该怎样演好自己的角色，并且在前一天被派往自己的岗位。追捕活动的第一天，乔赶着他的四轮马车来到了羚羊泉的旁边，他们将在那里宿营，静候黑野马的到来。

终于，那匹油黑发亮的野马从南面的沙山上跑过来了。它现在已经习惯了独来独往，它走到泉边，四处张望了一下，用鼻子嗅了嗅周围，看有没有隐藏的敌人，然后走到了一个没有任何痕迹的地方开始喝水。

乔在远处静静地注视着这一切，他希望那匹野马痛痛快快地饱饮一番。但就在野马转身吃草时，乔不小心把马刺踢向他的马，他的马跑动起来。听到了马蹄声的野马看到冲过来的马匹，便飞奔起来。它穿过平地往南面跑去，依旧保持着平时大步往前的样子，不过步子比平时要大些。黑野马穿过沙丘，又恢复到平时奔跑的节奏。乔骑着马穿过沙地时，驮了很多东西的马常常陷入沙子里，无法前进。乔现在也辨不清方向了。在后面的路上，乔又离那匹黑野马近了些，可是在一个长长的陡坡上，乔的马不敢跑得太快，他和黑野马的距离渐渐拉大。不过乔依然没有放弃，他把马刺和马鞭都扔掉，继续追赶。一英里、两英里、三英里，乔似乎隐约可以看见阿瑞巴山了。

乔知道阿瑞巴山附近有人接应他，于是就拼命往前跑。即使这样，他和黑野马的距离还是越来越远。领跑者到达了阿瑞巴山，为了不使野马改变路线，守候在那里的人闪到一边，眼看着它冲了过去——冲下峡谷，冲上陡坡，仍旧保持着原来稳健不变的步伐。

乔终于也赶上来了，他的坐骑已经非常疲劳，口吐白沫。乔换了另外一匹精力充沛的马，继续前进。在丘陵地带，乔用马刺不停地催促他的马加速，可还是没能追上黑野马。

忍耐！忍耐！忍耐！乔按照制定的计划，追了一个小时又一个小时。再往前不远就是阿拉莫沙峡谷了，新的人手和马匹正在那里等候。乔吆喝着，鞭打着马朝着黑色野马的方向驰骋。但跑到距离接应点还有两英里的时候，乔忽然有一种奇怪的预感，野马可能已经转向左边。于是乔调转了方向，拼命地催促那匹已经精疲力尽的马去那边拦截。一场最为艰辛、从未经历过的角逐开始了。每走一步，都能听到乔粗重的呼吸声和马疲惫的嘶叫声。乔从右边包抄过去，似乎靠近了黑野马。同时，乔拔出枪来，不停地朝地面开枪，强迫黑野马掉头往右走。

乔和黑野马都朝着右边跑了过去，此时黑野马扬长而去，而乔却下了马，因为他的马已经疲惫不堪，再也跑不动了。而经过三十英里的高强度奔跑，乔自己也累垮了。飞扬的尘土灼痛了他的双眼，他觉得自己好像要瞎了似的。他给同伴汤姆做了个手势，让他继续往阿拉莫沙浅滩方向追捕黑野马。

跨上一匹强壮的新马，这骑手像子弹一样向远方射去。当跑过一段蜿蜒起伏的平原之后，黑野马的嘴边开始吐出雪白的泡沫，肋条随着粗重的呼吸深沉地起伏，这一切都说明它累极了，但是它却仍然继续向前奔跑。

刚开始的时候，汤姆好像精力很充沛，但跑了一个多小时后，快要到达阿拉莫沙峡谷时，汤姆感觉体力越来越差了。幸好在那里有个接应的小伙子，接替他继续追逐黑野马。追踪的方向慢慢地转向了西边。经过了草原犬鼠的一座座城池，追过一片片皂草地和数十丛仙人掌，马儿被刺得鲜血淋漓，但仍忍痛向前奔跑。黑野马此时身上出现了褐色的斑点，那是尘土和汗水的混合物，不过这并没有使它的步伐减慢。跟在后面的年轻小伙子凯瑞特从一开始就拼命地鞭打他的马，为了跑得更快，他用马刺指挥着马横穿一个峡谷，那个峡谷就连黑野马都不敢轻易过去。结果，一不小心，凯瑞特和他的马一起掉了下去。

凯瑞特非常机灵地逃了出来，不幸的是，那匹马却躺在那里一动都不能动了。黑野马继续往前奔驰。

这时黑野马已经靠近了老嘉莉西亚牧场，乔已经抄近路去那里守候了。他振作精神，继续追捕。三十分钟后，他离领跑者越来越近了。

乔远远地看到了西边的卡洛斯丹山脉，他知道，精力充沛的骑手和马匹正在那里等待接应。不肯服输的骑手想把黑野马往那个方向赶，不过天生警觉的领跑者忽然改变了方向向北边跑去。乔是个技艺高超的牧人，他一边高声吆喝，一边朝地面开枪，试图扭转局面。可是野马就像从峡谷往下奔流的溪水一样不为所动，乔没有办法，只能紧紧跟在后面。这使后面的追捕变得非常艰苦，无论是乔的坐骑还是乔自己，都感到无法忍受。太阳炙烤着大地，草原上闪着热光，沙尘和汗水烧烤着乔的眼睛和嘴唇，不过追捕还在继续进行。对于他来说，唯一的机会就是要把黑野马赶回大河床。这时，他第一次看到黑野马有体力不支的迹象：它的鬃毛不像平时那样高高翘起了，步子也越来越小。但是，它仍然领先，在前面不停地往前跑。

几个小时又过去了，追捕仍在继续。乔中间又换了一次马。夜幕降临时，他们离大河床只有不到二十英里了。乔又换上了一匹备用的坐骑继续追赶。被换下来的那匹马不停地喘着粗气，跑到河边大口地喝水，最后终于因为体力不支而死去了。

乔拉住缰绳，他希望黑野马也能利用这个机会痛饮一番，但黑野马只喝了一口水，便穿过溪流跑了。乔赶紧打马急追。那天人们最后看到他们时，只见黑野马只领先数步，乔的马则紧紧跟在后面，好像一伸手就能抓到它。

第二天一早，乔步行走回了营地。关于这次追捕的行动到处流传：追捕行动中死了八匹马，累倒了五个人，而那匹黑野马仍自由自在、毫发无损。

"我根本不可能抓到它，这可恶的畜生，我以后也许再也没有机会猎杀到它了。"乔无奈地说道，他被迫放弃了这次追捕行动。

6

这次行动中的厨师老火鸡爪印，像其他旁观者一样，兴致盎然地观看了整场追捕。当追捕行动失败后，他对着面前的铁锅露齿一笑，信心十足地说："那匹黑野马是属于我的，我一定会把它抓到！"然后按照他的老习惯，他翻阅圣经，开始寻找典故，他对着那口锅说道："妄想把参孙累倒的非利士人却被拖垮了；亚当之所以被赶出伊甸园只是因为一个小小的失误。同样，要抓到野马必须找到它身上的弱点。要抓到野马，我一个人就够了，何必也和别人一起分享那五千美元的奖金呢。"

现在黑野马的处境越来越危险了，更多的人加入到追捕它的行列。尽管如此，它也从来没有远离过羚羊泉，因为那里是唯一安全的饮水处，在水源周围方圆一英里，视野开阔，敌人没有地方可以隐藏。它几乎每天中午都会来这里，总是谨慎地侦察一下周围的情况，确认安全了才过来喝水。

老火鸡爪印非常了解这匹黑野马，他知道自从它的妻妾们被抓获后，它已经孤单了一个冬天。这厨师的朋友家有一匹褐色的小母马，年龄不大，长得非常漂亮，他认为用这匹母马就可以达到自己的目的。他找了一副结实的枷锁、一把铁锹、一副备用的套索，带着这些装备还有那匹漂亮的小母马去了羚羊泉。

草原上的早晨，空气很清新，几只羚羊正在悠闲地散着步，牛群正无所事事地游荡，不时啃咬着草，云雀嘹亮甜美的歌声处处可闻，传遍整个草原，冬天快要结束了，春天就在眼前。小草正在一天天变绿，大自然中的一切都散发着萌动的春意。

爱的气息在空中弥漫。褐色的小母马被放了出去，它一边吃草，一边不时地抬起头，发出一阵阵尖利的嘶鸣，似乎在唱着什么歌谣。如果它是唱歌的话，那它嘴里传出的一定是一首情歌。

老火鸡爪印在一个深坑旁边观察了当地的风向和土层的结构，那个深坑是他以前挖的，里面积满了水，还有几只淹死的土拨鼠和老鼠的尸体散发出阵阵恶臭。这些动物肯定是不小心掉进去的，最后困死其中。他在附近选了一块绿草地，那里莎草丛生、地势平坦。他先将带来的木桩牢牢地栽进土堆里，然后在旁边挖了一个大洞，这个洞足够容纳他的身体，在洞里铺上毯子。他又把小母马的缰绳缩短，这样就固定了小母马的活动范围，然后在小母马附近布下套索，用土和草把套索盖住，然后他躲进藏身洞，静静地等待。

大约中午的时候，小母马多情的歌声得到了回应。在西边远处的高地上，一匹黑色的野马正站在蔚蓝的天空下，那就是声名赫赫的黑野马。

它迈着轻盈的步子跑了下来，但经受了太多追捕的它现在越发地机敏了，它不时地停下来，注视周围的情况，一边嘶叫着，小母马的回应显然已经令它心动。它走得越来越近了，忽然又有些警觉，便转了一个大圈，企图嗅寻敌人的气味，似乎心存疑虑。守护它的天使在提醒它千万不要过去，但这时褐色的小母马又一次深情地呼唤它，它不自觉地又靠近了一些。黑野马发出一声嘶叫，褐色小母马热烈地回应着，黑野马激情澎湃，它的最后一道防线终于松垮了，它抛弃了所有疑虑。

黑野马腾跃上前，用鼻尖碰了碰小母马的鼻子，发现它的反应正如它所期待的那样热烈，此时的黑野马已经忘记了所有的危险，忘乎所以地沉浸在征服的喜悦之中。它在褐色小母马的身旁跳跃欢腾，可是，当它的后腿正好站在套索的圆圈里时，只见绳子猛地一抖，活结被拉紧。黑野马被捕获了！

经过疯狂而无望的挣扎，黑野马终究没能逃脱。现在它沦为阶下囚，没有任何逃脱的希望。丑陋、矮小、弓腰驼背的老汤姆从深坑里跳了出来，现在他成了伟大的征服者。在这个聪明的老头儿面前，野马仍然在利用自身可怕的力量拼命地挣扎。但绳子非常结实，它是在白费力气。

老汤姆又拿出一个套索，熟练地套住了黑野马的前蹄，接着又熟练地收紧绳套，把马蹄全部捆在了一起。一会儿老汤姆用"捆猪结"把黑野马紧紧地捆好，任它躺在地上。黑野马还在徒劳地挣扎，直到用尽所有的力气。它呜咽着啜泣着，泪水顺着它的面颊滚落下来。

老汤姆站在那里看着，从头到脚全身都非常紧张，一种奇怪的感觉蔓延了他整个身体。他什么也没做，就站在那里静静地注视着那匹野马，不过这种感觉很快就消失了。

此刻黑野马的双腿都被捆住了，老汤姆让野马靠在小母马的身上，然后又取出一副套索，绑住了野马的脖子，装上了马鞍。把这些都做完了，现在绳子也可以松开了。但老汤姆突然想到他好像忘了一件什么很重要的事。按照西部的法律，这匹野马属于第一个在它的身上打上烙印的人。可是现在，距离能打烙印的地方还有二十多英里远，怎么办呢？

老汤姆靠近他自己的马，仔细检查马的每一个蹄子上的铁掌，正如他所愿，有一个铁掌松了。他用铲子把它撬下来。他在附近捡了很多树枝树皮，生了一堆火，很快烧红了马蹄铁的一个弯子，他用袜子裹住另一个弯子将马蹄铁拿起来，粗鲁地打在黑野马的左肋上，这是它的烙印，黑野马的第一个烙印。烙铁烧灼着皮肉，黑野马战栗不已，不过这个过程很快就结束了。著名的黑野马不再是自由自在的领袖了，它已经沦落成了一匹带烙印的动物了。

下一步，就是把黑野马带回家，老汤姆把粗绳子松开，黑野马以为自己自由了，伸开马蹄就往前走，可刚一迈步，又摔倒在地，它的两条前腿还被紧紧地捆在一起，此时唯一可行的步态只能是拖着走，非常吃力。黑野马十分不舒服，每走一小段路它都会摔倒在地，它尝试着奔跑，可是不行。

老汤姆骑在马上，使劲地拉着黑野马，虽然身上已经伤痕累累，但是它并没有打算放弃自由，它一边粗重地喘息着，一边疯狂地跳动，一次次地试图逃跑。这是一场长久而残酷的搏斗。黑野马光滑的皮毛上血迹斑斑，但老汤姆却不为所动，仍旧冷酷无情地强迫它往前走。他们走过的山坡曾经都是黑野马逃避追捕的战场，从小路的出口出去就是黑野马过去的领地的最北端。

当看到远处的畜栏和房子时，老汤姆欣喜万分。不过黑野马也已经积蓄了最后的力量，孤注一掷，做最后的冲撞。它沿着小路一步步挪上了草坡，对频繁抽打在身上的皮鞭和屡屡射向空中的子弹不屑一顾，一切都无法改变它疯狂的路线。它一步又一步，艰难地行进着，在无数的冲撞之后终于站在了陡峭的悬崖之上，然后，它纵身一跃，从悬崖上冲了下去。它在半空中盘旋落下二百英尺，掉在了崖下的岩石上。一具尸体——没有生命，却拥有自由。

牛头犬的故事

1

在万圣节前夕的黄昏，我第一次看到它。那天早晨，我收到了大学时的好朋友杰克的电报，上面写道："为了纪念我们的友谊，我送给你一只特别的小狗。为了你的安全着想，最好对它客气些。"杰克以前送给过我很多奇怪的东西，却把它们称为小狗，所以，我很好奇，这次他又给我送来了什么东西。东西送到时，我看到上面标着"危险"的字样。邮件里面有一个小家伙，即使稍微挑衅一下，它也会大声咆哮。我以为是只小老虎，透过铁丝网看过去，原来是一只白色的牛头犬。它冲着我，冲着任何一个似乎突然靠近它而不适当尊重它的东西或人狂叫。它的叫声让我很心烦。

通常来说，狗的叫声分两种：一种是低沉并且傲慢的，那是客气的警告，虽然不满，但还算有礼貌；另一种则咆哮频繁，音调高亢，这是严厉的警告，通常是在采取行动前的最后通牒。而这只牛头犬的叫声完全属于后一种。我养狗很在行，自认为对狗也算是比较了解。因此，我把搬运工人打发走之后，就拿出家里的工具，打开了那个笼子。折叠刀、牙签、锤子、斧头、工具箱、火柴、铁铲等，这些工具都派上了用场。

笼子里的小家伙每一次听到工具发出的轻微响声，都会专心地咆哮一声。当我把箱子打开时，它朝我的腿直冲过来。要不是它的腿被铁丝网绊住了，肯定会咬到我了，而且它肯定也很乐意这样做。我干脆站到了桌子上，要和它好好谈谈。我一直认为自己和动物打交道很有一套，即便动物不理解人类的语言，但相信最后总也能了解我们的意图。可是，这只狗显然把我当成了一个伪君子，根本不让我接近它。

开始的时候，它在桌子下面占据了一个位置，眼睛盯着我试图伸下来的一条腿。我认为自己已经可以控制它了，但我们之间的关系却有点颠倒。它像我的主人，而我却像囚犯一样待在那里。我认为自己是一个非常冷静的人，于是鼓励自己，要和它斗争到底。我点着了一支烟，坐在桌子上吸起来。而那个家伙则一直在桌子下面监视着我的两条腿。我又看了一眼电报，读了起来："……一只特别的小狗。为了你的安全着想，最好对它客气些。"我认为是我的冷静而不是客气起了作用，因为半个小时后，它终于不再咆哮了。一个小时后，它的脾气终于好了一些，不再跟着我推到它身边去试探它耐性的报纸跳来跳去了。也可能是它对于笼子的愤怒情绪正在逐渐减弱。等我点燃第三支烟时，它走到了火炉旁边，趴在那里，不再理睬我。我当然不会在意它的这种态度。

它用一只眼睛看着我，而我则用两只眼睛盯着它的粗尾巴，而不是盯着它。如果那条尾巴向一旁甩动一下的话，那么我就会觉得胜券在握了。可是，它根本没有摆动。我拿出一本书，放在桌子上读起来，一直读到双腿酸软，火炉里的火焰也变小了。晚上十点钟左右，气温开始下降；十点半的时候，炉子里的火熄灭了。我的万圣节礼物站了起来，打了个哈欠，又伸伸懒腰，然后就跑到我的床底下的毛皮垫子上，开始睡觉。我轻轻离开桌子，蹑手蹑脚地从梳妆台旁边走过，经过壁炉架，走到床前。我轻手轻脚地脱掉衣服躺了下来，幸好没吵醒床底下那个家伙。我躺在床上还没进入梦乡，就听到床的那一边传来一阵响动，我感觉那只小狗爬到了床上，接着，趴在了我的腿上。在床底下睡觉一定是太冷了，所以它要和我同床共枕。

它在我的双脚上蜷曲着身体。我感到很不舒服，想要重新调整姿势，可是，只要我有一丁点儿的动作，它就会大叫。没有办法，我只能用很厚的毛毯把自己包起来，免得被咬成终身残疾。

然后，我用了一个小时的时间，慢慢地移动双脚，终于找到了一个舒服的姿势睡着了。夜间，我又几次被惊醒。它愤怒地狂吠，我想，可能是因为我没有经它同意擅自动了脚趾头而影响了它；其中有一次，我觉得可能是我打鼾的声音大了点儿。

早上，我打算比"猛虎"早起床——对了，我给它起了个名字叫猛虎，全称是"猛虎——精力——猛虎"。有一些狗很难命名，但还有一些根本就不用你费事，因为它们的行为就是自己名字的最好诠释。

我准备七点钟起床，可还是到了八点钟才起，因为猛虎要睡到八点钟。我生火的时候它倒是没叫，也准许我穿衣服，本来我还以为要站到桌子上才能穿衣服呢。我离开房间准备去吃早饭时，对它说："猛虎，我的朋友，有些人可能会通过体罚的方式来改变你这样的狗，但我有了一个更好的主意。这些天来我听说有的医生用禁食办法来治疗病人，我不妨也来试试。"

我一整天都没有给它吃东西，这似乎有点残酷。它难过得一个劲儿挠门，门上被它抓了很多划痕。后来，我花了不少钱，又把门重新漆了一遍。不过这个办法很有用，到了晚上，当我把食物给它的时候，它高兴地接受了。

一周之后，我们变成了好朋友。它仍旧和我一起睡在床上，而且不管我的脚怎么动弹，它也不会试图攻击我了，我不用再担心受到严重伤害了，看来禁食疗法很管用。三个月后，我们之间的关系更加融洽了，这证明杰克说得非常对。

猛虎似乎没有害怕的东西。如果有一只小狗到了它近前，它会不屑一顾。如果一条中等大小的狗靠近它，它会把自己的短尾巴竖起来，然后绕着那条狗走来走去，用后脚蹬地，抬头看着天空，看着地面，打量着距离，但对那条狗瞧都不瞧，还会大声狂叫，表明自己的存在。假如那个家伙还不赶快离开的话，那么猛虎就会发动进攻，两条狗就会打起来。大多数情况下，猛虎都会胜利，但也有失败的时候，但是无论结果多糟，它仍旧是天不怕地不怕。有一次，在狗展期间，我们正坐在出租车里，它看到外面有一条体形硕大的狗走过去，猛虎的斗志突然被激起了，它挺起胸脯，直接从车窗跳了出去，准备与之战斗，不幸的是，它摔伤了自己的腿。

无疑，在它的性格中根本没有"恐惧"，取而代之的是格外旺盛的活力。它和我见到的其他的狗完全不同。举个例子，假如一个孩子向它扔石头，它不会跑着躲开，而是朝着那个小孩冲过去。要是那个小孩还想恶作剧的话，猛虎就会用它自己的方法来解决这件事，因此大家对猛虎都十分敬畏。不过，只有我和办公室里的那个勤杂工朦朦胧胧地意识到了它的优点，只有我们俩十分荣幸地和它建立了个人友谊。随着时间的一天天过去，我越来越珍视这种荣誉。等到了夏天的时候，我已经离不开猛虎了，就算是大富翁卡耐基、范德比尔特和阿斯特一起出钱来买它，我也不会卖的。

2

我并不是常常出去旅行，但是，秋天的时候公司会派我出差。我把猛虎托给房东照顾。可是，事情的发展不尽人意，猛虎对房东非常不屑，房东对猛虎感到恐惧，他们互相不喜欢对方。

有一次，我去北方地区销售铁丝，每周我都往家里寄一封信，房东也给我回信，他在信里向我抱怨猛虎的种种劣迹。

我在达科塔北部的门多萨发现了一个很好的市场，那里是销售铁丝的好地方。我虽然主要是和那里一些大店主进行交易，不过我也在牧场中走动，通过和他们的交谈，了解他们对于产品的不同看法。就这样，我来到了潘鲁夫兄弟的牧场。

假如你在牧场里待过，一定听说过关于那些灰狼的传闻，那些灰狼非常狡猾，严重危害了牧场主的利益。为了消灭这些灰狼，潘鲁夫兄弟和大多数牧场主一样，已经放弃了毒杀和设捕兽夹的所有企图，希望能在消灭这些有害动物的必要工作中得到一点消遣。

猎狐犬不能用来对付灰狼。它们和灰狼搏斗的时候显得太软弱了；大丹麦犬太笨拙了；灰猎犬只能是在看见灰狼的时候才去追踪，每种狗都有自己致命的缺点。牛仔们希望让这些不同的狗分工协作完成捕猎任务。那一天，我应邀去参加一个聚会，在那里我看到了各种各样的狗，特别有意思。其中有几只是杂种狗，也有一些血统纯正的狗。特别引人注目的是那几条俄罗斯猎狼犬，肯定价格不菲。

老大希尔顿潘鲁夫年纪很大，他和我谈起狗来滔滔不绝。像那些狗的主人一样，他们为自己的狗感到骄傲，希望自己的狗能完成一些伟大的任务。

"灰猎犬太单薄，没办法和狼搏斗；丹麦犬速度太慢，只有当俄罗斯犬上阵的时候，场面才能好看一些。"

因此，在捕猎行动中，通常把灰猎犬当成是追逐者，丹麦犬做后援，俄国犬进行重要的对抗。如果猎物消失了踪影，就让两三只猎狐犬继续追踪，它们灵敏的嗅觉此时正好派上用场。

十月的一天，我们一行人在山丘上骑马行走。当时的景色特别好，天空晴朗，空气清新，虽然已经是深秋，但没有下雪，也没有霜。马匹精力充沛，有一些马甚至狂奔不停，把身上的骑手都摔下来了。

猎狗们都跃跃欲试，正好，我们看到平原上有一两个小黑点，希尔顿说那是灰狼或者丛林狼。于是，那些猎狗们吠叫着冲了上去。不过，到了晚上，它们全回来了。有一只狗肩膀受了伤，其他的狗都没有与狼决斗的迹象。

"依我看，你那品种珍贵的俄罗斯犬也不怎么样啊！"希尔顿的弟弟加温说，"我把赌注下在那条丹麦小黑狗身上，虽然它是条杂种狗。"

"我就不明白了，"希尔顿咆哮着，"这里的丛林狼和灰狼都逃不出我们的灰狗，而且还有猎狐犬可以追踪它们的踪迹，丹麦犬甚至可以和灰熊搏斗！"

"照我的看法，"希尔顿的父亲老潘鲁夫说道，"那些狗可以追逐，可以跟踪，也可以搏斗，不过，它们不一定想抓住灰狼。这一群该死的狗都吓坏了，真希望咱们的钱没白花！"

就这样，这些人一直争论不休。我骑马离开了。

看来，只有一种原因可以解释这次的失败。虽然猎犬速度敏捷，身体强壮，但它们都很畏惧灰狼。它们没有胆量和灰狼交战，所以灰狼每次都能跑掉。这时，我忽然想到了和我睡同一张床的猛虎。我多么希望它能在这里啊！在这个关键时刻，它一定能成为领导者，让那些笨狗们都获得勇气。

我的下一站是博鲁卡。在那里，我收到了一批邮件，其中有房东写给我的两封信。第一封信里说："猛虎在我屋里很调皮，令人反感至极。"而第二封信的措辞就更强硬了，强烈要求我把那只狗弄走。

"为什么不把它运到这里来呢?"我突发奇想,"反正只要二十个小时左右就能到达。那些人会很高兴接纳它的。等我忙完了,再把它带回家。"

3

我都能想到和猛虎见面时的情景。果然不出我所料,它向我扑来,一边假装要咬我,一边大声咆哮,不过,我知道,那是一种发自内心的声音,它那又粗又短的尾巴来回摇动着,兴奋极了。

自从我和潘鲁夫兄弟这帮人在一起以来,他们已经进行了很多次猎狼行动,但始终没有任何进展,他们已经感到厌烦。那些猎犬每次都会发现狼,但是都不能将狼置于死地,而猎手们最终也只能无功而返。

老潘鲁夫不满意地说:"它们只是能抓野兔的没用家伙。"

在我和猛虎重逢的第二天黎明时分,我们就出发了,仍然是去捕猎。漂亮的马匹和娴熟的骑手组成像以前一样的队伍。在一大群狗中,和往常一样,有蓝色的大狗、黄狗、斑点狗,不过,这次多了一条白色的小狗——猛虎,它紧紧地跟在我身旁。不只是所有那些狗,就连靠它太近的马匹看到它露出的犬牙都大吃一惊。我想它和这里的每个人、每匹马、每条狗都格格不入,除了门多萨旅馆里的小牛头犬之外,那只小牛头犬比它个子稍小一点,它们似乎成了非常好的朋友。

那天的打猎场景让人难忘。我们登上高高的山丘,那里视野开阔,周围的一切一目了然。希尔顿用望远镜勘察了一番,突然高声喊道:"我看到了,它从这里经过,朝那边去了,我想那是一只丛林狼。"

然后又接着叫道:"丹德,丹德!"他叫着他的狗,一边往马鞍的一侧倾斜,一边伸着脚以保持平衡。丹德敏捷地一跃,跳上了马鞍,在马背上保持着平衡站了起来。只听主人吩咐道:"丹德,它在那儿,快去找到它,在那儿!"狗认真地顺着主人所指的方向望去,轻轻地叫了一声,然后向目标飞跑过去,其他的狗跟在后面,队伍不断拉长。我们骑马在后面跟随,但我们在路上耽误了不少时间，因为地上到处都是水沟、獾洞还有乱石，如果策马飞跑就可能出现危险。

我们落在狗的后面，而我是人群中最后的一个，因为我很不习惯马鞍子。我们看见狗一会儿在平原上驰骋，一会儿从水沟的这头消失，再从水沟的那一头出现。丹德，一只大灰狗，是它们公认的领袖。

我们登上另一座山脊，这时候我们能看到整个追逐的场景。一只丛林狼在前面以它最快的速度逃窜，猎狗们在离丛林狼四分之一英里的后面追赶着，它们之间的距离逐渐缩小。最后我们看到，丛林狼已经被追上并且被猎杀了。我们的狗在丛林狼的尸体旁喘着粗气。而在这群狗中没有见到猎狐犬和我的猛虎。

"来得太晚啦，没赶上凑热闹。"希尔顿看着那两条最后到来的猎狐犬悻悻地说，然后他骄傲地拍着它的狗丹德，"我们还是得靠你啊，伙计。"

"十条狗鼓足勇气才敢对付一只丛林狼，"老潘鲁夫挖苦道，"还是等追到一只灰狼再说吧。"

第二天我们再次出发去猎狼，这一次我想看个究竟，到底为什么捕猎不到一只灰狼。

站在高处，我们看到远处一个移动的灰点。一般来说，远处白色的点意味着是羚羊，红色的点意味着是狐狸，而灰色的表示不是丛林狼就是灰狼。怎样分辨它们是灰狼还是丛林狼呢？这得看它们的尾巴，通常，如果从望远镜里看到野兽的尾巴是下垂的，那就是丛林狼，如果尾巴朝上，那就是可恶的灰狼。

如往常一样，丹德冲在最前面，后面跟着的是一支斑驳陆离的混合队伍：灰狗、猎狐犬、丹麦犬、猛虎，然后是骑马的我们。我们看见了瞬间的追逐情景。前面跑着的肯定是一只灰狼，但是我感觉在后面的狗群却不如追那只丛林狼时跑得快。结果可想而知，猎狗们一个接一个跑回到我们身边，灰狼消失在视线之外。

猎手们因为这样的结局而毫无顾忌地互相讽刺，言语上彼此攻击。

"笨蛋，胆小鬼！"老潘鲁夫对于那群狗厌烦透了。

"它们能轻易地追上狼，但只要狼一回头，它们就吓得往回跑，哼！"

"那条天不怕地不怕的牛头犬哪里去了？怎么不见它勇敢无畏地冲锋陷阵？恐怕是吓坏了吧？"希尔顿嘲讽着我的猛虎。

"不知道。"我回答，"我认为它没有看见那只灰狼，如果它看见了，肯定会追到底的，要么战死，要么胜利，我敢打赌。"

当天晚上，牧场附近的几头牛被咬死了，于是我们决定再一次出猎。

这次狩猎的开始一幕和上一次十分相像。傍晚的时候，我们看到了一个尾巴朝上的灰色家伙，距离我们不到半英里远。希尔顿叫上他的狗丹德一起坐在马上，我也招呼猛虎到马鞍上来，可是它的腿太短了，跳了好几次，最后攀着我的腿才跳上来。我指点了一分钟，它才看到自己的猎物，随后它精神抖擞，劲头十足，奔向了猎物。那时，灰狗们已经出发好一会儿了。

不同的是，这一次我们跟着追逐队伍去的不是崎岖的河谷，而是高处开阔的平地，这是什么原因呢？到后面你就会知道了。我们来到一块高地上，聚在一起，看着半英里外的追逐场景。丹德追上那匹狼试图去咬它的腰部，但是狼回过身来迎战。其他的狗这时也三三两两地跑过去，把狼围在中间，并冲着它不停地叫。猛虎这时已经赶到了，它并没有浪费时间去叫，而是直接朝狼的喉咙扑去，虽然没咬到喉咙，但咬到了狼的鼻子。这时，十多条大狗围了上来，两分钟后，那匹狼就断气了。最后我们骑马赶到。虽然我们当时距离搏斗现场有些远，但是我们清楚地看见了猛虎的所为，它没有辜负我的期望。

现在轮到我扬眉吐气了，我当然没有错过这个机会。猛虎已经证明了，至少是向门多萨的家伙们证明了：在没有人的帮助下，狗怎样才能杀死一只狼。

但是，有两件事使这场胜利略有遗憾：第一，这是一只两个月大的狼，没有太多经验，因此，它才愚蠢地选择了跑向开阔地；第二，猛虎受了伤，那只狼在它的腿上咬了一道很深的口子。

当我们骄傲地班师回营的时候，我看到猛虎走路有点一瘸一拐的，于是就喊它："来，到这儿来，小家伙。"它试着跳上马鞍，可是跳了两次也没能跳上来。"喂，希尔顿，把猛虎抱给我。"我只好请希尔顿帮忙。

"我很愿意这样做，但恐怕这一荣幸我消受不了。"他回答道。这里的每个人都知道，和猛虎亲密接触是一件十分危险的事。于是，我只好把马鞭伸给猛虎："好了，小家伙，咬住！"猛虎咬住马鞭，我把它拽到了马鞍前部，带着它回到了家。我像照顾孩子一样照顾着它。在这次行动中，猛虎让那些人知道了它是如何弥补那群猎犬的弱点的。猎狐犬嗅觉灵敏，灰狗行动也很迅速，俄国犬和丹麦犬也是好的战士，但是，如果没有无畏的勇往直前的精神，它们的优点是毫无用处的。是的，没有任何一只狗能像猛虎那样拥有如此顽强的斗志。就在那一天，牛仔们懂得了要如何对付灰狼。假如你去过门多萨，就会发现这一点。在每一群成功的猎狼犬里，都会有一条牛头犬，人们更愿意要的是"猛虎——门多萨"的品种。

4

第二天是万圣节，也是猛虎和我一起生活的一周年纪念日。天气很好，天空中万里无云，地上白雪皑皑。人们通常用狩猎的方式来庆祝万圣节。现在，狼理所当然成了狩猎的目标。然而，令人遗憾的是，猛虎受了伤，身体状况很糟糕。它还如以前一样睡在我的脚下，所以我的床单总是血迹斑斑。它现在的状况还不适合与狼搏斗，可我们还得启程去狩猎，于是我把它骗到外屋，然后把门锁了起来。出发时我心里有一种不祥的预感，我知道如果没有我的猛虎，我们的狩猎就不会成功，但是，我没想到这将是一场如何惨重的失败。

我们缓慢地行进着，走过大山丘时，一个小白球出现在我的视线里，过了一分钟，猛虎来到了我的身边，它一边摇着它的短尾巴，一边发牢骚地叫着。这时我们已经走了一段距离，我不能把它送回去，就算我命令它回去，它也不会听从。它的伤看起来还很严重，所以我把马鞭朝它伸过去，让它上来和我一起骑马前进。

"你待在我身边。"我想，"我一定会让你平安回家的。"没错，我是这么想的，可是我竟然忘了猛虎是一个那么勇敢的战士。

"呼！呼！"希尔顿在召唤他的狗，这意味着他发现了狼。丹德和它的老对头瑞雷都迅速地跑向观察点，结果两条狗不小心撞在一起，都跌倒在地。我的猛虎紧紧地盯着看，很快发现了不远处的灰狼。还没等我反应过来，猛虎就挣脱我的怀抱跳下了马鞍。它跑着"Z"字路线，因为地势的原因，它在我的视线里忽高忽低，时隐时现。它径直朝敌人冲去，几分钟后就跑到了所有猎狗的前面。这一段距离自然不远。那些灰狗也看到了移动的灰点，它们像往常一样在平原上排成一列。这一定是一场精彩的狩猎，狼就离我们不到半英里远，我们的狗群显得异常兴奋。

"它们会到格瑞慈尼溪谷去。"加温喊道，"我们从这边包抄，能赶到它们前面。"

于是，我们艰难地绕过哈尔莫山丘，绕到狼和狗群的北面去。而此时追逐的队伍正由南往北飞奔前进。

我们疾驰到了雪松山脊顶部，正准备往下走，忽然听见希尔顿叫道："天啊，狼在这儿，我们就在它的前面。"他跳下马背，扔掉缰绳，往前跑去。我也跳下马，和他一起往前跑。在我们的前面，一只强壮的大灰狼正笨拙地穿过一片开阔的平原，朝我们这个方向跑来。它垂着头，尾巴上翘。它后面五十码外的地方，丹德紧跟不放。丹德犹如一只猎鹰在大地上翱翔，速度是那只狼的两倍。不到一分钟的工夫，猎狗追上了灰狼，但是当灰狼反击时，它却退缩了。现在，它们就在离我们不到五十英尺远的坡下，加温拿出左轮手枪，准备朝猎物射击，但希尔顿阻止了他："不，不，再等等，咱们把这一幕看完吧。"几秒之后，第二只灰狗也赶过来了，紧接着其他的猎狗陆续赶到。每一条狗都充满了愤怒和战斗的激情，看起来就像要把狼撕成碎片似的。但是，它们并没有冲向前去，而是站在安全的距离，围成一个圈子对着狼蹦跳狂吠。大约一分钟后，俄罗斯犬来了！它们是非常强壮的大狗。在远处时，它们的意图是直接冲向灰狼，但是眼见灰狼无畏的样子和强壮的体格，还有那能置对手于死地的嘴，它们也退却了。于是，这些俄罗斯犬也加入了围着的圆圈。在圆圈中的狼，一会儿面对这个，一会儿面对那个，随时准备与猎狗决一死战。

丹麦犬也来了！它们是具有庞大体形的动物，它们中的任何一个都和狼一样强壮。它们向前猛冲，我听到它们粗重的呼吸声还夹杂着一种危险的低吼，显然它们迫不及待地想与狼决斗。

可是，当它们看见那只狼，冷酷无情，强健有力，准备决一死战的决心和死也要拉个垫背的态度，这三只体形庞大、体格强壮的大丹麦犬竟然调转了方向，害羞似的跑到了一边。是的，刚刚它们还想投入战斗，不过不是现在，只要它们好好地喘上一口气。它们不会害怕那只狼，哦，事情没有那么简单。从它们的声音里我听到了无所畏惧，但它们每一个都清楚地知道，第一个冲上去的必定会受伤，不过，它们并不在乎受伤。但是不要着急，现在，它们得多叫一会儿，以此壮胆。

当十只大狗围着那匹陷入绝境、一声不响的狼跳跃吠叫时，在另一边的草丛里传来簌簌的声音。接着，一个雪白的毛球映入眼帘，看起来正往这边蹿，随即，变成了一只牛头犬，哦，猛虎！队伍中最慢的一员，艰难地喘着粗气跟上来了。它跑过空阔的地面，直接奔向那个圆圈，圆圈里正围着那个谁也不敢去面对的恶徒。它会犹豫吗？不！它毫不犹豫地穿过叫器的狗群，直扑向大灰狼。它冲着大灰狼的喉咙咬过去，大灰狼边跳边躲，一边还用它锋利的爪子还击。但这个小东西根本就像傻了一样，又猛扑过去。其余的狗也一只只加入到战斗中。后来，我就看不清下面的事情了。狗群围得更紧了。然后，我看到猛虎咬住了灰狼的鼻子，狗群在它周围。我们现在帮不了它们，它们也不需要我们插手，因为它们有一个英勇绝伦的领导者。一会儿的工夫，混战结束了。灰狼躺在地上，它是灰狼中的厉害角色，那只小白狗还咬住它的鼻子不肯放开。

当时我们正站在十五英尺远的地方，准备去帮忙，但没机会，也不需要。

狼死了，我跑过去招呼猛虎，但它没有动。我俯下身子和它说："小家伙，都结束了，你杀死了它。"但它仍然纹丝不动，这时我看到它身上有两道深深的伤口。我想抱起它："走吧，伙计，都结束了。"它无力地叫了几声，张开嘴巴松开了狼的鼻子。牧人们也都跪在它身旁，老潘鲁夫颤抖着低声地说："我情愿我的牛都被狼咬死，也不愿意让它受到伤害。"我把它抱在怀里，喊着它的名字，抚摸着它的头。它轻轻地吠叫，像往常一样舔了舔我的手，好像在跟我告别，然后，就再也不动了。

　　我骑着马走在回家的路上，心里充满了悲伤，虽然得到了一张巨大的狼皮，但感觉不到一丝胜利的喜悦。我们把勇敢的猛虎埋葬在牧场后面的山丘上，潘鲁夫站在我身边，喃喃地说："多么令人敬仰的勇气，没有这样的勇气，牧场就永无安宁。"

贫民窟的猫

生命的第一阶段

1

"吃肉啦！吃肉啦！"斯格瑞姆坡小巷传来了尖声叫喊。在德国的传说里，有一个著名的身穿花衣的吹笛手，他能够用笛声引诱老鼠和小孩。刚才传来的叫卖声里好像也有那种魔力一样，因为邻近地方所有的猫似乎都朝着发出那个声音的方向跑去；但是，狗看起来却没什么反应，漠不关心的样子。

"吃肉啦！吃肉啦！"声音更大了。接着，最具吸引力的人——一个粗俗肮脏的小个子男人推着一辆手推车出现了，他身后零零落落地跟着二十几只猫，它们全都喵喵地叫着，声音大得快掩盖住肉贩的叫卖声了。肉贩越往前走，猫儿聚得越多。终于，他把车停了下来，从车上的一个箱子里拿出一个烤肉叉，上面叉满了味道香浓的煮肝片。他用一根长长的棍子把肝片推下来。所有的猫蜂拥而上，各自抓住了一片，转着圈，耳朵略微往后抿着，发出一声像小老虎一样的咆哮，怒目而视，随后就叼着自己的食物跑开，到一个安全的隐蔽处享用了。

卖肉人对所有的猫都很熟悉。那边的是卡斯蒂廖内的"老虎"，这是琼斯的黑猫，这是普拉利茨基的"陶克筛尔"，这是丹敦太太的白猫，那儿鬼鬼祟祟的是布兰金绍夫的"毛迪"。爬上手推车的是索耶的老"橘黄比利"，它的主人是一个厚颜无耻的骗子，没有任何经济来源——卖肉人要把所有猫都铭记在心，记到账上：这只猫的主人每周都会付十分钱的肉费；那只猫的主人就难说了。约翰汪希的猫来了，只拿到了一小片，因为约翰已经有好几次没付账了。随之而来的是酒馆老板那戴了项圈、用缎带装饰的捕鼠猫，它比别的猫多得到一块肉，因为酒馆老板很慷慨；还有那个警察的猫，虽然警察没付账，但是他很照顾这个肉贩，所以他的猫也就受到了特别的优待。

一只白鼻子的黑猫和其他猫一起大摇大摆地走过来，结果却遭到了肉贩的驱赶。唉！多可怜啊。黑猫不知道为什么这几个月来肉贩都不给它肉吃。为什么会发生这种变化呢？它不能理解，可卖肉人知道——它的女主人不再付钱了。

卖肉人没有账本，但是却把这些清清楚楚地记到脑袋里，从来不会出错。

围拢在手推车周围的，都是些有主人的猫。也有一些野猫虽然不敢靠近车子，但是它们还是被这美妙的气味吸引来，在肉摊附近徘徊着，期盼自己可以交上一丝好运。在这群野猫当中，有一只清瘦的灰色的母猫，一只无家可归的猫，它靠自己的才智为生，身材细长，身上脏兮兮的。明眼人一眼就能看出，它在某个偏远的角落养育着一窝小猫，它们需要它尽自己的本分。它一边盯着围着手推车的圈子，一边注意观察着是否有狗出现。

它看见二十几只幸福的家猫带着可口的"每日一餐"，像老虎一样退走了，没给它留下什么机会。后来它看到一只和它一样没有主人的大公猫扑向一只小小的领"年金"的猫，准备抢劫。那个受害者在自卫时把肉掉到了地上。这个灰色的贫民窟居民便瞅准机会，冲过去把肉抢跑了。

它穿过蒙兹家侧门上的窟窿，翻过后面的墙，在角落里坐下来，把肝片吞吃了。然后，它精神十足地用舌头舔舔嘴，迂回曲折地回到了垃圾院，在那里的一个旧饼干箱里，它的孩子们正在等它。就在这时，一声悲哀无助的"喵喵"声传到它的耳边，它用最快的速度跑到箱子旁，看到一只大黑公猫正神色自若地捣毁它的小窝。敌人的个头有它的两倍大，可它还是勇敢地扑向它。大公猫做坏事时被当场抓住，就像大多数动物此时所做的一样，转身跑掉了。一窝小猫在公猫的肆虐下，只有一只小猫还活着。它长得很像母亲，也是灰色中带有黑点，鼻子、耳朵和尾巴梢上带有一点白色。母猫悲伤了好几天，这是毋庸置疑的。等到悲伤逐渐减弱，它就把全部的母爱都放到了剩下的那只小猫身上。毫无疑问，黑色的公猫咬死小猫当然不是安着什么好心眼儿。不过，它的举动虽说貌似灾祸，实际上却让这两只猫都多少享了一点福，因为可以看得出来，母猫和小猫的身体状况在短时间内都有了好转。母猫每天都到外边去觅食，它在那个卖肉人那里很少有得手的时候；不过那里有几个垃圾箱，即使垃圾箱里没有肉，至少也会有一些土豆皮，这样就可以减轻第二天因饥肠辘辘而产生的苦恼了。

有一天晚上，母猫闻到了一种奇妙的味道，是从巷子尽头的东河方向飘过来的。这种味道对于母猫来说不仅新鲜，而且很有吸引力。于是，母猫在这种气味的引领下来到一个街区以外的船坞，随后到了码头。

除了黑暗的夜色，没有任何东西遮掩它。忽然，它听到了一声咆哮，接着便看到有个东西朝它猛冲过来。原来，它被自己的老对头——那只惯跑码头的狗，挡住了去路。它已经无路可退，只有跳上船才能逃生。于是，它从码头上跳到传来气味的那艘船上，那只狗只能望船兴叹了。

第二天清晨渔船离开了码头，猫妈妈就这样不情愿地被船带走了，从此再没见到它。

2

那只贫民窟的小猫一直等着自己的妈妈，可是妈妈始终没有回来。早晨来临了，又过去了，它的肚子饿得直叫。将近傍晚的时候，本能驱使它自己出去觅食，否则就得饿死。它从那个旧箱子里溜出来，在垃圾中间翻找。不论什么东西它都要挨近去闻一闻，可是还是没有找到一点食物。最后，它来到了一个木制的楼梯下面，那楼梯向下通到"小日本"马利的地下鸟店。地下室的门开了一个缝儿，它进入了一个臭烘烘、气味古怪的世界，在它的周围有好多好多动物被关在笼子里。在角落的一个箱子上，一个黑人正坐在那里。他看到这个陌生的小东西走进来，就好奇地观察它。小东西四处徘徊，经过几只兔子面前时，兔子看都不看它一眼。它又来到一个宽条的笼子旁，里面有一只狐狸。它像一位绅士一样蹲坐在一个角落里，蜷缩着身子，眼睛里闪耀着光亮。小猫逡巡着，抽动着鼻孔闻着味儿，它来到栅栏旁，把脑袋伸进去，又闻了闻，想吃饲料盘子里的东西。这时，狐狸扑了过来，把它抓住了。小猫吓坏了，发出喵的一声；狐狸摇晃了它一下，打断了它的叫声。如果不是那个黑人赶来救它，狐狸马上就会结束它的九条性命的。黑人没带武器，也不能进到笼子里，他只是狠狠地朝狐狸的脸上吐了一口唾沫，狐狸就乖乖地丢下小猫，不情愿地回到角落，坐了下来，恐惧地眨着眼睛。

黑人把小猫拉出来。食肉动物的摇晃似乎吓晕了这个小可怜儿，事实上却让它少受了不少罪。小猫好像并没有受伤，不过眼花缭乱。它东倒西歪地打着转走了一会儿，才慢慢地恢复了精神。几分钟以后，它已经偎在黑人的怀里喵喵地叫了。不久，鸟店的主人"小日本"马利回来了，小猫也恢复了原来的样子，就像没有受到一点伤害一样。

"小日本"并不是东方人，而是一个纯血统的伦敦人；不过，他的眼睛在他又圆又平的脸上意外地略微倾斜着分开了，所以大家便叫他"小日本"，这是一个具有高度描述性的称呼，渐渐地，他的第一个名字反倒被人忘记了。出售鸟兽是他谋生的一种手段，他对鸟兽并不是十分刻薄；但是，他只考虑到自身的利益，他知道自己需要什么，所以，并不想要这只贫民窟的小猫。

黑人让小猫吃了个饱，然后就把它带到远处的一个街区，丢在附近的一个废品院里。

3

任何动物一连饿了两三天都需要大吃一顿。在充足的热量和能量的影响下，小猫又变得精神百倍了。它在垃圾堆周围走来走去，好奇地瞥了瞥远处笼子里的一只金丝雀，那笼子挂在高高的窗户上。它跳上栅栏偷偷地瞧了瞧，发现墙角处有一条大狗，就悄悄地溜了下来。很快，它找到了一个洒满阳光的隐蔽处，躺下来睡起了大觉。大约一个小时后，一声轻微的呼吸声唤醒了它。睁眼一瞧，一只大黑猫正站在它面前，绿眼睛闪闪发光，粗脖子，四方嘴，脸颊上有一道疤痕，左耳朵被撕破了。这是一只公猫，而且不管怎么看，都不是很友善的样子。黑公猫的耳朵向后一贴，尾巴骤然一抽，喉咙里发出了一声微弱而低沉的声音。小猫天真地朝它走去。

它没认出这就是捣毁了自己家园的那只黑猫。只见这只黑猫在一根柱子上蹭了蹭嘴的两边，然后一声不响地掉头走了。

小猫最后看到的是它的尾巴尖儿来回抽动着。这只贫民窟的小猫不知道今天自己已经靠近了死神，就像它冒险走进狐狸的笼子时已接近死亡一样。

到了晚上，小猫开始感到肚子很饿。它仔细地闻着被风从远处吹来的、眼睛却看不见的各种气味。它选择了最喜欢的一种气味，在鼻子的引导下，来到废品院。废品院的角落里有一个垃圾箱，在垃圾中它找到了一些能够填肚子的东西，然后，又在水龙头下的桶里喝了一点水。

这天晚上，它主要是四处巡游，并且了解了废品院的主要轮廓。第二天毫无二致，它又在有阳光的地方睡了一觉。就这样，时间慢慢过去了。有时，它能在垃圾箱里找到一顿美餐，有时却什么也找不到。有一次，它发现那只大黑公猫在那里，还没等它看见自己，就小心地退了回来。那个水桶通常都会放在原处，如果水桶不在那里，石头下面几个泥泞的小水坑里的水也可以解渴。不过，垃圾箱是靠不住的，有一次它一连三天都没有在垃圾箱里找到食物。

一天，它在高高的围墙下行走，看到了一个小窟窿，就钻了过去，不知不觉来到了一个开阔的街道。对小猫来说，这是个新世界。但是，没等它鼓起勇气走得远一点，就听见一阵杂乱的声音，紧接着一只大狗蹦跳着蹿了过来，它差点儿没来得及跑回到围墙下的窟窿里。它饿坏了，还好，它找到了几片土豆皮，暂时缓解了一点强烈的饥饿感。

早晨，它没有睡觉，而是到处寻找食物。几只麻雀在庭院里叽叽喳喳地叫着，它们以前也经常出现在这里，它都不把它们当回事。可是，现在小猫用新的眼光来看待它们了，持续的饥饿压力唤醒了小猫的野生捕猎者的意识——那些麻雀是猎物，是食物。它本能地蹲下身来，从一个藏身的地方偷偷溜到另一个藏身的地方，悄悄地朝猎物靠近。可是，那些吱吱叫的小鸟警觉性很高，总是在最紧要的关头飞走。它做了不止一次努力，都无果而终，可是它认准了，要是捉得到的话，麻雀也在可吃的东西之列。

它已经有五天没有好好吃一顿了，再这样下去就要饿死了。于是它下定决心到大街上碰碰运气。它冒险来到街上，拼命地寻找食物。它走到离避难的窟窿稍远一点的地方时，几个小个子男孩子向它扔砖头碎块，它惊恐地跑开了。这时，一只狗也加入了追逐行列，小猫现在的处境很危险。不过，一座房屋正面的四周出现了一道老式的铁栅栏，正当那只狗马上就要追上它的时候，它从两个横杆之间溜了进去。一个女人听见声响，从楼上的窗户探出头来骂狗，狗装腔作势地嗅了嗅，就没趣地离开了。接着，有一个男孩子向这只不幸的猫丢下一片肉，小猫吃了它有生以来最美味的食物。门廊为它提供了一个避难所，它便在这里耐心地坐着，一直等到晚上四处安静下来以后，才像个幽灵似的，悄悄地回到了自己熟悉的废品院。

日子就这样过去了两个月。小猫的个子长高了，体力也渐渐增强，对附近的情形也了解了不少。它了解了唐尼街，每天早晨都要去那里看看那长长的几排垃圾桶，对垃圾桶的主人有了自己的看法。对它来说，那座大房子不是一个罗马天主教使团的驻地，而是一个垃圾桶里装满从鱼身上刮下来的最上等碎屑的地方。它很快就认识了肉贩的脸，每当那些有主人的猫围在肉贩车子周围的时候，它就和野猫群一起，在旁边伺机而动。它也遇到了那只经常在码头游荡的狗，还遇到了和它同类的另外两三只让它畏惧的狗。它知道它们会干出些什么坏事来，也知道如何躲开它们。

在一次偶然的机会里，它学到了找寻食物的新方法。送牛奶的人每天早晨都会在每一户人家的台阶或窗台上放下牛奶罐，他一走，立刻有好几只猫围拢过来，想吃里面的东西，可是罐子被封得很紧，根本吃不到。纯粹是出于偶然，小猫发现一个牛奶罐的盖子破了，它用头去蹭，顶开了盖子，尽情地喝起里面的牛奶来。偶尔会有牛奶罐子的盖子没有盖严，小猫不辞劳苦，努力想要找到那些盖子松动的罐子。最后，它扩大了自己的探索范围，来到下一个街区的中心，到更远的地方，又一次到了那个卖鸟人的地下室后面的桶和箱子中间。

在那个熟悉的废品院里，它从来就没有过家的感觉，总是感到自己是个外来户；可是在这里，它却有一种当主人的感觉。因此，当另一只个头矮小的猫出现的时候，它立即就对那只猫产生了怨恨。它带着威胁的架势，靠近了新来者。

忽然，从上面的窗户浇下来一桶水，两只猫顿时都成了落汤鸡。水有效地平息了它们的怒火，它们都受到了怒骂，遭到了白眼。它们逃走了，新来者跳上了墙，贫民窟小猫则逃到了它出生的那个箱子底下。这整个后面的区域强烈地吸引着它，它又一次在这里住下了。这个院子的垃圾没有之前的院子那样多，而且根本没有水喝。可是，离群的野鼠和几只上等的老鼠经常到这里来。它偶然会将老鼠抓住，不仅给自己找到了美味的一餐，而且还由此获得了一位朋友。

4

小猫现在完全长大了，它在猫中的长相颇为引人注目。它身上的毛是浅灰色夹杂着黑色斑纹，鼻子、耳朵和尾巴尖儿则是白色，把它和其他猫区别开来。它很会照顾自己，偶尔几天找不到食物吃，就会打起麻雀的主意，不过麻雀总会在它扑上去之前飞走，所以它连一只麻雀也没有逮到过。它非常孤独，不过，一种新的力量就要进入它的生活了。

八月里的一天，它正躺着晒太阳，一只大黑猫沿着墙头向这边走过来。它看到那撕破的耳朵，马上就认出了它，便溜进自己的箱子里，躲了起来。黑猫小心翼翼地择路而行，轻轻地向院子尽头的一个棚子跳去，正要横越屋顶的时候，一只黄色的公猫突然蹿了出来，拦住了它的去路。黑猫怒目而视，咆哮起来。黄猫也不甘示弱。它们的尾巴快速地从一侧甩动到另一侧，喉咙里发出了低沉的吼声。它们的耳朵向后抿着，肌肉紧绷，向对方逼近。

"哟——啾——啾！"黑猫叫道。

"呜——呜——哇！"黄猫的叫声略微深沉些。

"哟呀——呜——呜！"黑猫叫着，缓缓向黄猫靠近了一点儿。

"呀——啾——啾!"黄猫应答着,同时全身挺直,极为尊严地向前挪了一大步。"啾!"它又向前跨了一步,尾巴嗖嗖地从一边重重地甩到另一边。

"呀——呜——呜!"黑猫尖叫着,语调上升。它注意到对方那宽阔的胸脯挺到了自己面前,不禁把身体微微向后退了一些。

周围的窗户打开了,人的声音传过来,不过,猫仍在继续酝酿一场恶斗。

"呀——呜——呜!"黄猫咕哝着,对方提高嗓门时,它的声音变得低沉了。"啾!"它又向前走了一步。

现在,两只猫的鼻子只相距三英寸了。它们相互瞪视着,不发出一点声音,除了尾巴尖还在警戒地左右晃动之外,身体其他部位纹丝不动,就像两座雕像一样。它们就这样对峙了三分钟。

"呀——呜——呜!"黄猫又用低沉的声音吼叫起来。

"呀——啊——啊!"黑猫也不服输。但是它的大叫没有吓退对方,自己反而胆怯地向后退了一些。黄猫向对方逼近一小步。现在,它们的胡须碰到了一起。只要各自再向前走一步,它们的鼻子就要碰到一块儿了。

"哟——呜!"黄猫叫着,像是一声低沉的呻吟。

"呀——啊——啊!"黑猫尖叫着,却又后退了一些;黄色的勇士靠拢过来,像魔鬼一样扭住了它。

两只猫互相咬住对方,纠缠在一起滚来滚去。有时,一只猫在上面,转眼间就换成了另一只猫;不过,大多数情况下,是黄猫占上风。它们在狭窄的屋顶上滚来滚去,最后终于缠在一起掉了下来,发出了很大的声响,引得附近楼上的窗户里传来了住户的咒骂声。

两只猫一起掉进了垃圾院中,在跌落的过程中,它们还一路撕扯,抓挠着。摔到地面后,它们也没有停止,还在继续打,在上面的主要是黄猫。在分开前,两者都遭了不少罪,特别是那只黑猫!它攀上了墙,血流满面,咆哮着消失了踪影,与此同时,消息从一个窗户传到另一个窗户,说是克雷的"尼格"最后被"橘黄比利"打败了。

不知道是那只黄猫的眼力好,还是贫民窟的小猫根本就没想躲藏起来,反正它在箱子中间被发现了,也许是因为它目睹了这场战斗之后就没打算逃走。在战争中,能够赢得女性芳心的莫过于辉煌的战绩了。自从那时候开始,这只黄色雄猫和小猫就成为好朋友了,不是同甘共苦,也不是分享彼此的食物——猫这种动物本来就很少这样做——而是彼此承认对方有资格享有特殊的友好待遇。

5

九月过去了,十月一到,白天就越来越短了。这时候,在那个旧饼干箱子里发生了一件大事。如果"橘黄比利"来的话,就会看到五只小猫蜷曲在母亲——那只贫民窟的猫——的怀抱中。对于它来说,这是件奇妙的事情。它满怀喜悦地照顾着它的孩子们,它爱这些小东西,不时亲切地舔舔它们。如果它有能力反思这样的事情,它的这些举动肯定令自己感到惊奇。

它给自己孤独寂寞的生活添加了一项乐趣,同时也增添了一种忧虑。它为自己觅食,已经力不从心,现在又多了一项沉重的负担。它现在的全部精力都用来觅食。小猫们慢慢长大,已经能够在箱子四周爬行了,这种负担也随之增加了。小猫长到六个星期左右的时候,趁妈妈不在家,每天都在箱子四周爬。"运气"是一件令人捉摸不透的事,倒霉时,灾难接连不断;走运时,好事也会一件件地来。这一阵子,它一连两天没有找到一点食物,又三次被狗追赶,甚至连马利家的店里的黑人也拿石头打它。后来,情况变了。就在第二天,它找到了一个盛满牛奶但没有盖子的牛奶罐,从一只家猫那里抢到了美味,还找到了一个大鱼头,这一切都发生在两个小时之内。它的心情非常愉快,只有吃饱了肚子才能有这种感觉。

它刚刚回来,就在它的垃圾院里发现了一只黄色的小动物。它的脑海中立刻浮现出了猎食的记忆。它以前杀死过也吃过几只老鼠,味道很好。现在出现在它面前的这个小动物,长着一截短尾巴和一对大耳朵,倒像是一只大老鼠,不捉回去太可惜了!它小心地接近那只动物,但这种小心是不必要的,原来那是一只不懂得危险的小兔子，它坐在那里不动，看上去还挺开心，根本没想逃跑。它毫不客气地扑过去，把它叼走了。它的肚子并不饿，所以就把兔子带到饼干箱那里，丢在了小家伙中间。小兔子伤得不重，不久，它就克服了恐惧，可是它没办法离开这里，所以就偎依在小猫咪中间。小猫们吃奶时，它也跟着吃起来。老猫迷惑不解了。它本来把小兔子当猎物，可是它当时没有食欲，才没有及时把小兔子吃掉。慢慢地，它对小兔子也产生了母爱。结果小兔子成了这个家庭的一分子，从此以后，和小猫咪们一起受到了保护和喂养。

很快又过了两周。一天，小猫咪趁妈妈不在家时，在各个箱子中间顽皮嬉戏，小兔子没办法跳出去，只好乖乖地呆在里面。"小日本"马利看到小猫咪在后院周围，就告诉那个黑人用来复枪射杀了它们。可怜的小猫一只只被打死，掉到了木材堆的缝隙里。不久，猫妈妈从船坞回来了，它沿着墙跑来，嘴里叼着一只码头上的小老鼠。

他正准备也射杀它，但是看到那只老鼠，他改变了计划：捕鼠猫是可以活下来的。碰巧，这是它捕到的第一只老鼠，它永远也不会知道，这只老鼠救了它的命。它穿过木材堆，来到了饼干箱，招呼孩子们，却不见动静。它感到很奇怪，小猫们跑到哪儿去了呢？于是，它把老鼠放在了小兔子前面。这可把小兔子吓坏了，动都不敢动一下了。这只猫一边蜷曲起身子给小兔子喂奶，一边还不时地叫着，召唤小猫们。

那黑人听到叫声，悄悄地走到那个地方。他向饼干箱里瞥了一眼，感到十分惊讶，他在箱子里看到了一只母猫、一只活兔子和一只死老鼠。

母猫向后抿着耳朵，发出威吓的吼声，黑人缩回了头；但是一分钟后，一块木板放到了饼干箱的开口上，这个猫窝连同它的房客，无论死的还是活的，都被抬起来，搬到了卖鸟的地下室。

"哎，老板，看看这个，咱丢的小兔子在这儿呢。你应该想到是它偷了咱的兔子，还喂养着它呢。"

老板很欣喜地看着这两只动物，恶作剧似的把它们关在一个笼子里，而且还作为一个幸福的家庭进行展出。不幸的是，几天

115

后，小兔子生病死了。

猫咪在笼子里从未感到过幸福。它每天有吃有喝，不用为了食物奔波，但是它渴望自由，现在它或许产生了"不自由毋宁死"的念头。不过，在被关到笼子里的四天里，它没事可做，就清理了自己的皮毛，使皮毛光滑、漂亮起来。"小日本"马利看出它是一只好看的猫，就决定收养它。

生命的第二阶段

6

"小日本"马利出生在伦敦，个子矮小，是个声名狼藉的人，一直在地下室里出售廉价的金丝雀。他穷得要命，但是他让那个黑人和他住在一起，分担他的吃住费用，而且待他极为平等，这可是没几个美国人能做到的。按照他自己的处世哲学来说，他觉得自己非常老实厚道；不过，他并没有任何处世标准。大家都知道，他把偷来的狗和猫先藏起来一段时间，然后再还给它们原来的主人，借此收取一定的酬谢，这是他的主要收入来源。而那六只金丝雀只不过是遮人耳目罢了。

他对自己的经济头脑很有信心。"嗨，跟你说啊，萨米，我的伙计，你会看到我就要有自己的马了。"每次顺利地做完一笔生意，他总是这么说。马利非常希望能够出售一些比较优秀的猫狗，好让大家都认识他。事实上，他曾经有一次达到了这样的辉煌，他把自己的猫带到纽约去参加家猫品评展览会。他想让自己的猫参加展览会，有三个目的：第一，可能会赢得一笔奖金也说不定；第二，参加展会的人可以得到免费车票，这样就可以来一次免费旅行；第三，就像他常告诉萨米的："如果我们想捕捉有价值的猫，就得先知道它们长什么样，对不对？"但是，这是一个上流社会的展览，必须介绍参展者的背景。他那可怜的所谓混血波斯猫被断然拒绝了。

报纸上那些《失物招领》栏目是唯一令"小日本"感兴趣的东西。他看到并保存了一张关于《为毛皮而繁殖》的剪报，并把它粘贴在他卧室的墙上。按照这张剪报上说的方法，他开始对那只贫民窟猫进行一项看上去很残忍的实验。首先，他把那只肮脏的猫按在药水里，那是一种气味强烈的杀虫剂，杀死了猫身上携带的两三种寄生虫；然后，虽然它用牙齿咬，用爪子抓，发出嚎叫，他还是用肥皂和温水给它彻底地洗了个澡。猫咪全身湿透，冷得发抖，不过它在靠近炉子的一个笼子里烤干了身上的毛时，一种温暖而幸福的感觉传遍全身。它的皮毛开始蓬松，呈现出奇妙而又柔和的洁白色彩。"小日本"和助手对于这个结果都感到很满意，猫咪也应该是满意的。不过，这只是准备工作而已，接下来要做的事才是真正的实验。

"如果要使动物的皮毛长得好，必须提供给它充足的油腻食物，并让它在寒冷的天气里活动。"剪报上这样写道。冬天就要到了，"小日本"马利把猫咪的笼子拿出去，放在院子里，并替它搭了个棚子遮风挡雨；只要它吃得下，就喂它吃油渣饼和鱼头。没到一个星期，它的样子就发生了很大的变化。它变得圆滚滚、滑溜溜的了——它无所事事，只是长胖，保养毛皮。它的笼子被打扫得干干净净，生理需要顺应了寒冷天气和油腻的食物，使猫咪的毛越来越浓密，越来越有光泽，因此到仲冬时，它漂亮得异乎寻常，皮毛色彩丰富，毛质上等，身上的斑纹几乎是稀世罕有的。"小日本"的试验成功了，他无比高兴。像他这种人只要有一点成绩就会得意忘形，现在更是飘飘然了。他现在已经开始梦想自己变成一个有名的大人物了。为什么不把这只猫送去参加正在进行的展览呢？因为前一年的失利，今年他必须想出一套更周密的计划，才能顺利混进去。

"这么做不行的，萨米，要是让人家知道它是一只野猫，说不定又不让我们参加。"他看着助手，"不过，可以安排得符合那些纽约人的需要。你知道，什么也不如有个好名字。你看，现在它蛮像'皇室的猫'，有些人这么想，其他人——那些纽约人很喜欢'皇室的猫'。现在叫它'皇室迪克'，或者'皇室萨姆'，怎么样？可是，不行不行，那些都是公猫的名字啊。我说，萨米，你出生的那个岛叫什么名字？"

"我出生在安那罗斯丹岛附近，先生。"

"好极了，我们就叫它'安那罗斯丹皇室猫'，啊！整个展览会上唯一的'安那罗斯丹皇室猫'血统。啊，真是太棒了!"两人一起高兴得大笑起来。

"可是，咱们还得有个家谱。"于是，一份非常长的假冒家谱准备好了。一天下午，天很阴，萨米戴着一顶借来的大礼帽，将那只猫和家谱送到了展览会门口，替他的主人完成了报名手续。他本来是第六大街的理发师，接触过不少上流绅士，可以在五分钟内显出盛气凌人、有钱有势的样子，那是"小日本"马利一辈子也学不会的。这一点，毫无疑问，是这只"安那罗斯丹皇室猫"在猫展上受到恭敬接待的原因之一。

"小日本"为自己成为这次展览会里的一分子，感到非常骄傲。不过，他像任何一个伦敦人一样，无比敬重上流阶级。展览会开幕的当天，他在会场门口，看到马车如流水，那么多戴着礼帽的绅士出出入入，不禁受到强烈的震撼。收票员目光犀利地看着他，但看到他拿出了票，就让他进去了。收票员一定是把他当成某个参展人的马童了。展览大厅里，放着几排长长的装着猫的笼子，笼子前面铺着天鹅绒地毯。他慢慢地沿着那些笼子走，对里面各种各样的猫都匆匆地看上了一遍，也注意瞧了瞧猫身上的那些蓝缎带和红缎带。他四处窥视着，但是不敢问自己的展品在哪里。这个华丽时尚的展览会的组织人员若发现他对他们耍的花招后会说些什么呢? 他越想越害怕，忍不住打了个冷战。他在外面的过道走过，看到许多得奖的猫，却没发现那只贫民窟小猫。里面的过道更加拥挤，他顺着过道谨慎地走着，可是，还没看见他的那只猫。他断定自己把那只猫送到展会是个错误，肯定是裁判们后来拒绝接受那只猫。无所谓，反正自己手里有了参展门票，现在他至少知道在什么地方可以找到这些珍贵的波斯猫和安哥拉猫了。

在中央过道的中间地段展出的是一流猫:那里挤满了人，通道被围了起来，两个警察正在维持秩序。"小日本"扭动身子挤进人群，他太矮了，踮起脚尖也看不到笼子。尽管那些衣着华丽的人从他那寒酸的旧衣服前向后退去，他还是无法靠近。不过，他从人们的评论中推断出这次展览会中最好的猫在这里。

"天呀，它多漂亮!"一个高个子女人说。

"真是不同凡响啊！"有人应答道。

"你看，它那高雅的身段，一看就知道是花了很长时间训练出来的。"

"我多么想拥有这只高贵的猫啊！"

"那么尊严，那么恬静！"

"我听说，它有一份可信的家谱，几乎可以追溯到法老时代。"

听到这样的话，个头矮小、贫穷肮脏的"小日本"觉得自己太可笑了，一定是鬼迷心窍才会把那只贫民窟猫送到这样有气派的展览会上，真是太不应该了。

"对不起，夫人。"现在展览会会长露面了，他侧身挤进人群，"体育杂志的画家在这里，受命为'本次展会的珍品'画一幅素描，登在杂志上。能不能请大家让开一点？好了，谢谢。"

笼子旁边的一位绅士问道："会长先生，不知这只高贵的猫是谁的？麻烦你安排一下，看他能不能把它卖给我？"

"嗯，我不知道，"会长回答，"听说这只猫的主人是个大富翁，根本接近不了；不过，我会努力试试的。他十分不情愿把他的珍品展览出来，我是从他的男管家那里知道这些的。你，躲开这里！"正当那个衣衫破旧的小个子男人急切地在那个画家和那只贵族猫之间向前挤的时候，会长厉声叫道。

可是，那个人实在想看看那些名贵的猫。他走近笼子，瞥了一眼，读到了笼子上的一张布告，那上面宣布"纽约上流社会猫和宠物展览会的蓝色缎带与金牌"已经授予"纯种的、系出名门的安那罗斯丹皇室猫，它由知名的宠物爱好者丁马利先生进口并展出。（恕不出售）""小日本"屏住呼吸，又重新看了一遍。一点也不错，那里有一个镀金的笼子，周围有四个警察保护着，他的贫民窟猫咪正高高地卧在笼子里的天鹅绒垫子上，它的皮毛黑亮、淡灰，正眯着绿色的眼睛，动也不动，无聊地蹲在里面。面对着那么多人的大惊小怪，它既不喜欢，也不理解。

7

"小日本"马利在那个笼子周围徘徊了好几个小时，倾听着人们的评论，品尝着荣耀的滋味，感到无比的光荣和满足，他高兴极了。但是，他感到自己最好不要出面，还是必须让"男管家"去解决所有问题。

贫民窟的猫咪使得那次展会获得了很大的成功。在马利的心目中，它的价值每天都在上升。他不了解猫的行情，因此，当"男管家"授予那个会长权利，以一百美元卖掉那只"安那罗斯丹猫"时，他还以为自己是创了历史纪录呢。

就这样，贫民窟的猫发觉自己被从展览会转移到了第五大街的高级住宅区里。从走出笼子的第一步起，它就表现得极其野蛮，让人觉得莫名其妙。它拒绝人家抚摸它，大家对此的解释是它具有贵族血统，不喜欢亲密。它从那条狗那里退却到餐桌中间，被人理解成这种举动表示它有一种根深蒂固的想法，要躲避开一种污秽的接触，虽然它的想法是错误的。它扑向一只金丝雀的笼子，得到了主人的宽恕，其原因是它在东方的王室里长大，习惯了专制统治。它掀开牛奶罐的本事特别受到了人们的拍手喝彩。它讨厌自己那用丝绸做衬里的篮子，频繁地撞击镶着厚玻璃板的窗户，这些都不难理解：那个篮子太普通了，在它皇室的家里不用厚玻璃板。它弄污地毯证明了它有一种东方的思维方式。

有好几次它试图抓住高墙后院里的几只麻雀，可是没捉到，这是新的证据，证明它养在皇家造成了无能；它经常在垃圾箱里打滚，被看成是它表现了一点情有可原、出身高贵的古怪性情。它有美味的食物，受到主人的纵容，被人们展示，接受大家的赞美。但是，它并不觉得幸福，它开始思念故乡。它抓扯着系在脖子上的那根蓝色缎带，直到扯下为止。它冲着厚玻璃扑去，因为那似乎是通向外面的路。它避开人和狗，因为总是有证据表明他们既不友善又残忍。它常常坐下来，眺望窗户外面的院子，希望自己能出去散散心。

可是，主人家严格地监视它，从来不许它到外面去。这样一来，当盛满快乐的垃圾箱放在室内的时候，它的全部幸福时光就都是在垃圾箱旁度过的。三月的一个夜里，当这些垃圾箱摆成一排，等着清晨清扫工来处理的时候，这只"安那罗斯丹皇室猫"偷偷溜出了这个有钱人家，消失得无影无踪。

当然，这家有钱人发现它失踪了以后，引起了一阵不小的骚动，不过，猫咪既不知道也不关心——它唯一的念头是回家。猫儿具有一种神秘的方向感，即使置身完全陌生的地方，也还是能知道故乡的方向。它朝着那个它认为正确的方向跑去。现在怎么办呢？它没有回到原来的家，又断绝了自己的生计。它开始感到饥饿了，然而，它却感到很幸福。它在一个房前花园里畏缩了一段时间。现在，阴冷的东风刮起来了，带给它一种特殊的友好讯息——人类会称之为令人不愉快的船坞的气味，可是对于猫咪来说，这是受欢迎的来自家乡的音讯。在各式各样不甚重要的历险过后，它终于回到了故乡的小镇。

它沿着长街向正东方向一路小跑，穿过前花园的围栏，像雕像似的停了一会儿，然后寻找最黑暗的一侧穿过街道，最后它来到船坞，来到了水边。可是，那是个陌生的地方。它既不能向北走，也不能向南走；不知道为什么，它还是转身向南走了。它在船坞之间躲躲藏藏，躲开狗、车和猫，绕开狭长海湾的弯曲处、整齐的木板栅栏，一两个小时之后，熟悉的景色展现在它面前，熟悉的气味钻入它的鼻孔。在太阳升起来之前，它已经慢慢往家走了，虽然已经疲惫不堪，脚痛难忍。它穿过破旧的墙洞，跳过矮墙，来到了鸟店地下室后面自己的垃圾院里，最后，它钻进了自己出生的那个饼干箱里。

哎呀，假如第五大街的那家人能够在它自己的东方出生地见到它该多好！

它休息了一会儿之后，悄悄地从那个饼干箱里出来，走到了通向地下室的楼梯旁，像从前一样想在那里寻找食物。这时，地下室的门开了，那个黑人走了出来。马上，他朝着屋里的卖鸟人大喊："我说，老板，快来看呀！可爱的安那罗斯丹皇室猫跑回来啦！"

"小日本"很快跑了上来，恰好看到那只猫跳上墙正要溜走。他们用最诱人、最富于哄骗性的语气大声呼喊："猫啊，猫，可怜的猫！来吧，猫！"可是，猫对他们并无好感，很快跳过墙，到自己昔日常去的地方觅食去了。

"安那罗斯丹皇室猫"是"小日本"的一笔横财，是他发家

121

的一种手段。它既可以给地下室增添许多令生活舒适的东西，又可以为笼子里增添几只小鸟。现在，最重要的事情是重新捕获这位……女王陛下。于是，他们利用不新鲜的肉渣和其他一些猫爱吃的食物设下圈套。猫咪又感到了饥饿，便蹑手蹑脚地走上来，奔向那个箱子陷阱里放着的一个大鱼头。此时，那个狡猾的黑人正一声不响地等在旁边，一看见猎物上了圈套，就拉动绳子，把箱子盖扣下了。一分钟后，这只"安那罗斯丹皇室猫"又一次身处地下室的囚犯当中。

与此同时，"小日本"每天注意着报纸上的《失物招领》的栏目。没多久，他终于看到了他想看到的内容，上面说，愿意付给找到"安那罗斯丹皇室猫"的好心人二十五美元的酬金，以示感谢。那天晚上，马利先生的男管家便带着那只失而复得的猫，拜访了第五大街的那户人家。"马利先生要我转达他的意思，他说很高兴为您找回这只猫，先生。这小家伙居然回到了它原来的主人家附近徘徊。"当然，马利先生是不会接受酬谢的，可是男管家却可以毫无顾忌地接受任何报酬，他清清楚楚地表明自己期待着承诺的酬金以及别的东西。

从此，猫咪受到了细心的保护。它不喜欢现在这种舒适的生活，反而怀念原来那种挨饿却自由自在的日子。因此，它的举动越来越粗暴，脾气也越来越坏了。

8

时间过得真快，纽约又是一片春意盎然了。肮脏的英国小麻雀正在贫民区里争吵着，相互将对方打翻在地。在一些地方，猫整晚地嚎叫。第五大街的这家人想到了乡下的别墅，于是收拾好行李，关好门窗，准备离开这里前往大约五十英里外自家的避暑别墅。猫咪被装在一个篮子里，被一起带走了。

"这正是它所需要的：换换空气，看看不一样的景物，让它断了找原来主人的念头，乖乖听我们的话。"

装猫咪的篮子被人举起来，放到了马车背后的座位里。新的声音和短暂的气味进来了，继而又消失了。马车在路上转了个弯，接着，许多只脚发出轰鸣声，篮子猛烈地摇晃起来。马车短暂地休息了一会儿,又一次改变了方向,接着听到了几声嘀答声,几声砰砰声,然后是一声长长的尖利的口哨声,一扇非常大的前门的门铃响了几声,轰的一声,嗖的一声,又传来了一种讨厌的气味,一种可怕的气味,一种越来越可怕的,令人厌烦透顶、透不过气来的气味,一种致命的、发苦的、有毒的恶臭,并伴随着怒吼,淹没了猫咪的叫声。就在猫咪几乎不能忍受的时候,痛苦减轻了。它听到了滴滴答答声和噼噼啪啪声,看见了光,感受到了空气。接着,一个男人的声音喊道:"全都出来吧,到第 125 大街了。"对猫咪而言,他的话当然只是人类的吼叫而已。

吼叫声几乎停止了——的确停止了。后来,虽然没有了那种有毒的气体,可是,这种摇摇晃晃的砰砰声重新开始了,各种声音不绝于耳,车子不停地摇晃。一种长长的、空洞的隆隆声伴随着一股令人愉悦的船坞气味很快过去了。接下来是一连串的摇晃、吼叫、震动、停止、滴滴答答,噼噼啪啪,传来了各种气味,它跳了几跳,车在摇动,更多的气味进来了,马车摇动得更厉害了,接着摇得似乎轻了一些——各种气体、烟雾、急刹车声、门铃声、发抖、怒号、轰隆声,几种新的气味、轻拍声、轻打声、喘息声、辘辘声,传来了更加多种多样的气味,可是,所有这些并没有让这只小猫产生任何方向改变了的感觉。最后,这一切终于停止了,金色的阳光穿过篮子盖,这只皇室猫被举起来,放进了它所熟悉的那种式样的一辆马车后面的座位里。马车从他们原来的方向突然转向一边,不多时候,马车轮子就吱吱嘎嘎、咔哒咔哒地响起来了,同时又多了一种新的恐怖声音——狗吠。大大小小的可怕的狗靠近了马车。篮子又被举了起来,贫民窟猫咪来到了它乡下的家。

这里的每个佣人都十分殷勤,和颜悦色。他们都想取悦这只皇室猫,可是不知道什么原因,猫咪总是不领他们的情。除了那个大块头的胖厨子外,没有一个人有所收获。猫咪走进厨房,它发现那个厨子,这个浑身圆滚滚的人的气味闻起来是它这几个月来遇到的所有人之中最有贫民窟味道的,于是,这只"安那罗斯丹皇室猫"就相应地受到了吸引。那个厨子得知大家对这只猫能否逗留下来心存恐惧时就说："一定能，它一定想留下来，它想要一只猫舔舔它的皮毛，它肯定是到家了。"

于是，厨子灵巧地将这只矜持的皇室成员捉起来放到了自己的围裙里，冒着亵渎圣物的罪名，用罐装的油脂涂抹了这只猫的脚底。猫咪自然怨恨这种做法——它怨恨这里的每一样东西。因此，刚一被放下来，它就开始整理自己的爪子，可是出乎意料的是，抹上了那种油脂它竟觉得很舒服。一个小时以后，它已经把四只脚都舔了一遍。厨子得意洋洋地宣布，现在"它肯定愿意待下去了"。它也确实在这里待了下去，不过，看得出来，它对于厨房、对于那个厨子以及垃圾桶非常喜爱，这种情况令人极其惊讶，也极其厌恶。

这家人虽然对于它的这些怪癖感到哀伤，却高兴地看到这只"安那罗斯丹皇室猫"比较满意，甚至可以让人接近了。过了一两周，他们给了它更多的自由。他们保护它不受一点伤害。几只狗被教会了要如何尊敬它；周围没有一个男人或者男孩子敢扔石头来打这只著名的出身名门的猫；它想吃什么食物都可以。可是，它还是没有觉得幸福，它好像在渴望许多东西。但是，它又不知道自己究竟在渴望什么。它什么都不缺——是这样啊，可是，它还想要别的什么东西。吃的、喝的非常充足——不错，但是，当你可以尽情地把碟子里的牛奶喝个够的时候，牛奶的滋味似乎变了样。当你饥肠辘辘的时候，从铁桶里偷出来喝才有滋味，否则，牛奶的味道就不浓——那简直就不像是牛奶。

是的，在这座房子的后面有一个很大的"垃圾院"，它扩展到房子旁边乃至周围；可是这个"垃圾院"到处都被玫瑰花败坏和污染了。那些马匹和狗的味道不对劲儿，周围整个区域是个令人厌烦的沙漠，到处都是死气沉沉、令人讨厌的花园和干草地，视野中没有一个住户或者大烟囱。它怨恨这里的一切！在这个可怕的地方，只有一处气味芬芳的灌木丛，那是在一个不引人注意的角落里。它非常喜欢用爪子抓挠那些灌木，喜欢在树叶中打滚。这是庭院里的一个吸引它的地方，可是，也只有这么一处吸引它的地方，因为自从它来到这里后，它就再也找不到一个腐烂的鱼头，看不到一个真正的垃圾桶了。总之，这是它所知道的最不可爱、最没有吸引力、最没有臭味可闻的地方。

　　如果给它自由的话，它肯定在第一天夜晚就跑掉了。可是，自由几周后才到来。与此同时，它和那个厨子之间的关系已经变得很亲密，开始依恋厨子，于是便留了下来。但是，整个夏季它并不开心。有一天，发生了一连串的事情，这再一次勾起了这个贫民窟猫的本能。

　　原来，一大包东西从船坞运到了乡间的住宅，关键不在于包里面装了什么，而是这包东西富有二十种最开胃的、最迷人的船坞和贫民窟的气味，触动了猫咪记忆的心弦！回忆翻江倒海一样地涌上它的心头。

　　第二天，厨子就因为这包东西闯祸了——他将几根绳子剪断了。当天傍晚，这家的小儿子，一个非常顽皮的孩子，对皇室成员未能给予应有的尊敬，竟然试图用绳子把一个罐子系到这只贵族猫的尾巴上，并且给猫爪子临时戴上了五个大鱼钩。很明显，他是在做一个无私的试验。猫咪因为他随意对待自己的爪子，非常生气，在男孩的手上狠狠抓了一把。受了委屈的孩子嚎哭起来。他的母亲听见哭声，慌慌张张跑进来，拿起桌上的一本书敏捷、温柔地朝猫咪丢去。猫咪飞快地一闪，躲了过去，然后跑上了楼。

　　被猎食的老鼠向楼下跑，被猎食的狗在平地上走，被猎食的猫则往上跑。它躲在顶楼里，一直等到所有人都睡着了以后，才悄悄地下了楼。它尝试着逐一推推每一扇纱窗门，结果找到一扇没有拴上的门，于是，趁着这个没有月亮的晚上，它再一次逃走了。黑夜对于人的眼睛来说是漆黑一片，但是对于猫来说，却可以看得很清楚。它悄悄地穿过那讨厌的花坛，最后一次用爪子抓了抓那簇灌木丛，那是花园里唯一一个吸引它的地方。然后，它大胆地走上了回家的路。

　　它怎么能够走这么远的路返回呢，况且这条路它根本没有见过？不过，除了人类以外，几乎每种动物对于方向都有非常敏锐的辨别力，当然这只贫民窟小猫也不例外。这个神秘的向导领着它向西走，不是清楚而明确地带领它，而是出于一股冲动，因为这条路容易走，因此这种冲动便得到了肯定。一个小时以后，它走了两英里，到达了哈得逊河。它的鼻子多次告诉它，往这个方向走是对的。一种气味又一种气味在记忆中重现了，就像一个人在陌生的街道上走了一英里后，可能想不起来单个的特征，但是重新见到那些东西后，很快就会记起来一样。"啊，是的，我曾经见过那个。"因此，猫咪的主要向导是方向感，可是，是它的鼻子一直在打消它的疑虑："是的，现在你走的方向是正确的。我们去年春天路过了这个地方。"

河畔有铁路，它不能在水上走，它必须到北方或者南方去。在这时候，它的方向感清楚地告诉它："到南方去。"于是，它就沿着铁轨和栅栏之间的小路小跑起来。

生命的第三阶段

9

猫可以很快地上树或者爬墙，可是，谈到一英里又一英里地、一个小时又一个小时地奔跑，并且不是像猫一样用前脚跳跃，而是像狗那样小跑，这可不是猫的强项。在笔直的路上，它的感觉很好。但是，它在那地狱般的玫瑰丛里还没走上两英里，一个小时就已经过去了。它有些累了，脚也有点疼。

它刚想休息一下，忽然，一只狗跑到附近的栅栏边，在它的耳朵边可怕地狂吠起来。它吓得赶紧逃开了。它顺着小路拼命跑，同时观望着那只狗是否跳过了栅栏。还好，没有跳过来，不过，它已经跑到栅栏的近旁了，还在可怕地咆哮着。这时，猫咪安全地向前蹦跳起来。那只狗的吠叫变成了一种低沉的隆隆声，渐渐地，隆隆声更大了。一道光线闪过，猫咪迅速回头看了一眼，来者不是那只狗了，而是一个巨大的黑东西，红眼睛闪烁着。它跟过来了，嚎叫着，喷着气。

它用尽全力，以自己以前从未有过的速度奔跑，不过却不敢越过栅栏。它像一只狗一样飞奔着，但是，一切都是枉然。那个巨大的黑东西追上了它，但在黑暗中却没有看到它，就匆匆忙忙跑过去，消失在黑夜里。这时候，猫咪蹲下身子，喘了口气。自从那只狗开始吠叫以来，离家又近了半英里。

这是它第一次遇到那个陌生的怪物，陌生的只是对它的眼睛而言，它的鼻子似乎认识它，告诉它这是回家路上的又一个里程碑，猫咪对那个种类不再那么恐惧了。意识到它们是很愚蠢的，如果自己悄悄地溜到一个栅栏下面，静静地躺好，它们就找不到自己了。还没到天亮，它已经遇见好几个这样的东西了，不过它总能躲开那些怪物，没有受伤。

　　大约日出的时候，它来到了回家路上的一个不错的小贫民窟，运气很好，居然在一个垃圾堆里找到了几种没有消毒的食物。它在一个马厩附近过了一天，那里有两只狗，还有许多小男孩；在狗和男孩子中间行走，差点儿要了它的命。那里看起来非常像家，但是它不想待在那里。回家的渴望一直在驱使着它，第二天傍晚它一如既往地动身了，见到那些一只眼睛的"雷辊子"整天从身旁走过，也就习惯了。它走了一夜，一路上没有受到什么惊扰。

　　第二天它是在一个谷仓里度过的。它在那里捉住到一只小老鼠当食物。第二天夜晚如前一晚一样，只是它遇见了一只狗，这驱使它往回走了很长一段路。有几次，它被那些分叉的路误导，走错了路。不过，它还是及时地返回来，重新向南走去。它白天躲在谷仓下面，避开狗和男孩子，夜晚的时候再向前走，它的脚现在很疼，一瘸一拐的。但是，它还是继续赶路，走了一英里又一英里，向南走，一直向南走——狗、男孩子、怒吼者、饥饿——狗、男孩子、怒吼者、饥饿——然而，它仍然往前走，往前走，它的鼻子不时地向它欢呼，自信地向它报告："这里有我们去年春天经过时闻到的一种味道。"

10

　　一周的时间就这样过去了。贫民窟小猫疲倦地来到了哈莱姆大桥，此时，它浑身脏兮兮的，身上的缎带也不知道哪里去了，脚疼得厉害。虽然大桥周围都是鲜美的气味，但它还是不喜欢大桥的样子。它用了半个晚上的时间，前前后后地在海滨徘徊，除了几座桥，没有找到任何其他到南方去的途径，也没有发现任何有意思的东西，只看到这儿的男人和男孩子是一样的危险。不知什么原因，它不得不回到这里来。这里的气味它很熟悉，有时候"独眼"跑过去，发出那种奇特的隆隆吼声，这种吼声在春天的旅行中有一种轰动的效果。

深夜，四周静悄悄的。它跳到一根枕木上，滑行到水面上。它才向河对岸走了三分之一的路程，忽然一个极大的"独眼"吼叫着从对面向它冲过来。它吓了一跳，但是它知道这些东西又蠢又瞎，于是就跳到低处的一根横梁上，缩起身子藏了起来。那愚蠢的怪物没有发现它的存在，就过去了。本来以为危险已经过去了，可是那个东西又返回来了，或者是另一个和它很像的东西突然吐着气从身后出现了。

猫咪跳到那条长路上，匆匆向家乡的海滨走去。要不是第三个"红眼家伙"从对面尖叫着向它冲了过来，它原本可以一直走到海滨的。它用尽全力奔跑，可还是被两个敌人追上了。现在，干什么都来不及了，唯一能做的就是不顾一切地从枕木上跳下去。扑通一声，它跳进了深水里，身体变得湿漉漉的。因为现在是八月，所以并没感到冷。但是，哎哟，这么可怕！到了水面上时，它喷吐着唾沫，咳嗽起来，匆匆看了一眼是否有怪物在自己身后追上来，然后尽力向海滨游去。它没有学过游泳，可是它还是游了，原因很简单：猫游泳时的姿势和动作与走路时的姿势和动作是相同的。

它掉进去的那个地方是它很不喜欢的，所以自然想要走出来，结果是它向岸边游去。哪个岸边呢？它对家的爱是永远不会衰退的，所以，对它而言，离家最近的南岸是唯一的岸边。它爬出来，浑身湿透了，顺着皮毛向下滴着水。它走上泥泞的河岸，穿过了煤堆和垃圾堆，它现在又黑又脏，完全没有了"皇家猫"的气派。

一阵惊悸过后，这只"皇室血统的"贫民窟猫不禁从内心深处萌生出一种愉快的胜利感，因为它用自己的智慧战胜了那三个个头很大的恐怖的家伙。

它的鼻子、记忆和它本能的方向感都使它想要再次赶路，可是那些"雷辊子"经常在这里出没。于是，出于谨慎，它改变了方向，顺着带有麝香味的河岸走，那种气味能带领它找到家的位置。就这样，它省却了那简直无法形容的可怕的隧道经历。

在这三天多的时间里，它认识了东河船坞那儿的各种危险和复杂事物。有一次，它误上了一艘渡轮，被带到了长岛，还好，它登上了一艘船又回来了。在第三天的夜晚，它终于到了一个熟悉的地方——它第一次逃跑时过夜的地方。从那时起它就更加确定自己的方向了，速度也快了起来。它知道自己要往哪里走和怎样走。现在，它甚至认出了在被狗追撵的时候很显著的特征了，它走得更快了，感到非常愉快。不久以后，它又会在自己的东方出生地——那个旧垃圾院里——蜷缩起身子了。它拐了一个弯，那个街区已经离它越来越近了。

可是，怎么了？那个街区竟然失踪了！猫咪简直不能相信自己的眼睛，但是，它必须相信，因为以前那些直立或倾斜的矮屋都不见了，现在这里成了石头、木材和地上的洞所组成的一大片高低不平的荒地。

猫咪在那里莫名其妙地走来走去，辨别着周围的情形和道路的颜色。没错，这就是自己的家。在那儿曾住着那个卖鸟人，在那儿曾有个旧垃圾院。但是，不知道怎么搞的，所有的东西都不见了，连同那熟悉的贫民窟的气味也彻底消失了。看到这种情形，猫咪感到彻底无望了。它对家乡深深的爱恋，使它放弃了一切回到这里，可是朝思暮想的地方居然不复存在了。只有这一次，它强健的小心脏承受不了了。它孤独地徘徊在寂静的空地上，既找不到安慰，也找不到吃的。废墟从河流那里向后延伸了几个街区，这不是火灾造成的，因为它曾经见过一次火灾。这到底是为什么呢？猫咪一点也不知道，在这个地方就要架起一座巨大桥梁了。

太阳升起的时候，它开始寻找藏身的地方。邻近的一个街区仍然矗立在那里，没有什么变化。于是，这只"安那罗斯丹皇室猫"就来到那里。它熟悉这个街区的几条路，不过，到了那里后，它惊讶地发现那个地方已经猫满为患了。那些猫像它一样，都从自己原来的庭院里被驱赶出来。垃圾桶一拎出来，立即就有几只贫民窟猫围上去。看起来，这块土地上发生了饥荒。猫咪忍受了几天后，没有办法，只好回去寻找自己在第五大街的另一个家。到了那里后，它发现房子的全部门窗都上了锁。它在房子附近等了一整天，和一个身穿蓝外衣的高个子男人发生了一次不愉快的争执，第二天夜晚就返回了那个拥挤不堪的贫民窟。

九月和十月很快过去了。有的猫饿死了，还有的死于天敌之口，因为它们身体太弱，根本无法逃生。但是，还好，它年轻力壮，幸运地活了下来。

每到白天，在原来那条街区的荒凉空地上，总会有许多工人在忙碌的工作。在一个静悄悄的晚上，这只贫民窟小猫又回到了那里，发现这个地方发生了巨大的变化。十月末的时候，一个高大的建筑物拔地而起。它饿极了，就偷偷摸摸地走到一个桶旁，那是一个黑人放在外面的。不幸的是，那并不是垃圾桶，而是那个地区的新生事物——净化桶。它感到很失望，不过它心中也产生了一种安慰感，因为它闻到桶的把手上有一种很熟悉的味道。它正在研究这个桶，那个黑人电梯勤杂工穿着制服出来了。这时，它终于找到了那种熟悉的气味的来源，那不正是以前地下室鸟店的黑人萨米吗？

猫咪已经退到了街对面，那个人还在盯着它看。他惊讶得大叫起来："哎呀，它看起来可不像是那只安那罗斯丹皇室猫啊！到这儿来，猫咪，猫咪！快到这里来，猫咪！看你饿成那副可怜相……"

它当然已经饿得不像样了，它好几个月没有正经吃过一顿饭了。那个黑人走进建筑物，拿着他自己的一份午餐出来了。

"到这儿来，猫咪，咪咪，咪咪，咪咪！"

食物看起来可口极了，但是因为有过上当的经历，它对那个人仍心存疑虑。最后，黑人把肉放在人行道上，回到了门口。贫民窟小猫小心翼翼地走上前去，用鼻子嗅了嗅，一口叼起肉，像小母虎一般逃走了。它要找一个安静的地方，慢慢享受这久违的肉味。

生命的第四阶段

11

这是一个新纪元的开始。现在，每当猫咪感到饥饿的时候，就会来到那座建筑物的门口向萨米要东西吃。渐渐地，它对那个黑人产生了一种好感。它以前从未了解过那个人，把他视为敌人。现在，他成了它的朋友了，它唯一的朋友。

有一个星期，它的运气特别好。连续七天，它吃了七顿好饭。特别是最后一次，它还找到了一只很大的多汁的死老鼠，对它来说，那真是丰盛的一餐。它一生中从没杀死过成年老鼠。它抓住战利品跑开了，准备把它藏起来以备不时之需。它正穿过那个新建筑物前面的街道，突然看到了它的老敌人——那只流浪于码头的狗。它自然而然地退却到它朋友的门口。它刚靠近门口，萨米正好打开门，送出了一位穿着考究的绅士，两个人都看到了衔着老鼠的小猫。

"嘿！看看那只猫，它会逮老鼠呢。"

"是呀，先生，"黑人回答道，"那是我的猫。这只猫最会抓老鼠了，周围的老鼠都快被它清理干净了。可是，先生，您看，它长得这么瘦……"

"好吧，别让它饿着，"那个人怜悯地说道，"难道你不喂它吗？"

"先生，那个卖肝脏的人每天都会来，一个星期只要二十五美分。"黑人说着。事实上，只要十美分就够了，额外的十五美分是萨米自己想要的。

"好啦！这笔钱由我来出好了。"绅士点头答应了。

12

"吃肉啦！吃肉啦！"卖肝脏的小贩那富有魅力的召唤声传过来了，他把手推车推上了现在整洁一新的斯格瑞姆坡小巷。那些猫像从前一样拥挤着来拿自己应得的食物。

那些猫有黑的、白的、黄的、灰的……他必须记住它们，最重要的是，要记住它们的主人。手推车在那座新建筑物附近的街角拐弯时，有人叫住他，原来是萨米要向他买肉。

"你，让开路，你这个下流胚！"卖肝脏的人喊道。他挥动着棍子，为这只蓝眼睛、白鼻子的灰色小猫开路。它接受了异乎寻常的一大份肝片。萨米把绅士多给他的十五美分分给了肉贩一半，所以贫民窟小猫受到了优待。它衔着自己的那份食物，退到了那个大建筑物的掩蔽处，慢慢地吃起来。它进入了自己的第四重生命当中，现在的生活是它以前连做梦也没有想过的。原来，事事都对它不利；现在，什么事都很顺心。

人们非常怀疑它是因为到外面闯荡了几次而视野开阔了。它知道自己需要什么，它也得到了那些东西。

它实现了自己长期以来的愿望：当两只麻雀在排水沟里互相扭住对方，进行殊死决战时，它趁机轻易地抓住了它们。不是一只，而是两只。

贫民窟小猫的日子过得越来越好，萨米可就累了，一有空就得替它抓老鼠；要是那位绅士知道它从没有抓过老鼠，才不会每个星期付给萨米二十五美分呢！

他把抓来的老鼠丢在大厅门口，一直等到那位绅士来了，黑人才边道歉边扫走了。

"咳，这是那只猫干的，先生。那只猫有着安那罗斯丹皇室血统，所以才这么会抓老鼠。"

它以后生了几窝小猫。黑人认为那只黄公猫是其中几只小猫的父亲；无疑，黑人是对的。

他问心无愧地卖掉它许多次了，他心里非常清楚，只需等几天的时间，那只安那罗斯丹皇室猫就会自己跑回来，毫无疑问，他在攒钱，用于某项可敬的目标。猫咪已经学会了忍受电梯，甚至还能乘坐电梯上下楼。黑人强调指出，有一次，当它听到那个肉贩的喊声时，它正在顶层，是它自己设法按了电钮，叫电梯来带它下去的。

它的皮毛再一次光滑漂亮起来。它不仅是围在肉贩手推车周围的名流猫之一，而且被公认为是那些猫当中领"年金"者的明星。肉贩对它很尊敬，把它当成最重要的顾客，就连那个当铺老板的老婆的那只用奶油和鸡肉喂养的猫，也没有像"安那罗斯丹皇室猫"这样的地位。但是，虽然它生活富裕了，有了社会地位，有了皇室的名声和虚假的家谱，它生活中的最大快乐仍是在黄昏时偷偷溜出大厦，在贫民窟逛来逛去。从以前到现在，无论它处在什么样的环境之中，它一直没有忘记，自己是一只出生在贫民窟的猫。也许，它的这种想法永远也不会改变吧！

泉 原 狐

1

一个月以来，泉原地区的母鸡都一只只神秘地失踪了。放暑假后，我回到泉原，决定查明真相。我很快就找到了线索。这些鸡的失踪有一个特点：都是一只一只被活捉走的，而且案发时间都是在进鸡窝之前或者刚出鸡窝后不久，作案者肯定不是流浪汉或者邻居；它们也不是从高处的栖息处被拖走的，作案者也不会是树狸和猫头鹰；它们也不是被吃得只剩一半，所以也不是黄鼠狼、臭鼬或者貂干的。这么看来，最后只剩下那只狐狸了，没错，一定是它干的。

伊林谷的大松树林在河的对岸，我在下游的浅滩上仔细排查，发现了一些狐狸留下的脚印，还有一根有花纹的鸡毛，这根鸡毛是从我家的普利茅斯岩鸡身上掉下来的。当我爬到更远的堤岸去寻找更多的线索时，听到后面有乌鸦在哇哇大叫。我转身一看，好家伙，几只乌鸦正冲着浅滩上的某个东西俯冲下去，我仔细一瞧，原来浅滩中央有一只狐狸，它嘴里还叼着什么东西，一定是从我们的谷仓附近拖来的母鸡。有趣的是，贼喊捉贼，那些乌鸦自己也是些强盗，但它们却总是头一个大喊"抓贼"，然后迫不及待地去掠夺狐狸嘴里的赃物。

眼下它们玩的就是这个把戏。狐狸回家的路上必须经过这条河，而在河滩，它就完全暴露在这群乌鸦的眼皮底下，于是引起了这群乌合之众的猛烈攻击。要是刚才我不参加截击，可能狐狸早就突出重围带着赃物穿过河去了。而现在，它只能无可奈何地放下奄奄一息的母鸡，消失在松树林里。

这样大规模、经常性地掠夺食物，只能说明一个问题，那就是家里有一群嗷嗷待哺的小狐狸。我一定要找到它们。

当天傍晚，我带着猎犬罗杰渡过河，来到松树林里。猎犬刚开始在树林里逡巡，我们就听见一阵狐狸短促而刺耳的叫声，这叫声是从附近一个树木茂盛的沟里传过来的，罗杰立刻冲过去，闻到了一股浓烈的臭味，便劲头十足地直奔过去，直到那狐狸的叫声渐渐消失。

过了大概一个小时，罗杰气喘吁吁、大汗淋漓地回来了。因为当时正值八月的炎热天气，便躺在了我脚下，热得直伸着舌头大喘气。

但它刚一躺下，就又听见狐狸哇啦哇啦的叫声，那叫声听起来就在附近，于是罗杰不顾炎热，再一次冲进了密林沟去追那狐狸。刚才没抓到狐狸，使罗杰很愤怒，它冲进黑暗中，汪汪汪地叫得特别凶，径直向北奔去。狐狸的叫声也由原来的响亮渐渐变低，继而又变得微弱，最后消失了。它们一定是跑到几英里以外的地方去了，因为我把耳朵贴在地上，却也没能听到一点动静，假如是在一英里之内，很容易就能听见罗杰脖子上的铜铃声。

当我正在黑暗的树林里等待的时候，听见了一阵美妙的滴水的声音：滴滴答答滴滴，滴滴答答叮叮。

我不知道附近有什么泉水，在一个炎热的夜晚，听到这样的水声真是让人觉得愉快。我循着水声来到一棵枝繁叶茂的橡树下，原来泉水的源头就在这里，如此柔美甜蜜的一首歌谣，在这样的晚上，它把我带进了无限美妙的遐想之中。

滴滴答答滴滴答
叮叮咚咚叮咚叮
滴滴答答叮叮咚咚响不停
喝上一桶啊，喝个酩酊。

忽然传来一阵低低的急促的呼吸声，还有踩着树叶沙沙响的声音，是罗杰回来了。它看上去累坏了，舌头伸得都快碰到地面了，口水直滴，两肋在不停地上下颤动，浑身都是汗。过了一会儿，它止住喘息，在我的手心上温柔地舔了一下，然后重重地趴在地上，那大声喘气的声音淹没了一切声响。

但是，那狐狸叫声，又从几英尺的地方传过来，好像在向我们挑衅。这时，我才恍然大悟。

原来，现在我们一定离小狐狸的洞穴很近，那两只老狐狸正在想尽办法把我们引开。

想通了这一点，我也不再着急抓住它们了。这时，夜已经深了，我决定带着罗杰回家，但我满有把握地认为问题就要解决了。

2

其实大家都知道，有一只老狐狸带着它的家小住在附近，但是没有人会想到它们竟会住得离人类这么近。

这只狐狸被人们称作"疤脸"，因为它脸上有一道疤痕，从眼睛起一直延伸到耳朵后面。可想而知，这道疤痕是狐狸一次在追棉尾兔时，一头扎在铁丝网上留下的。伤口愈合以后，长出了一道白色的毛，所以这道疤就特别明显了。

其实在前一年的冬天，我曾见过这只狐狸，还见识了它的狡猾。下了一场雪后，我准备到外面打猎。当时我正在穿过一片空地到老磨坊那边去。老磨坊后边就是生长着茂盛的灌木林的山谷边缘。我抬头看了看山谷，突然发现远处有一只狐狸在以很快的速度跑过，它的路线与我的交叉。当时，我尽量保持不动，甚至屏住呼吸，像个雕塑一样，生怕自己一不小心被它发现。我就这样一直看着它跑远，最后消失在山谷深处密的植物丛里。它刚一消失，我就立即行动起来，跑到遮蔽的树林的那一边企图截住它。但是过了很久，也没见那家伙出来，我赶紧仔细搜寻，才发现它已经从灌木丛里跑出来的新脚印。顺着那些足迹找去，我发现，"疤脸"已经跑到我后面很远的地方了，我根本就没办法逮住它。此时，它正蹲在那儿，龇着牙看着我，仿佛觉得很好笑似的。

后来我把脚印研究了一下，发现其实在我看到"疤脸"的时候，它也已经看见我了，而它也像一名真正的猎手一样，装作不知道我的存在，不知不觉地就跑出了我的视线。当我还浑然不知的时候，它已经跑到我的后面去了，成功地将自己置身事外了。在我还在苦苦等待它出现时，它正在后面嘲笑地看着我所做的一切。

春天，我再一次领教了"疤脸"的狡诈。那时，我正和一个朋友沿着马路散步，当时地上长着密密的牧草。我们在田间小路上走了大约三十英尺，看到小路上有好几块灰棕两色的大石头。我们走近那些石块的时候，朋友说："嘿，伙计，快看，我觉得第三块石头好像一只狐狸。"

但是我没看出来，于是我们继续往前走。可是，还没走多远，一阵风吹来，拂过那块"石头"，就像是拂在毛皮上一样。

这时我的朋友说："老兄，那一定是一只狐狸，它肯定是躺在那里睡着了。"

"我们回去看看就知道了。"我说，同时我们往回转身，但当我刚一抬脚，"疤脸"噌地一下就跳起来跑了。

牧场中间曾遭遇了一场大火，于是留下了一条黑色地带。它迅速跑过了那个地方，钻进了被烧过的黄草中。它蹲在那里，谁也看不见它，但是，它一直都在注视着我们。如果我们继续往前走，它就会一动不动。这件事情的奇妙之处并不是它看起来多像鹅卵石或者干草，而是它知道自己像什么，而且能够利用这一点来保护自己。

我们发现"疤脸"和它的太太把它们的家安在了树林里，而且我们的谷场也变成了它们的食物供给站。

有一天早晨，我们搜查了整个松林，结果发现，在短短的几个月时间里，地上已经堆起了一大堆泥土。这堆土一定是从洞里挖出来的，可是我们连一个洞都没看见。有一个常识，那就是，真正狡猾的狐狸在挖洞时，会把最先打好的洞中的泥土带出来，然后继续挖地道，把地道挖到通往远处的灌木丛，然后用那些闲置的泥土封好第一个比较显眼的洞口，平常只使用隐藏在灌木丛中的入口。

于是我们翻过山去，仔细地考察研究了一番，最后终于找到了那个真正的入口，还有充分的证据证明在那里确实有一窝小狐狸。

山腰上的灌木丛中有一棵菩提树比较显眼，因为它比一般灌木要高，它的树干是空的，并且歪歪斜斜的，树底下有一个很大的洞，树顶上也有一个小一些的洞。我们小时候常常来这里玩"瑞士家庭鲁滨逊"的游戏，游戏就在这中空的树干里进行，我们经常在树干柔软的内壁上刻出一道道台阶，这样我们就能在树洞中自如地爬上爬下了。现在，这棵树派上用场了。第二天，当太阳升起的时候，天气暖和了起来。我又去树洞考察。从树顶上的洞往下望，我很快就看到了住在临近地洞里那个有趣的家庭。那里一共有四只小狐狸，它们像小羊羔一样好奇地张望着，浑身毛茸茸的，小腿又细又长，看上去挺稀奇。然而，若是再看一眼，看到它们那张脸：尖尖的鼻子、细长的眼睛、宽宽的脸，这一切都在提醒你，这几只天真的羔羊某一天都会成为一只只狡诈的老狐狸。

小狐狸们毫无顾虑地四处玩耍，有时候跑到太阳底下晒太阳，有时候互相摔跤，一有轻微的响动，它们就迅速跑到地下安全的壁垒中去了。其实它们的惊慌是多余的，因为那响动是它们的妈妈弄出来的。狐狸妈妈正拖着一只母鸡从灌木丛那边钻出来。如果我没记错，这是第十七只母鸡了。它低低地呼唤了它的孩子们一声，那几个小毛头便你推我挤地跑出来了。接下来上演的一幕，看起来很动人，但是恐怕我的叔叔见了会不喜欢。

它们迫不及待地冲向那只母鸡，和它撕扯扭打起来，兄弟姊妹之间还不时互相对视一下。它们的妈妈正在满心欢喜与疼爱地在旁边观看，同时，机警地绷着神经，竖着耳朵听着一切动静，提防敌人的袭击。但是，它的表情很奇怪，一面露出母爱的笑容，一面又是一脸的野蛮狡诈，残忍表情与母爱的光辉同时在它那张脸上显现，不过压倒一切的还是那一目了然的母亲的疼爱和骄傲。

我隐藏在灌木丛里，比藏狐狸窝的山丘还低许多，因此，在这里，我可以自如地观察这些狐狸，而不必担心会惊吓到它们。

许多天以来，我一直去那里观看老狐狸训练幼狐的情景。它们很早就学会了辨别某种声音，一听到有什么奇异的响动，立刻就变得像雕塑一样一动不动，再听到这种声音，或者是发现引起恐惧的原因，就赶紧冲向它们的避难所。

有些动物的母爱极其强烈，以至于当这种母爱强烈到一定程度时，就会对别的动物造成麻烦。老狐狸的母爱便属于这一类。为了加强对孩子们的全面训练，让它们的学习更生动，老狐狸的爱便表现为对其他动物的残酷。它常常为小狐狸们带回活着的老鼠和鸟，并且怀着凶恶的温柔不让猎物们受到太严重的伤害，这样就给小狐狸们留下了更多的机会，它们可以尽情地折磨这些猎物，练习捕杀技能。

山上的果园住着一只土拨鼠，它长得不帅也不风趣，但这不妨碍它的生活，它懂得很好地照顾自己。它在老松树桩子的根里挖了一个洞，这样狐狸即使找到它，也抓不到它。每天艰苦地工作可不是土拨鼠的生活方式，它深深地认识到智慧的力量，生活不应只靠体力劳动。每天早晨，土拨鼠都会从地洞里爬到树桩上来晒太阳，如果它远远地看见狐狸来了，就马上钻到地洞的深处。如果敌人离自己非常近，它就会一直待在地洞深处，一直等到危险过去为止。

一天早上，"疤脸"和它的太太似乎觉得应该让它的孩子们学一些关于捕捉土拨鼠的知识了。为了让这堂课更真实、生动，它们决定让果园里的这只土拨鼠成为它们的实验对象。狐狸夫妇朝果园的围栏走去，它们觉得自己没有被树桩上的土拨鼠看到。然后，"疤脸"首先出现在果园里，在距离树桩一段距离的地方悄悄走过，故意引开土拨鼠的视线。为了不让始终保持警惕的土拨鼠认为自己受到了监视，它一次都没有回头。当它走到田里时，土拨鼠悄悄从树上走下来，来到地洞的入口处，继续观察周围的情况。原本它是打算等狐狸离开的，可过了一会儿，它还是觉得钻进洞里比较保险。

这正是狐狸夫妇求之不得的事。原来，狡猾的母狐狸在"疤脸"活动的时候，一直躲在土拨鼠看不见的地方，现在，"疤脸"太太已经敏捷地跑到了树桩的这边，藏在了土拨鼠的后面。这时，"疤脸"还在慢悠悠地往前走。土拨鼠刚才并没有受到多大惊吓，所以，只在洞里呆了一会儿，就把头探出来了。

它发现"疤脸"走得越来越远了。这时土拨鼠的胆子大了些，它又把头往外伸了伸，看到自己的地盘已经安全了，于是开始往树桩上爬。这时，"疤脸"太太从藏身之地跳了出来，以迅雷不及掩耳之势抓住了土拨鼠,然后把它甩来甩去,直到土拨鼠失去了知觉。

"疤脸"看到了这一切,马上转过身跑过来,此时它的太太已经叼着土拨鼠往家里走去了,于是"疤脸"知道,自己的任务已经完成了。

"疤脸"太太叼着土拨鼠回到家中,每次它回家时都会小心翼翼地在家周围巡视一圈,这一次也不例外。它对着巢穴发出一声呼唤,那些小家伙听到母亲的叫声,争先恐后地跑了过来,就好像孩子们要出去玩游戏一样。狐狸妈妈把受伤的猎物扔给孩子们,小狐狸们凶悍地凑到了土拨鼠身边,发出低低的咆哮。它们用尽全身力气,用小嘴一点一点地啃咬着土拨鼠。疼痛让土拨鼠清醒过来,它在为求生作最后的挣扎。土拨鼠挣脱了这些小狐狸,跟跟跄跄地爬到了一个灌木丛的深处。小狐狸紧追不舍,像一群猎狗似的跑了过去,有的咬住尾巴,有的咬住肚子,但是因为力量太小,根本没有办法把土拨鼠拖出来。狐狸妈妈看到这种情况,跳了几步追了上去,把土拨鼠从灌木丛中拽了出来,重新交给小狐狸。一次次,它们重复着这残酷的游戏,最后一只小狐狸被土拨鼠咬伤了,发出痛苦的尖叫声。土拨鼠也因为疼痛发出一声长长的刺耳的叫声——狐狸妈妈一口咬下去,要了土拨鼠的小命,并叫孩子们吃掉了它。

就在这个巢穴不远的地方,有一个杂草丛生的山谷,那是田鼠们的乐园。就在这个离家不远的地方,小狐狸们要开始学习它们在森林里生活的技能了,这是它们离开自己的家后接受的最早期的课程。在这里,它们上了关于田鼠的第一课,这也是狩猎中最简单的一课。在教给孩子们生存技巧时,狐狸父母言传身教,当然它们也很重视挖掘孩子们的天性。老狐狸还会教孩子们一些经常使用的暗号,比如"安静躺着,仔细观察""照我的样子做"等。

在一个无风的晴朗的夜晚,狐狸一家兴奋地去了山谷。狐狸妈妈示意它们静静地躲在草丛里不要动,一起等待猎物出现。一会儿,只听见一阵轻微的吱吱声,这表示猎物已经开始活动了。狐狸妈妈站了起来,踮着脚尖往草丛里走去。它没有蹲下身体,而是尽可能地站直，用后腿支撑起自己，以便把草丛中的情况看得更清楚。

原来，老鼠通常是在乱草丛下面跑动的，如果想要知道一只老鼠跑动的路线，最有效的办法就是观察草丛的轻微摇动，所以一般只有在风平浪静的时候才能捉得住老鼠。捕捉老鼠的技巧首先就是要发现老鼠的方位。

过了一会儿，狐狸妈妈发现了田鼠的踪迹，突然飞身一跃，在它抓起的那把枯草中间，有一只田鼠正在拼命地挣扎。

很快，这个猎物就被狐狸们狼吞虎咽地吃掉了。接下来，这四只小狐狸也开始尝试着像它们的妈妈那样做。在课程快要结束的时候，最大的那只小狐狸生平第一次抓到了一个猎物，它激动得浑身颤抖着，带着与生俱来的野性，用尽浑身的力气啃噬着猎物，开始享受鼠肉的味道，它吃得津津有味，这时的它原形毕露了。

狐狸妈妈给小狐狸们上的另一堂课是关于和红松鼠打交道的。红松鼠都是一些吵闹无礼的家伙。在狐狸家附近就住着一只红松鼠，它每天都会站在一根树枝上叫个不停，仿佛是在声讨这家狐狸邻居。小狐狸们费尽了力气也抓不到它，因为红松鼠喜欢在它们头顶的树上跳过来跳过去，它总是站在树上，或者离狐狸们远远地，像是肆无忌惮地向狐狸们挑衅。

狐狸妈妈有着丰富的经验，它知道红松鼠的天性，所以它在等待时机把这只松鼠捉住。狐狸妈妈让孩子们都隐蔽好，然后自己找到一片空地，并在那片空地的中央躺下来，有意等到红松鼠的出现。这时，那个粗鲁的红松鼠过来了，它像平时一样吱吱乱叫，但狐狸妈妈似乎没听见的样子，还是一动不动地躺在那里。松鼠的胆子大了起来，它离狐狸妈妈越来越近，最后居然站在狐狸妈妈头上的树干上，对着狐狸妈妈示威。

可是狐狸妈妈还是一动不动，这可真是奇怪。松鼠干脆从树干上爬了下来，一边紧张地看着四周，一边飞快地从树林中穿过，跑到了另一棵树上。它站在树上，自以为很安全，又开始破口大骂："你这只阴险的狐狸，你这强盗。"

可是狐狸妈妈还是一动不动，就像死了似的躺在草地上。这只松鼠觉得非常有趣，松鼠天生很有好奇心，又喜欢冒险，现在它从树上走下来，跑到了林间的空地上，离狐狸妈妈又近了一些。

狐狸妈妈还是一动不动地躺着，就连小狐狸们都开始纳闷了，妈妈到底是怎么回事，难道真的睡着了吗？

此时的红松鼠也非常好奇，它向狐狸妈妈扔了一块树皮，打在狐狸妈妈的头上，还把自己能想起来的坏话骂了一遍，然后又重复了一遍。这样做仍然没有激起狐狸妈妈任何的生命迹象，它一点反应也没有。红松鼠已经在这林间的空地跑了好几个来回，它终于忍不住了，慢慢地靠近狐狸妈妈，当它离狐狸妈妈躺的地方不到一码远的时候，狐狸妈妈突然从地上跳了起来，眨眼间就把这只松鼠给抓住了。

狐狸妈妈招呼小狐狸们过来："小家伙们，快过来吃好东西啊！"

经过这一次次的教学和训练，小狐狸们终于掌握了最基本的生存技能。当它们长得更加强壮时，狐狸妈妈还会把它们带到更远的地方，学习更高层次的技巧，如凭借气味追踪猎物。

它们要学习的本领非常多，针对每一种猎物，狐狸妈妈都会向它的孩子们教授不同的捕食方法。因为每一种动物都有一种极大的天赋保护自己，这是它们生存下来的原因；同时，每一种动物也都有自己致命的弱点，否则其他的生物就没有办法生存下去。松鼠的弱点就是它有极强的好奇心，而不会爬树则是狐狸的弱点。狐狸妈妈教小狐狸们怎样利用其他动物的弱点，怎样扬长避短，努力在这弱肉强食的世界生存下去。

从父母的身上，小狐狸们学到了狐狸世界的生存法则。我们不知道它们是如何学习的，但可以肯定的是它们是在父母的陪伴下学到这些知识的。下面这些东西是狐狸教给我的：

绝对不要在留下臭迹的路上睡觉；

信任你的鼻子吧，因为鼻子长在眼睛的前面；

只有傻瓜才顺着风逃跑；

流动的河水是治疗疾病的良药；

如果有遮挡的地方，永远都不要暴露在空地之上；

假如可以留下曲折的臭迹，永远都不要留下直线的臭迹；

陌生的东西通常都是充满敌意的；

灰尘和水能够消除留下的气味；

永远都不要在灌木林中捕捉老鼠，也不要在养鸡场里抓兔子；

离草地越远越好。

……

我相信，上面这些法则在训练中已经逐渐深入到小狐狸们的脑海中了，所以"永远都不要追踪你闻不到气味的东西"是聪明的做法。小狐狸们肯定能够明白，如果你闻不到别人的气味的话，那么风一定使别人闻到了你的气味。

小狐狸们已经熟悉了树林中各种鸟类和野兽的知识，而且，在它们跟着父母去更加广阔的地方时，又学会了新的内容。开始的时候，小狐狸们认为，它们已经了解了每个活着的动物的气味。但是，有一个夜晚，狐狸妈妈把它们带到了野外，它们看到地面上有一个非常奇怪的脚印，脚印旁边还有一个闪闪发亮的金属弹壳。狐狸妈妈让小狐狸们去闻这个东西的气味。小狐狸们只是稍微嗅了嗅，浑身的毛就都倒竖了起来，不知道什么原因，那种味道让它们不寒而栗，恐惧渗透到了它们的血液，让它们本能地感到憎恶。这时，狐狸妈妈郑重地告诉孩子们："那就是人类的气味，你们最应该了解的气味。"

3

与此同时，母鸡仍在继续失踪，不知为什么，我没有泄露狐狸家的巢穴。其实，和那些母鸡比起来，我对这些调皮的小狐狸更感兴趣。不过，我的叔叔就不一样了，他非常生气，而且认为我所谓的山林知识一文不值。为了让叔叔高兴一些，有一天，我带着猎犬走进树林，在山坡上找到一片空地，坐在树桩上休息。当然，狗没闲着，我让它继续搜索。我知道狐狸就在附近，果然不出我所料，两三分钟后猎狗开始叫了起来，猎人们都知道猎犬的意思："狐狸！狐狸！它从山谷跑下去了！"

我坐着没动，过了一会儿，我听到狐狸和狗回来了。远远地我可以看到"疤脸"轻盈地跑过了河床，来到小溪旁边，然后趟进小溪，在靠近溪流边缘慢慢跑了几十码，然后朝着我的方向跑了过来。虽然一目了然，可是它却看不见我，自顾自地往山上走，不时地回头观察猎狗的动向。在距离我三码多远的地方，它停下来，背对着我，伸长着脖子，探看着猎犬的一举一动，显得非常感兴趣。罗杰沿着臭迹，一路低声咆哮着来到了溪水旁，狐狸的气味儿在这里消失了。罗杰不知道该怎么办，显得很困惑，它沿着河水的两岸四处奔跑，寻找着狐狸上岸的地方。

"疤脸"仍旧坐在我的面前，它稍微变换了一下自己的姿势，想要看得更清楚些。此时，它离我如此近，以至于我似乎看见它肩上的毛竖立起来，也仿佛看见它的心脏在它两肋的上方跳动，还有，它黄色的眼睛里闪过一道道微光。

就在这时候，狗也出现在我的视线中，它完全被狐狸的诡计挡住了去路，而接下来的事情就更有趣了：狐狸没有安静地坐着，它左右摇晃自己的身体，很快活的样子，偶尔还伸直了两条前腿，这样更便于它观察那条猎犬。虽然不是在嗅猎物或者是在啃噬东西，但它的嘴却大张着，快要扯到两个耳朵根了。然后，它又重重地喘了一口气，那样子简直就像是在哈哈大笑。

猎犬受到了狐狸的迷惑，一直找不到办法。看起来，就算猎犬找到了办法也无能为力了，狐狸的气味差不多都消失殆尽了，猎犬也很难再去追踪，它已经准备放弃了。与此同时，"疤脸"的身体在微微颤抖，看到猎犬的无奈它无比的喜悦。当我的猎犬往山上来的时候，"疤脸"已经悄悄地钻到林间去了。我刚才一直坐在附近，把一切都看得清清楚楚。因为我坐在逆风的方向，一动不动，所以"疤脸"一定不知道，在刚才的二十分钟里，它的生命就握在我的手中。罗杰本来也会像狐狸那样从我的身边走过，但我叫住了它。猎犬停了下来，好像很紧张的样子，不过它很快就恢复了平时的温顺，躺在了我的脚边。

类似的情形不断上演，每次的情况又稍有不同。我坐在河对岸的房子里，所有的风吹草动都看得清清楚楚。我叔叔家的母鸡每天继续失踪，他再也忍受不了了，终于亲自出马，坐在空旷的小山头上守候敌人。当"疤脸"再次小跑着在下面的河岸挑衅迟钝的猎狗时，我叔叔恨恨地朝它开了一枪。

就这样，"疤脸"一命呜呼了。

4

母鸡仍旧还在丢失，我叔叔的脾气也因此变得越来越坏。他决定要彻底解决这个问题。他在树林里洒满了毒饵，相信凭着运气，自己家的狗一定不会吃这些东西的。对于我提出的那些狩猎技巧，他毫不在意，甚至加以热讽。一到晚上，他就带着一只猎犬和一支枪出去，试图抓到些什么。

可惜的是，母狐能准确地辨认出有毒的诱饵是什么样子。它不是绕道而行，就是嗤之以鼻。自从它把这么一块东西扔进敌人土拨鼠的洞里后，从此就再也没见过土拨鼠的身影了。

以前，都是由"疤脸"照顾那些小狐狸，保护它们不受伤害，但是现在，这个担子落在狐狸妈妈的身上了。它的任务非常繁重，所以没有更多的时间清除所有通向洞穴的踪迹了，也不可能在遇见接近巢穴的敌人时，每次都能将它们引开。

结局可想而知。没过多长时间，罗杰就嗅到了狐狸的强烈臭迹，一路追踪到洞穴门口，而另一只猎狗则立刻宣布了这家狐狸正在窝里，于是拼了命想钻到洞里去。

现在所有的秘密都已经解开了，狐狸一家的死期也就要到了。我们雇了一个叫帕蒂的人，带着鹤嘴锄和铁锹来到狐狸的洞穴边，我们和狗站在旁边。狐狸妈妈很快出现在附近的树林里，它把狗引到了河边，朝着下游去的方向拼命地跑。当机会到来时，它跳到了一只绵羊的背上，轻松地甩掉了猎狗。它当然知道自己的气味已经被无法逾越的距离隔断，于是迅速回到了洞穴。可是狗也因为受到挫折而很快就返回了洞穴旁。这时，母狐绝望地在洞穴周围徘徊，徒劳地想把我们引开，来挽救自己的孩子。

此时，帕蒂正挥动着鹤嘴锄和铁锹，挖掘着狐狸的洞穴，很快，黄色的沙土和碎石子不断在洞穴的两旁堆积起来，一个多小时后帕蒂挖出了一人多深的大坑。这时猎狗们正冲向附近林子里的老狐狸。突然帕蒂喊道："笨蛋，狐狸都在这呢！"帕蒂终于挖到了狐狸洞穴，洞穴里的四只小狐狸正吓得拼命地往后退缩，似乎想求得更多的安全。

我还没来得及阻止，帕蒂就一铁锹打了下去，凶猛的小猎狐犬也扑了上去，三只小狐狸转眼间就一命呜呼了。最后的那只，也是最小的那只小狐狸，用自己的尾巴把自己高高地举了起来，小猎狐狗没能咬着，这才保住了一条小命。

小狐狸发出了一声短促的求救声，狐狸妈妈奋不顾身地跑了过来，它离我们很近，如果不是那只狗一直夹在中间的话，狐狸妈妈肯定被我们的猎枪击中了。狡猾的狐狸妈妈想把狗引到一边去，但总是不能如愿，它看这样无济于事，只能放弃，自己逃走了。

我们把那只幸存下来的小狐狸装在了口袋里，它在里面乖乖地躺着，非常安静。它不幸的哥哥们都被扔回狐狸洞穴里埋了起来。

我们这些残忍的人们回到了家里，把那只小狐狸拴在了院子里。不知道为什么，没有人想杀死这只小狐狸。人们的感情好像都发生了变化，都想要小狐狸活下来。

这只小狐狸很漂亮，就像狐狸和羔羊的混合体一样。它像一只小羊羔一样温顺、天真无邪，它有着毛茸茸的皮毛和流畅的体形。但是，如果仔细地观察它就会发现，它的黄眼睛里面，闪烁着的是狐狸狡猾凶狠的目光，根本不是羊羔的模样。

只要有人想靠近它，它就会蜷缩在箱子里，好像一副受到惊吓的样子。一个小时后，如果没人打扰，它才会伸展身子，小心翼翼地四处张望。而我就站在窗户旁，注视着它的一举一动。

院子里，有几只母鸡，就在小狐狸的周围，它对这些母鸡非常了解。一天傍晚，当母鸡悠闲地在这个俘虏的身旁散步时，拴狐狸的链条忽然响了起来。小狐狸向离它最近的那只母鸡扑了过去，不过链条猛地把它拽住了，它没得手，只能灰溜溜地回到箱子里去了。后来，小狐狸又冲出去过好几次，它十分精确地估算了出击的距离和链条的长度，后面的几次再也没有被链条突然拉住。

夜晚来临了，小狐狸忽然变得焦躁起来，它一会儿从箱子里钻出来，一会儿又钻进去，不过它的身体总是被链条牵扯着。它发怒了，用自己的前爪把链条按住，然后用牙去咬，咬着咬着它又停了下来，似乎在倾听什么声音，然后仰着黑鼻子发出一声短促颤抖的叫声。这样的情形重复了一两次，它的行动终于有了回应，从远处传来"呀噗呀呜呜"的声音，那是狐狸妈妈的回答。几分钟以后，一个幽灵一样的影子出现在院子里，小狐狸先是警觉地跑进箱子里，继而又兴奋地跑了出来，因为它认出那是它的妈妈。母狐像闪电一样，迅速叼起小狐狸就跑，可是，因为铁链的关系，刚走了几步的小狐狸猛地从老狐狸的怀里被拖了出来。就在这时，有人开窗，受到惊吓的老狐狸跳过柴堆仓皇地逃走了。

一个小时以后，小狐狸已经不再来回奔跑和大声叫唤了。我透过窗子往外看，在月光下，狐狸妈妈正站在小狐狸的旁边低头啃着什么东西，从传来的铁链的叮当声中我知道，它正在试图咬断铁链，而那只小狐狸，正在吃着东西。

等我走出来时，狐狸妈妈已经逃到了黑暗的树林里，我发现箱子里有两只血淋淋的小老鼠，看样子还有些温热。这是狐狸妈妈给小狐狸送来的食物。第二天早上，我发现小狐狸脖子那里的链条被磨得非常光亮，这应该就是狐狸妈妈昨晚咬过的地方。

我穿过树林，向已经被毁的狐穴走去，路上，我见到了母狐留下的痕迹。可怜的狐狸妈妈伤心地来过这里，还把三只狐狸的尸体挖了出来。

我看到，三只小狐狸的躯体静静地躺在那里，浑身上下被舔得干干净净。它们的旁边，还有两只刚刚死去的母鸡，看来是狐狸妈妈从叔叔家偷来的。地上到处都是狐狸妈妈的脚印和痕迹。它们告诉我，狐狸妈妈来到了死去的孩子们的身边，柔情万分地照顾过它们。它给小狐狸们带来了食物，让它们享用。在这里，它试图给它们喂水喝，躺在它们的旁边，给它们喂食，给它们暖身子。但回应它的，却只是僵硬的身体和冰凉的、毫无反应的小鼻子。

地上留下的肘、胸和后腿的印记显示出了狐狸妈妈的姿势，它曾经长时间地在这里蹲过，看着自己的孩子，并陷入深深的痛苦之中，就如所有的母亲一样，怀着最大的悲哀来悼念自己的骨肉。但从此之后，它再也没有回到过狐穴的废墟。因为它知道，自己的孩子已经死了，永远也不会活过来了。

5

尖头——那只被抓获的小狐狸，是那一窝狐狸中最小、最柔弱的一个。现在，狐狸妈妈把所有的母爱都倾注到了它的身上。院子里的狗被放开了，四处巡逻，保护母鸡，而雇来的工人也接到命令，只要见到老狐狸就开枪。我也只能祷告，狐狸妈妈不要再出现。

人们把下了毒药的鸡头投在树林里，这些鸡头是狐狸喜欢的美味，狗却不吃。对于狐狸妈妈来说，要想到达关押尖头的院子里，唯一的途径就是从危险重重的路上经过，从柴堆上爬进来。即便这样，狐狸妈妈依然每天夜里出现。它来喂养自己的孩子，给孩子带来食物。我经常在夜里看到这一幕。即使小狐狸没有叫喊，它仍会主动过来看它。

记得在小狐狸被抓住的第二天的夜里，我听到铁链哗哗地响，我知道是母狐来了。它在小狐狸的箱子旁边挖了一个洞，等洞挖到有它半个身子深的时候，它把链条松弛的部分全都收集到了洞里，再用土把洞埋上。它以为自己已经成功地把这条链子去掉了，立刻叼住小狐狸向柴堆冲去。可是结果仍旧一样，小狐狸从它的嘴里掉了下去，链条还是紧紧地拴在小狐狸的脖子上。

可怜的小狐狸向木箱子爬过去，伤心地哭泣着。过了一会儿，院子里的那群狗忽然吵闹了起来，争先恐后地朝远处的森林跑了过去，我知道它们去追捕母狐了。它们向着北面的铁路方向跑去，渐渐没了踪影。到了第二天早上，猎犬们都还没有回来，我猜到肯定是发生了什么事情。不久我们就知道了原因。原来，狐狸非常了解铁路和火车的用途，它们经常利用铁路和火车对付自己的敌人。当它们被追捕的时候，这些狐狸常会在火车开过来之前，沿着铁轨奔跑，这样它们留在铁轨上的气味会很微弱，等火车开过来时，连这些微弱的气味也会消失殆尽，而那些追踪的猎犬很有可能会被迎面而来的火车撞死。狐狸们还会一种更复杂也更为有效的办法，在火车开过来之前，它们会把猎犬吸引到某个高台架上，当火车经过高台架时，猎犬就会被撞得粉身碎骨。

果然，我们在铁路附近找到了罗杰的尸体，它已经被火车压成了肉酱。我们知道，母狐是在进行报复。

当天晚上，家里的猎犬都没有回来，狐狸妈妈又潜入了院子里，杀死了一只母鸡。它把母鸡叼给了小狐狸，在旁边看着儿子痛快地大吃。它可能以为如果它不给小狐狸送来食物，小狐狸一定会被饿死的。

正是这只被杀死的母鸡，使得我叔叔知道了母狐的行踪。

而我本人，因为非常同情这只老狐狸，所以不愿意帮叔叔策划杀狐狸的事情。第二天晚上，叔叔亲自拿着枪等着狐狸的到来，他观察了一个小时。后来，月亮被云层遮掩，天气也逐渐凉了下来。他突然想起了还有其他的事情没有做，就让帕蒂来替他等着狐狸。帕蒂守了很长时间，竟然睡着了。到了深夜，院子里传来响亮的枪声，我们赶到那里，结果什么也没发生。

早晨起来，人们发现老狐狸昨晚又来过院子里，而且给小狐狸送来了食物。第二天的夜里，我叔叔惊奇地发现，又有一只母鸡失踪了，他放了一枪，但没有打中狐狸。老狐狸丢下嘴里的猎物逃跑了。不过这还没完，老狐狸一会儿又回来偷袭，又被叔叔的一声枪响吓跑了。第二天早上起来，我发现小狐狸身上的链条有一部分被磨光了，这说明老狐狸昨天晚上又来过了。它在那根链条上撕咬了几个小时，可是仍旧没有咬断链条。狐狸妈妈的勇气和顽强赢得了人们的尊敬。第二天晚上，无论叔叔出多少钱，也没有人愿意在那里等着猎杀老狐狸。

它还会再来吗？所有的人都在怀疑这个问题。可是，它的爱的确是一个母亲所具有的全部的爱。在第四天夜里，只有我一个人注意到，随着小狐狸不断地哀叫，柴堆上出现了母狐的身影。

可是这次，它没有带任何的食物来。难道它今天捕食失败了？不会啊，它是如此优秀的猎手，今天竟然一无所获地来见它被关押的儿子，带来食物可是它唯一可以为儿子做的事啊。或者老狐狸认为，人们可以给小狐狸提供食物？

不是的，根本不是这样的！狐狸妈妈的爱和恨是那样强烈，它唯一想要的就是让自己的孩子得到自由。为了照顾好小狐狸，帮助它逃离这里，狐狸妈妈尝试了一切它所知道的手段，勇敢面对了每一次危险，但一切都是徒劳的。

这一次，狐狸妈妈像个影子一样，来了一会儿就走了。小狐狸好像抓到了地上的什么东西，津津有味地嚼起来。与此同时，就在它享受美味的时候，忽然感到浑身上下一阵剧痛，像刀扎似的，它忍不住发出痛苦的尖叫。小狐狸只挣扎了几下就断气了。

不可否认，狐狸妈妈有着强烈的母爱，可是它还有一个比母爱更强烈的信念，那就是自由！它非常清楚自己给小狐狸的是一只毒饵，也知道小狐狸吃下去的后果。它知道，如果小狐狸还活着，自己也会教它辨认和避开这些毒药，让它健康快乐地成长。但是现在，狐狸妈妈必须为自己的孩子作一个选择，到底是做一个命运悲惨的囚徒，还是永远的解脱？狐狸妈妈压抑着母爱，强忍着自己的悲痛，让小狐狸获得了自由，获得了解脱。

冬天来了，开始下起雪来，人们对整个森林进行了搜查，没有发现狐狸的踪影。我知道狐狸妈妈已经离开了这片大森林，离开这个让它无比伤心的地方了。没有人知道它去了什么地方，也没办法知道，但可以肯定的是，它永远也不会再回来了。

它去别的地方寻找栖身之地，这样也好，这样就可以忘掉从前的爱与痛，忘记它那些天真可爱却悲惨死去的孩子们，忘记它对丈夫的伤痛的记忆。离开这里，它就远离了曾经的悲惨命运；离开这里，它就可以完全放逐自己，就如它放逐那个它用尽办法去救赎却未能如愿的孩子一样。

少年和山猫

1

苏是一个刚满十五岁的少年，他最近才开始学打猎，虽说是个新手，但兴趣十分浓厚，整天忙着寻找猎物。

有一次，他到郊外去，正好看到一群野鸽从湖面上飞过，落在对岸的枯树上。那棵树和树林里其他的树一样，被一场大火烧得只剩下光秃秃的枝干，看起来显得非常高大，像是一座纪念碑一样。

野鸽群歇在树上，整齐地排成一列。苏正为了找不到目标而烦恼，现在看见它们在这里，心里高兴极了，于是悄悄地靠了过去。

鸽子好像知道苏用的是老式猎枪，不可能射得太远，因此故意跟他开玩笑似的。它们稳稳地站着，直到苏要举枪瞄准时，才争先恐后地挥着翅膀，"啪——啪——啪——"全部飞走了。

不一会儿，又有一小群野鸽飞进低低的丛林里。林中有一间小木屋，木屋附近有一道泉水，鸽子们就停在泉水边喝水、嬉闹。苏借着树木的掩护，蹑手蹑脚地走近它们。他见近处的树枝上有一只鸽子，马上举枪瞄准。就在他扣下扳机的一瞬间，"砰——"地一声巨响，接着鸽子就掉下来了。

苏刚要跑过去拿他的战利品，忽然从森林里走出一个身材高大的年轻人，捡起了鸽子。

苏大叫："喂，康尼，你不能拿走我的鸽子呀！"

康尼笑着说："你的鸽子？这是我用来复枪打中的，你的子弹不知道飞到哪里去了！"

苏不相信，要求察看鸽子身上的弹痕。仔细查看后他们发现，这只鸽子不但中了康尼的来复枪弹，也中了苏的猎枪子弹。原来苏和康尼瞄准的是同一只鸽子，而且都打中了。

"哈，真有意思！"两个人都被逗乐了。

可是，这只鸽子究竟应该归谁呢？在这片尚待开发的土地上，弹药和粮食都很珍贵。现在两个人击中同一只猎物，就很为难了。好在他们住在一起，不至于发生冲突。

康尼，一个六英尺高的年轻小伙子，最典型的爱尔兰裔加拿大人。他走过苏的面前，领先进入小木屋。

木屋里没有一样不必要的家具。从那简朴的摆设来看，或许会让人以为住在里面的人生活一定很单调，可是并不是这样的。艰苦的生活并没有使康尼和他的妹妹屈服，爱尔兰人闻名于世的乐天通达的好性情在他们身上展露无遗。

康尼的家里人口众多，他是大家庭里的长子。本来他和家人住在南面二十五英里外的一个乡村里，因为逐渐长大了，父母才把森林里开拓的土地分配给他。他和两个妹妹搬过来，继续开垦，现在他正计划开辟一座属于自己的农场。

康尼的两个妹妹，大的叫玛格丽特，小的叫露。玛格丽特勤快而能干，三兄妹居住的小屋里，一切杂事都由她负责。露的年纪还很小，不能帮太大的忙，但是她个性开朗，并且很善解人意。

苏跟在康尼的后边，也走进小木屋。他现在是康尼家的客人。他前一段时间生了一场大病，刚刚复原，所以他的家人把他送到这空气清新的森林里来，希望他好好调养身体，早日恢复健康。另一方面，苏已经十五岁了，又在学习打猎，森林无疑是最好的练习场所。

康尼兄妹的房子是用木头搭建的。那些木头都是直接从树上砍下来，没有经过修整就拿来当建材，所以看起来参差不齐。屋子里没有地板，屋顶也只是用泥土和草混在一起铺上去的，过了一段时间，就长出了绿绿的草来。

小屋的四周是原始森林，除了两条小路以外，其他部分都是绵延不断的树海。那两条小路，一条通往南边的小村落，地面凹凸不平，十分难走；另一条紧连着湖，湖里的水常常溢到路面上来。湖的对岸有另一户人家，这是离康尼家距离最近的一个邻居，但相距也有四英里远。

他们的生活每天很少有变化。破晓时，康尼起床生火，然后喊醒妹妹，接着便去喂马。在康尼喂马的时候，玛格丽特准备早餐。六点吃完饭，康尼就去干活儿了。

到了他们作标记的某一棵树的影子映到湖面时，玛格丽特就放下杂务，汲水做中饭。露则挥着绑了布条的长竿，招呼康尼回来。康尼看到信号，就会从田里或晒草场走回家，满身的土，脸黑黝黝、红扑扑的，汗流浃背，不用说就知道他工作得很卖力。

至于苏呢？他正热衷于打猎，几乎整天都不在，只有到了晚上的时候，才回来和康尼兄妹一起进餐。

他们的食物和生活一样，翻来覆去地一成不变：猪肉、面包、马铃薯和茶，偶尔再加个新鲜的鸡蛋，因为他们养了十二只母鸡。有野味的时候很少，因为苏不是猎手，而康尼的主要工作是开垦农场，很少花时间在打猎上。

2

无论哪一种树木，时间久了，总会枯死，而新生的小树会渐渐长高，最后变成大树，这就是自然界的更替现象。

最近森林里最大的一棵树倒了。因为年代久远，树干已经被虫子蛀空，入冬以后，强风一吹，横中截断，露出一个原本在树中心的大洞。

一只待产的母山猫这时正在找能够遮风避雨的窝。当它看见阳光下这棵横倒的大树干时，高兴极了，就决定在这里住下来。

母山猫又老又瘦，而且快饿瘪了，找好了住的地方，它开始想办法填饱肚子。

这一年对于山猫来说是个灾年。上一年的秋天，许多兔子都得瘟疫死了，扫光了它们的主要粮源。冬天雪又下得很厚，躲在地下的松鸡也差不多都被冻死了。春季是漫长的雨天，不但淹死了仅有的少数几只小松鸡，泛滥的河水也使山猫们不敢下水捕鱼或者青蛙。

大多数山猫因为吃不饱，身体都变得瘦弱不堪。这只待产的母山猫更是到了饥不择食的地步，无论碰上多么不好惹的动物，它都会冒险一试。

几天后，小山猫出生了。它们都非常瘦小，这是它们的母亲在怀孕时营养不良的缘故。

母山猫生产后，不仅要哺育孩子，还得留意安危，因此没有多少时间觅食，以至于要经常饿着肚子。

一天，母山猫幸运地发现了一只红松鼠，那只红松鼠被追得走投无路，钻进一截空木头，最后还是被捉到了。又有一天，母山猫只逮到一条气味难闻的黑蛇，它也强忍着吃掉了，因为如果整天不吃东西，便没有奶水喂它的孩子。

这一天，在绿树参天的森林里，母山猫看见一只黑色的很大的动物。树梢的枝叶被微风吹得轻轻摇晃着，空气里夹杂着一股难闻的腥臊味。对于母山猫来说，这种特殊的臭味并不陌生，根据它的灵敏嗅觉判断，那是一只浑身长满了硬刺的豪猪。

虽然母山猫很清楚豪猪那针一般的硬刺会扎人，但它还是以闪电般的速度扑了过去。可惜的是，偷袭失败。豪猪的脸被抓破一块，它低下头，竖起了尾巴，母山猫来不及躲闪，被这个扎人的小标枪刺中了。立刻，母山猫身上十几个地方同时感到被针扎似的疼痛。

母山猫忍住疼痛，用牙齿把身上的硬刺一根根拔出来，气愤地告诉自己："哼，如果不是肚子实在太饿，我才不会笨到去惹那只浑身是刺的豪猪呢!"

隔天，母山猫又出去寻找食物，所有的收获就是一只瘦巴巴的青蛙。它实在忍不住饥饿，只得勉强走到离森林较远的丘陵地带去觅食。

当它穿梭在杂草丛生的野草地里，仔细地搜寻猎物时，忽然从远处传来"咕——咕——咕——"的叫声。这种陌生的声音，它以前从没有听过。它逆着风，小心翼翼地靠近。这时，奇怪的叫声越来越清晰，它还隐约闻到空气中夹杂着一股新鲜的气味。

母山猫又向前进，陌生的叫声越来越接近。当它跑到草地中央时，不禁被眼前的两个大窝吓呆了。

那两个大窝形状很像是麝香鼠或河狸的，但比它所见过的最大的还要大许多。麝香鼠或河狸的窝一般都在沼泽地附近，而这两个用粗木建造的大窝却建筑在干燥的小圆坡上。

母山猫想不起来它见过的动物中，哪一种会建这种怪里怪气的窝。更让它觉得奇怪的是，木窝的周围有很多大松鸡，也就是些像松鸡的鸟，只是它们不仅身体比以前见过的松鸡大，羽毛的颜色也不一样，有黄色、白色和杂色的，十分好看。

母山猫怎么会知道，它所看到的怪窝和大松鸡，正是人类居住的小木屋以及他们所饲养的鸡群呢！

看到那么多鸡，母山猫就好像猎人意外发现鹿的踪迹一般，兴奋得直打颤，它在心底高声叫道："啊，这么多好吃的，我可以饱餐一顿了。"

这位老猎手压低身子，趴在地面上，悄悄地匍匐前进。

山猫是肉食动物，而且它已经非常饥饿，因此面对这一大群发出诱人气味的猎物，早就流下了口水。于是，它下定决心，至少要抓一只来尝尝，即使得花上几个钟头或一整天的时间，都不在乎。

为了生存，母山猫早就已经把自己磨炼成为一个很有经验的猎食家了。它知道如果要在这些松鸡飞走之前抓住它们，就一定要先缩短自己和它们之间的距离，所以它继续向松鸡们靠近。

草丛前面横卧着一棵倾倒的树干。母山猫利用树桩和草丛的掩护，身子尽可能地贴近地面，躲在树干后面，窥伺着三三两两地在木屋四周觅食的鸡群。

在鸡群中，突然有一只公鸡发出"喔！喔！喔！"的响亮的鸣叫声，引起了大家的注意，母山猫也被它吓了一跳。

"难道它们已经发现我了吗？"

母山猫怕暴露自己，下意识地把身体伏得更低了，躲在浓密的草丛里。

有一会儿鸡群像是觉察到了危险，但等了一阵儿，它们又不怕了，又开始放心地啄起食来。

从母山猫藏身的地方到木屋，依平时的速度，它只要跳几步就到了，但是现在为了要达到"非抓一只来尝尝不可"的目的，它却在那么点地方足足爬行了一个钟头。

这时候，鸡群已经进入它的攻击范围了。它的眼睛盯着一只白色的鸡，而不是离它最近的那只。像是那颜色吸引了它的目光。

小木屋外的空地四周，长满了高高的野草，树桩零七散八的，到处都是。那只白鸡就在附近晃来晃去。刚才那只叫声洪亮的公鸡，现在又拍动红色的翅膀，飞到屋顶上大声啼叫了，和先前一样。

这次听到叫声的母山猫很镇静，它想："那只鸟大叫，肯定不是在传递危险的信号，否则白色的那只不会毫无戒备地在那里走着。"

从杂草间的缝隙看过去，白鸡轻柔的羽毛闪着亮光。现在，母山猫已经爬到了空地前面，为了避免超出横木而失去掩护，它用力撑开四肢，身体平展得像张空皮，贴着地面，巧妙地绕过树桩，一寸一寸悄悄地向前进。

血与肉的新鲜味道一阵一阵钻进母山猫的鼻子。它饿瘪了的肚子里，不断发出咕噜咕噜的叫声。

母山猫眼中的松鸡们仍在低着头啄食。这时，又有一只飞上了屋顶。母山猫又向前滑了五步，溜进空地边缘的野草后面，白鸡正好就在眼前。

母山猫用锐利的眼睛估计了一下自己和猎物之间的距离，试着立稳，用后腿来来回回地把落在地上的树枝清理干净，然后凌空跃起，扑向目标。

只见灰影一闪，那只白鸡还没明白发生了什么事便倒了下去。在鸡群还没觉察到发生什么事时，母山猫已经咬着那只还在扑腾着翅膀的猎物，逃之夭夭了。

它跃入森林，像只蜜蜂一样往家飞，同时有事没事地吼了一声，透着一股凶残和高兴劲儿。

当那只被它咬着的鸡逐渐停止挣扎时，它听见前面传来重重的脚步声。它很快就跳到一棵倾倒的树上。猎物张开的翅膀妨碍了它的行动，它只好暂时放下猎物，改用前爪去抓。

脚步声渐渐近了，母山猫屏住气息，警觉地盯着前方。忽然，前面的草丛被拨开了，一个男孩走入了视线——那就是苏。

苏和母山猫直愣愣地对峙着，四只眼睛都闪着错愕的光。母山猫因为曾经被人类打伤过，非常憎恨人类，因此一见到苏就不

156

停地发出挑战似的咆哮。接着它叼起那只白鸡，跳下枯木，钻进了灌木丛。

这地方距离母山猫的窝还有一两英里远，它一直忍着没吃，直到看见阳光下那个明亮的洞口，它才愉快地呼唤小家伙们来与妈妈一起尽情享受美味佳肴。

3

苏是在城里长大的，刚到山野来的时候，因为辨不清方向，一个人没有胆量去树林深处，就算要打猎，也是以康尼伐木的地点为中心，以能够听到伐木声的范围为半径，作为他活动的极限。渐渐地，他对这里的环境越来越熟悉，活动范围也就一天天大起来。

有人说，辨认方向最容易的办法是看树上的青苔：长青苔的那一边就是北方。但苏认为这种方法不管用，每次出去，他全凭太阳、指南针和日影的移动来辨认方向。

他喜欢在森林里到处乱跑，目的是要了解野生动物，而不是射杀它们。做这项工作时，很可能会遇到野兽的攻击，所以每次出去他总是枪不离身。

森林里，如果有哪个地方被开垦成住所或田地，自然而然就会失去野生动物的踪迹。在康尼兄妹住的小木屋附近，苏只发现过一只胖墩墩的松鼠。那只松鼠在离小木屋几百码远的树根下挖穴做窝。

野生动物的生存法则不外乎是时刻提高警惕，特别是对带着枪的猎人更须小心防备。这只松鼠深深懂得这一点，练就了一身机灵的功夫，想要抓到它可不是一件容易的事。

苏曾经设过陷阱，也曾经带枪追踪，但全是白费功夫，每次都是让它溜掉。

有一天，康尼自言自语地说："好几天没吃到肉了，无论怎样，今天一定要弄点肉来吃不可！"

于是他从墙上取下来复枪，老练地将子弹上膛，靠紧门廊的木柱，瞄准一棵矮树桩。等松鼠在矮树桩上出现时，康尼出其不意地"砰——"一声开枪了。松鼠向后倒下去，不动了。

小精灵一样的松鼠怎么会那么容易就被射死呢？原来它常常在窝周围的庄稼地里搞破坏，而且范围越来越大。康尼对它非常痛恨，所以特别观察了它的生活习惯，他发现在天气晴朗的时候，它一定会从地穴里钻出来，爬到旁边的矮树桩上晒太阳。

这天早晨，阳光明媚，暖融融的阳光很早就透过云层照射到森林里。温暖的空气提醒了康尼，所以他趁松鼠晒太阳时，一枪打中了它。

枪声响的时候，苏正在木屋外散步，他跑过去将猎物捡回来，兴奋地喊道："康尼，你真了不起！刚好射中它的头，足足有一百二十码远呢！"

"没什么，运气好罢了！"康尼微笑着说。

松鼠的肉不仅给一家人提供了一顿美味，康尼还教苏怎样制皮。康尼对制皮的方法很内行。他首先把剥下来的生皮埋在热热的灰烬里，使上面的毛自动脱落。再把它放在肥皂水里浸泡三天，然后将泡过的皮撑开，放在阳光底下晾干。经过这一连串的过程，生皮便成为可以利用的皮革了。

苏观察动物的兴趣越来越浓厚。他常常到森林深处探险，希望得到一些新鲜的体验。有时，在一天当中能碰到许多有意思的事情，给他带来很多乐趣，但大多数的时候都平淡无奇。

一天，他朝着一个新的方向走，越过山脊，走了很远，在一片绿草地上他看到一棵枯木。它的树干特别粗大，但是断了，这留给苏很深刻的印象。

苏轻快地跳过枯木，穿过草地，继续向西走了一英里，到达小湖边。大约又二十分钟后，他动身往回走，这时他的目光落在一个黑色的大动物身上，它在一棵离地约三十英尺高的树上。

苏惊喜地想："那不是熊吗？整个夏天都在等着、盼着，今天总算让我等到一个考验勇气的机会了。"

远远望去，那只熊并不很大——甚至嫌小了一点。

"大概是只小熊吧！"接着他又想，"小熊？那就是说在它的附近还有一只母熊！"苏有些害怕了，他四处张望，还好，除了小熊外，并没有别的动物。

于是，他放心地瞄准树上的动物。子弹一射出去，它立刻应声掉了下来！苏赶紧跑过去看。

不是一只熊，而是一只大豪猪。苏蹲在大豪猪旁边，很后悔自己的粗心大意，原本他没想要杀这样一只无辜的生灵。

他仔细察看豪猪的伤口，发现它的脸上有两三道很深的抓痕，这是它和别的敌人交战的痕迹。

苏准备离开的时候，发现裤管上染了一片血迹。原来是自己的左手不小心被豪猪刺了，很严重，却毫无知觉。没有办法，他只好将这个家伙留在这里了。

回家以后，他把经过告诉康尼兄妹。露听了忍不住大叫："哎呀，苏，你怎么不把它的皮剥下来呢？要是你把皮带回来，今年冬天我不就有一件暖和的皮袄了吗？"

苏甩甩受伤的左手，他可不想冒那个险。

这事过后，连续下了几天雨，太阳总算又露面了。那天，苏心情很好，准备去采一些他见过的奇异花草。他知道在农田附近一棵倾倒的榆树附近，长着很多他需要的那种花草，并不难找。

苏一路吹着口哨，走近榆树。快到那里时，他被一种奇怪的声音和草丛中晃动着的黑影吓了一跳，定睛一看，原来是只山猫，个头大得出奇。

山猫好像早就看见苏了，瞪着眼睛，低声咆哮着。它脚下的木桩上是一只已经死掉的白鸡。

"那不是康尼养的大母鸡吗？可恶的山猫！"

苏恨得咬牙切齿，恨不得马上就射杀它，可是他忘了带枪。他一点没怕，就在那站着，不知道该怎么办。他和山猫互相瞪着彼此。过了一会儿，山猫看他没有进一步的行动，便叼起猎物，一溜烟钻进草丛里，不见了。

这是一个多雨的夏季，吸饱了雨水的泥土又松又软，即使轻轻踩过，也会留下很深的痕迹。这种情形非常适合狩猎。要是在干硬的泥土上，就连经验丰富的猎人都很难搜寻出猎物的踪迹。

一天，苏发现一些动物的脚印。他跟着足迹，没费吹灰之力，因为足迹是新的，而两个小时前的大雨已经把旧的脚印都冲走了，所以这些新烙上的脚印特别明显。

苏跟踪了大约有半英里远，到达一个宽阔陡峭的山谷，他看到一只母鹿带着一只白色斑纹的小鹿，正好奇地盯着他看。他也好奇地张着嘴盯着它们。

这时，鹿妈妈转过身，竖起白色的尾巴，轻盈地向前跳去，小鹿也跟在后面跑了。它们轻松地越过矮矮的树丛，弯着身体钻过半倾斜的树干，很快就消失不见了。

这次经历留给苏很深的印象。此后他只要发现鹿的脚印，都认为一定是那对鹿母子留下的——虽然他再也没见过它们。

有一天，苏看到了那只鹿妈妈——他认为它就是那对鹿母子中的母鹿。母鹿显得焦虑不安，好像在寻找什么。苏想起康尼曾经教给他的一种捕鹿方法。他轻轻地俯下身，摘了一片宽草叶，用手指轻轻夹住，放在嘴边，这个简易的哨子发出一种短促的、尖利的咩咩声，就像小鹿的叫声。那只母鹿以为是小鹿在呼唤它，就朝着苏这边跑来。

苏立刻举起枪，想射杀它，但是母鹿好像已经察觉到危险，跑到中途便停住了。它睁着大而柔和的眼睛瞪着苏，苏被它瞪得心慌，连自己在做什么都忘了。正在犹豫的时候，母鹿转身绕到一棵大树后面跑掉了。

"可怜的东西，"苏怜惜地说，"它一定是找不到它的小鹿了。"

见到那只母鹿的半个小时后，苏在森林里再次见到大山猫。他越过距小木屋北边几英里外的一个长长的山脊，在那片有一棵折断的大枯树的空地上，看见一只短尾巴、模样很像猫，但是比猫还要大的动物，肆无忌惮地打量着他。接着，又一只同样的动物出现了，与第一只玩了起来，它用爪子抓它兄弟的尾巴，它们打闹在一起。

"噢，小山猫！"

苏举起枪，但是看着它们蹦蹦跳跳的样子，却又下不了手。苏开始迟疑不决，究竟该不该开枪呢？过了一会儿，他想起那只偷鸡吃的可恨大山猫，心中的怒火又燃烧起来。如果不解决它们，康尼家的鸡就不保啦！

当苏重新举枪瞄准时，身后忽然传来一阵吼声，他吃了一惊，急忙转过头去。在他背后不足十英尺的地方，一只母山猫正狠狠地瞪着他。

这时如果用枪打小山猫，就太冒险了。吼声高一会儿低一会儿的，苏慌忙把子弹装进枪膛……这当儿，母山猫发出"呼噜噜"的声音召唤孩子们，然后把脚边的什么东西衔了起来，和小山猫一起逃进树林里去了。苏装好子弹，抬起头时，只隐约看见母山猫嘴里衔着的是只浓褐色带白斑点东西——样子软绵绵的，是只刚被杀死的小鹿。

从此以后，苏曾费心找过母山猫，但始终也没有见到。他怎么也不会想到，有一天竟会和那只母山猫展开激烈的搏斗。

4

以后的六个星期，日子一如既往地重复着同样的内容。

有一天，健康、活泼的康尼突然变得异常安静。本来他每天早晨起来都喜欢哼曲子，那天却一点声音也听不到。

小木屋里最大的房间是苏和康尼的。那天晚上，苏醒了好几次，因为康尼不断地翻身，而且在睡梦中呻吟。

第二天早上，康尼还是和平时一样拿饲料到马厩里喂马，但是到了露起来帮玛格丽特准备早餐时，他又躺下休息了。

过了好久，他费力地起来，到外面去工作，可是早早地就回了家。玛格丽特看见他全身不停地颤抖着。现在正是炎热的夏天，可是康尼却觉得冷极了。玛格丽特替他盖了好几层厚毯子，他仍然喊冷。几个钟头后，他发起了高烧。现在大家都明白了，他得了这片森林中人人都害怕的疟疾。玛格丽特立刻到森林中采了一兜梅竺草的幼苗，放在炉火上煎成汁，给康尼喝。

虽然有大家的细心照顾，康尼的病还是没有好转。十多天以后，他消瘦了很多，连工作的力气都没有了。

康尼的病情时好时坏。有一天，他觉得精神好了一些，便告诉大家："这病一发作起来，实在难受，我还是回家休养一段时间吧。趁我今天精神还不错，你们去替我准备马车。要是我在半路撑不住了，就躺在马车里休息，这样的话，马就会把我带回家去。

"我相信有母亲的照顾，一周左右就可以康复了，我会尽快赶回来。如果在我还没有回来以前，食物就吃完了，你们可以乘独木舟到艾利顿叔叔那儿借一些。"

于是，两个妹妹帮他套好马车，并在马车里装了些干草，一来可以当马的饲料，另外，万一康尼病情发作，也可以躺在上面休息。

准备好以后，大家将身体虚弱、脸色苍白的康尼扶上马车，马车向崎岖的狭道驶去。三个人目送着逐渐走远的马车，感觉自己就像在荒岛上一样，唯一的小船也被拿走了。

康尼离开森林还不到三天，露、玛格丽特和苏也全都病倒了，而且感染的都是很严重的疟疾。

不像康尼偶尔还有精神好的时候，他们这一病，一天比一天糟糕。往日充满欢声笑语的小屋，现在已经变成了弥漫着愁云的病窝。

一个星期以后，玛格丽特已经卧床不起，露虽然勉强能够活动，但只能在木屋周围走动。很快，露也爬不起来了。

苏虽然也生着病，身体也很虚弱，但是在三个人里面情况还算是最好的，所以他每天做一顿简单的饭端给大家吃。

看样子，康尼在一个星期之内是不会回来了。大家都病得胃口全无，吃得很少，或许这倒是件好事，否则食物早就不够了。只是因为吃得少，营养不良，身体也就更难复原了。

康尼曾在屋檐下面钉了一个木箱，专门存放肉类。一天早上，苏和平常一样勉强起床，想去切块肉来煮。可是当他打开箱盖时，竟发现他们的宝贝腌肉不翼而飞，无疑是被什么野生动物给偷走了。苏十分生气，因为除了那些被偷走的腌肉外，他们就只剩下面包和茶了。

绝望中苏看见了在马厩旁边走动的鸡群，心里又高兴起来，可是随即他又泄气了。"那又怎么样呢？我的身体这么虚弱，哪有力气抓那些精神饱满的鸡呀？"忽然，他猛地想起自己的猎枪。他拿出枪来，瞄准了半天，好不容易打中了一只母鸡。他把鸡毛拔掉，清洗干净，为了省事，把整只鸡都放进锅里煮了。

靠着那只鸡，他们三个人勉强维持了三天。三天后，苏又拿起枪——似乎比以前更重了——走进鸡窝射鸡。

因为身体弱，苏的手颤抖了好久。他又打中一只，现在枪膛里仅剩下一颗子弹。康尼把来复枪带走了，留下的猎枪里一共只有三颗子弹。

他去捡中弹的鸡时，发现鸡少了很多。可是现在他没有精神去追究它们到底是躲起来了，还是被别的动物抓走了。

三天后他又来了一次突袭，窝里竟然只剩下一只鸡了。为了打这只鸡，他用掉了最后一颗子弹。

现在，他每天的作息单调得可怕。通常在早晨的时候，他会觉得舒服一点，他便利用这段时间，把所剩的一点食物煮好，然后再拿到每个人床铺旁边的小桌上。这是他们每个人一整天的粮食。同时，苏也预备了一点水，以防晚上病情恶化的时候，没办法起来替露和玛格丽特拿水。

每到下午一点钟左右，苏就开始发冷，打着寒战，上下牙齿碰得咯咯作响，此时火好像失去了作用，带不来丝毫暖气。这种时候，他只能躺在床上忍受这种折磨，等待寒战过去。每次发病都要持续六个小时左右，有时候难受得一直想吐。

到了晚上七八点钟，另一种煎熬来了。他会发高烧，烧得口干舌燥，那时对于他来说，冰好像也不够冰，他只想喝水，喝呀，喝呀，一直到半夜两三点钟烧才能退去。疲惫不堪的苏等身体的热度恢复正常时，才慢慢进入梦乡。

康尼曾经说过，如果食物没有了，可以乘独木舟到对岸的艾利顿叔叔那里借一些来。但是大家都病得这么严重，谁也无法去那里取食物。

现在，只剩下半只鸡了，吃完以后，他们就要饿肚子了。看情形，康尼短时间内并不会回来。

这三个星期简直漫长得看不到头儿。三个人的身体越来越弱，再过两三天，似乎苏都动不了了，要是那样的话，该怎么办呢？

"上帝啊，让康尼快回来吧！"这是三个人唯一的念头。

5

这天，剩余的鸡肉快吃完了。苏费了一个上午的时间才把水

163

提进屋里，准备在三个人发烧时喝。

到了晚上，发烧的时间提前了，而且也比以前烧得更厉害了。

他不停地从床头的水桶里舀水喝，满满的一桶水在他开始退烧时，已经几乎空了。烧退了，他慢慢地睡着了。

破晓的曙光悄悄溜进屋里，朦胧中，苏被不远处的一种古怪的声音惊醒了：扑扑啦啦的拍水声。

他睁开惺忪的睡眼……啊！离他的脸不到一英尺远的地方有两只闪烁着光芒的大眼睛。这是什么动物的眼睛呢？好可怕！

苏恐惧地闭上眼睛，告诉自己：这一定是在做梦。但是舔水的声音并没有消失，他再次睁开眼睛看，对，它还在那里！

好大一只毛茸茸的怪物！苏看到它那闪闪发光的大眼睛，也听见了它沉重的喘息声，看来这一定不是在梦中。

不久，那只动物从桌子上跳下来，钻到桌子底下。

这会儿，苏完全清醒了，他用两只手撑住身体，愤怒地大吼，想把怪物吓跑。可是那只动物好像有意接受他的挑战似的，从桌子底下钻出来，睁着两只亮闪闪的大眼睛，渐渐向苏靠近。接着，它穿过苏的床底下，通过泥地，从放置马铃薯的地窖口跑了出去。

究竟是什么东西呢？这个病男孩看不出一点眉目——是一种食肉的猛兽，没错。他越想越害怕，不过，目前也没力气追出去看看。

他拖着虚弱的身体，到了放柴火的地方，抱了几根木柴，塞住地窖的入口，防备它再进来。

虽然他们三个人都没有胃口，但仍然勉强吃了一些食物，以避免体力继续衰弱下去。现在他们马上就要断粮了，但是康尼还没有回来。康尼显然以为他们已经去过艾利顿叔叔家里了，粮食也有了，所以不急着回来，谁会想到他们正处在又病又饿的境况中呢？

当天夜里，苏退烧后，开始打起瞌睡来。这时，又传来奇怪的声音。这回听起来好像是什么东西在啃骨头的声音。

他睁开眼睛，向四处看，小窗户那里影影绰绰地印出一只大动物站在桌子上的影子。苏大声喊叫，随手拿起地板上的鞋子掷向这个入侵者。那动物轻快地跳下地面，从地窖的入口逃走了。苏顺着它逃走的方向看去，只见昨天用木柴堵住的出口，已经被推开了。

这次可不是在做梦，玛格丽特和露也看到它了。苏察看了一下，那只动物把剩下的一些鸡肉——他们最后的口粮全吃光了。

可怜的苏四肢无力，几乎没法下床，但听到玛格丽特和露痛苦的呻吟声，又不得不挣扎着去提水。

在水井旁边，他无意间发现了一棵果树，便顺手摘了些果子带回去充饥。

那天晚上，苏除了和平时一样，为御寒和防渴做准备外，又加了一项工作：在床铺旁边放一把捕鱼的叉子。那鱼叉虽然已十分陈旧，却是他们目前唯一能够找到的武器。此外，他还放了些松枝和火柴，用来照明。

苏知道那家伙一定还会再来。它再出现时，可能因为在木屋里找不到可吃的东西，而把他们三个躺在床上的病人，当作猎物袭击。他想起了在森林里看到的褐色带斑纹的小鹿被残酷的山猫拖走的情形。万一他们也遭到和小鹿相同的命运，那该多可怕啊！

苏决心要和那动物周旋到底。他用木柴重新做了一个木栅，围住地窖的入口，防止那只动物再闯进来。奇怪的是，当晚那只动物并没有登门。

第二天，苏用剩下的面粉和水做了早餐。

露躺在床上，无力地开起自己的玩笑："我的身体变得好轻哦，好像可以飞上天空了。"她努力要爬起来，但是因为身体太虚弱了，只能坐在床沿上。

这天，他们又做了同样的准备，熬过了那一晚。天快亮的时候，苏又惊醒过来，他又听到枕边有动物喝水的声音。像上次一样，还是那双亮闪闪的眼睛，那只大脑袋，和微弱曙光映衬下的一个灰色的影子。苏模糊地看出那是一只山猫。

苏使出浑身力气想大声喊叫，好吓走它，但是任他怎样努力，声音也还是只含在嘴里。他慢慢挺起身体，大叫："露，玛格丽特！那只坏家伙又来了！"

玛格丽特有气无力地回答说："苏，愿上帝保佑你，我们连动一动的力气都没有了。"

的确，苏根本无法指望那两姐妹可以帮上忙。他想，既然要靠自己，那么就只能用喊叫声来吓走那只山猫了。他希望自己能发出像狮子那样的吼声，可是结果却只发出了像赶鸡似的嘘嘘声。

山猫跳上窗前的桌子，冲着那只没有子弹的猎枪吼叫。然后，它用后腿撑起身体，举起前脚，直直地站立起来，朝着窗户那边看。

苏以为它准备打破玻璃，从窗户跳出去。但是，忽然，它转过身，狠狠地瞪着苏，眼中闪着凶狠的光。

苏慢慢起身走到床边，默默向神祷告，希望神能赐给他抵抗山猫的力量。因为如果他不能杀死山猫，就将被山猫杀死。

他划了一根火柴，点燃松枝作为火炬，拿在左手中，右手握着那把旧鱼叉，准备和山猫搏斗一番。可是他太虚弱了，必须扶着鱼叉，才能站稳。

山猫仍站在桌子上不动，它已经摆好架势，准备随时扑向苏。它的眼睛反射着红光，短短的尾巴左右甩动着，叫声更加尖利。苏的双膝不住地颤抖，但他还是握紧鱼叉，奋力向山猫刺去。

就在苏把鱼叉刺出去的那一瞬间，山猫也扑过来。苏以为山猫是要攻击他，但并不是这样的，苏勇敢的攻击，加上手里握着的熊熊火炬，已经对它产生了威吓作用，它只是越过他的头顶，落到地上，然后迅速地躲进了床底下。

胜利只是暂时的，山猫毕竟还在屋子里。苏把火炬固定在木屋的壁架上，改用双手握紧鱼叉的柄。他知道，这是一次生死的格斗，如果失败了，他和两姐妹都会成为山猫果腹的美食。他的耳边清楚地传来了玛格丽特低低的祈祷声。

黑暗中，山猫那对眼睛显得格外明亮，它高声咆哮，企图寻找机会袭击苏。苏也提高警觉努力支撑着，终于，他用尽所有力气，再次拿起鱼叉，狠狠地向山猫刺过去。

鱼叉刺中了山猫柔软的身体，屋子里立刻响起一声动物的惨叫。苏丝毫不敢放松，继续用力刺，那野兽挣扎着要扑向他，他感觉出山猫不断地用利爪扒抓鱼叉的长柄。

渐渐地，苏快要顶不住了，但他仍然拼尽全力硬撑着。这时候受伤的山猫向后倒退了几步，发出了痛苦的吼叫声，只听"咔嚓"一声，旧鱼叉折断了。山猫跳了起来，迅速地掠过苏的眼前，穿过洞口，失去了踪影。

一场殊死的搏斗过后，苏疲乏地倒在床上，没了知觉。他不知道在那里躺了多长时间，才被响亮的叫嚷声吵醒，他环顾四周，此时屋子里已经充满了阳光。

"咦？怎么静得像个无人岛呢？露、苏、玛格丽特，你们在哪里呀？"

苏没有力气回应，只听见外面先是轻快的马蹄声，接着是沉重的脚步声，然后门"砰"地被推开了，他的眼睛被明亮的阳光刺得睁不开——康尼回来了。

康尼大步跨进来，还像以前一样活泼健壮、精神饱满。当他走进这座静悄悄的木屋里时，脸上的愉快神情马上消失了。

他失声喊道："发生了什么事？苏，你怎么不说话？你还活着吗？"

他紧张地在屋里搜寻。

"露！玛格丽特！你们在哪儿？"

另一个房间传来微弱的声音："我们……在这里……病得很……严重，又没什么东西……吃……"

"什么？"康尼懊恼地说，"我可真够傻的，还以为你们从艾利顿叔叔那儿借到粮食了呢！"

苏有气无力地说："我们根本就没有机会去。你一走，我们三个人就同时病倒了。后来又来了一只饥饿的山猫，吃光了鸡，还把家里剩下的一点食物也抢光了。"

康尼边听边察看屋里，发现一道血迹，沿着地板一直滴到木栅下面的破洞里。他说："好啦，看来你和它扯平了。"

吃得好，护理得细心，在加上好药，三个病人不久就恢复了健康。

又过了两个月，有一天，玛格丽特说她需要一个装泥灰的木桶，苏说："嘿，我知道一个地方，在那里可以找到做大木桶的空心木，有大个的啤酒桶那么大。"

苏带着康尼去了他以前发现枯木的地方，准备把要用的一截截下来。无意中，他们看见树洞的深处躺着一只母山猫和两只小山猫的尸体。

这几只山猫就是苏曾经在森林中遇到的那几只，而那只母山猫正是到木屋里偷食物，又和苏发生激烈战斗的野兽。这时，在母山猫的身体里还插着那支断了柄的鱼叉呢！

唐谷松鸡

1

松鸡妈妈带着它的孩子们，走下泰勒山长满树木的山坡，向那条如水晶一样清澈的小溪走去。这条小溪被人们取了个古怪的名字，叫做烂泥涧。这些小松鸡才刚刚出生一天，但是跑起来已经很快了，这是松鸡妈妈第一次带它们出去喝水。

松鸡妈妈低低地俯着身子，走得很缓慢，因为树林里到处都隐藏着可恶的敌人。它一边走，一边咯咯咯地轻声叫着，喊那些满身斑点的小茸毛球儿跟上来。这些小松鸡们"的踩的踩"地迈着它们的小红腿，紧紧跟在妈妈的后面，有时被落下了几英寸远，也要柔弱地哭叫起来。它们实在是太弱小了，所以山雀和它们比起来，就显得大而凶猛。它们一共十二只，松鸡妈妈悉心地照顾着它们。它随时警惕着所有的灌木丛、树木，以及整个树林和天空。它仿佛总是在寻找敌人——要在这儿找到朋友是太不容易了——而且，它的确发现了一个敌人。瞧！在远处的草地上，有一只凶恶的大狐狸，正在朝它们走来呢！要不了多长时间，它一定会闻到它们的气味儿，或者是发现它们的足迹。情况紧急，一秒钟也不能耽搁了。

"咕噜噜！咕噜噜！"（躲起来！躲起来！）松鸡妈妈低声呼唤着孩子们，于是，比橡树果实稍大一点的小家伙们听到妈妈的叫声，就远距离（只有几英寸）散开，各自隐藏起来。有一只钻到一片树叶下面，另一只躲在两棵草根中间，第三只则钻进了弯曲的桦树树皮内，第四只缩进一个洞里去了。大家全都隐藏好以后，还有一只小松鸡找不到隐蔽的地方，就伏在一块黄颜色的宽木片上，平贴着身子，紧闭起眼睛。它以为自己的眼睛看不见，别人也就不会看见它了。这时候，小家伙们停止了唧唧的惊吵，四周静悄悄的。

接着，松鸡妈妈就一直朝那可怕的狐狸飞过去，在离它身边几码远的地方，坦然自若地降落下来。它装作在地上摔了一跤，然后又拍拍翅膀，向前直冲，就像翅膀已经受伤的样子，而且腿好像也跛了似的——嗬，跛得多厉害啊——仿佛一只吃了苦头的小狗那样，在呜呜哭叫呢。难道松鸡妈妈在向狐狸求情吗？它在哀求一只又凶恶又残忍的狐狸大发慈悲吗？不，绝不是这样的！它可不是大傻瓜。狐狸被大家公认为是最狡猾的家伙。可是，在这一刻，它跟一只母松鸡比起来，又是多么愚蠢。

　　这只狐狸看见身边突然飞来这样一只好松鸡，心里高兴极了，就猛地一转身扑了过去，心想一定会逮住它——可是它没有，它没有完全赶上那只松鸡。原来，松鸡妈妈趁狐狸还离它一英尺远的时候，就出其不意地拍着翅膀飞离了一段距离。狐狸又一个纵步追了上去，以为这一次一定能把松鸡抓住，可是，不料，又有一棵小树阻碍了它的进攻，再度扑空了。于是松鸡妈妈拖着步子，跑到一根树桩子底下。狐狸发出一声怒吼，朝那根树桩子跳过去，可是，松鸡妈妈的腿跛得好像好些了，又纵身往前一跳，滚到一条堤岸下面去了。狐狸全力追捕，几乎要抓到松鸡的尾巴了，可是真奇怪，尽管它奔着跳着，松鸡却总是比它快那么一丁点儿。

　　这可真是一件稀罕事儿。它，一只跑得飞快的狐狸，足足追了五分钟，却没有抓住一只翅膀受了伤的松鸡。真是太丢脸了。可是，当狐狸鼓足力气追上去的时候，松鸡的劲儿好像也大了起来。它们一个逃一个追，又跑了四分之一英里路，离开泰勒山越来越远了。这时，松鸡妈妈的翅膀灵活了，腿也不拐了，莫名其妙地竟完全康复了。它飕的一声飞向空中，仿佛在嘲笑狐狸似的，穿过树林飞走了。

　　那只狐狸愣头愣脑地留在那里，此时才恍然大悟，原来自己叫松鸡愚弄了。而且，最糟糕的是，它现在才想起，像这样的当，它已经上了不止一次了，但是它一直不明白松鸡为什么总是用这种方法骗它。

　　松鸡妈妈兜了一个大圈子，绕了很远的路才重又飞回到隐蔽在树林里。这时，那些可爱的小茸毛球儿还躲在树丛里呢！

松鸡妈妈不愧为野生的鸟，它能够敏锐地辨别地理位置，现在它降落的地点，正好是它刚才起飞的地方。它走到刚才踩过的那片草叶跟前，站了一会儿。孩子们安静得一点声息都没有，就连听见妈妈的脚步声，也不敢随便移动。伏在薄木片上的那只小家伙，隐蔽得总算并不怎么坏，它根本没有动过，现在还是一动也不动，只是眼睛闭得更紧了些。一会儿，松鸡妈妈招呼孩子们说："出来吧，孩子们！"一只只小松鸡这才分别从一个个小洞里钻了出来。伏在薄木片上的那只小家伙，实际上是小松鸡当中最大的。它这时也睁开了一对圆圆的小眼睛，跑到松鸡妈妈的宽尾巴底下躲了起来，一面还亲热地"唧唧，唧唧"地小声叫着。它的叫声那么轻，那么细，即使敌人离它只有三英尺远也听不出来的，可是松鸡妈妈在比这远三倍的地方都能听见。这时，其他的小茸毛球儿也都跑过来了，它们聚集在一起，喊喊喳喳，吵得天翻地覆。它们在为渡过了危险重新相聚感到高兴哩。

　　天气越来越闷热。要到小溪那边去，路上还得穿过一片空地。于是，松鸡妈妈把附近仔细侦察了一下，没有发现敌人，才把孩子们集合在一起，打开扇子一样的尾巴，让孩子们躲在下面，一方面为它们遮住强烈的阳光，一方面保护它们。这样，它们一直走到溪边的乱丛棵子那里。

　　突然，一只小白兔从乱丛棵子里跳出来，把它们吓了一大跳。可是一看见兔子身后拖着那条像面停战白旗似的尾巴，它们就完全放心了。兔子是它们的老朋友啦，不用害怕。那天小家伙们明白很多事情，其中之一就是，兔子跑起来总是扯着一面白旗，同时它也是靠这面白旗过日子的。

　　喝水的地方到了，虽然人们管它叫烂泥涧，可是这儿的流水却非常清澈。

　　刚开始，小松鸡们不知道怎样去喝才好，于是，它们模仿妈妈的样子做，不一会儿，就学会了。它们挨着水边站成一列。细嫩的脚上长着粉红色的指甲，脖子上面顶着金褐色的小脑袋，就像一个个小圆球。十二只小家伙，郑重其事地低垂着头，跟它们的妈妈一样，一面喝水，一面"唧唧"道谢。

　　喝过水之后，松鸡妈妈用尾巴遮好它们，慢慢地把它们带到远远的草地那边，那儿有个杂草丛生的好像圆屋顶的土冢。很久以前，松鸡妈妈就找到了这个地方，要养育小松鸡，像这样的地方还要好些个呢。因为这里就是蚂蚁窝，里面的蚂蚁可以当作小松鸡的食物。松鸡妈妈走到圆屋顶上，朝四面望了望，然后用爪子使劲扒了五六下。于是，这座脆酥酥的蚁窝破裂开来。一条条的土坑道也坍塌了，最后完全崩溃。成群的蚂蚁争相爬出来，因为想不出一个比较好的办法，还在你怨我我怨你地争吵着。有的在茫无头绪地围着蚂蚁山拼命钻来钻去，还有一些在搬运那些又白又肥的蚁卵。

松鸡妈妈走到孩子们跟前，啄起一只蚁卵，咯咯咯地叫了几声，把它丢到地上，接着又啄起来，再咯咯咯地叫几声，然后一口吞下去。小松鸡们站在四周望着。后来，那只刚才躺在薄木片上的黄颜色的小家伙，也啄起一只蚁卵，它把它扔下去两三次，然后仿佛想起了什么似的，一口把它吞进了肚子里。

这样一来，它就学会吃东西了。不到二十分钟，连最小的那只松鸡也学会了吃饭的方法。而在松鸡妈妈又扒开一些蚂蚁坑道，把泥上和坑道里的东西从圆屋顶的旁边推下来时，它的孩子们已经在笑笑闹闹地抢着找美味的食物了。它们一个个直到把肚子塞得满满，胀得七倒八歪，再也吃不下去了，才停下来。

然后，它们又小心谨慎地跑到小溪边，在一片被黑莓丛紧紧遮挡住的沙滩上躺了一个下午。在这里，它们感觉到，让那些清凉的细沙，在它们热乎乎的小脚趾当中流过去，可真是舒服。它们模仿妈妈的样子，用细小的脚抓一抓沙土，然后拍拍翅膀。不过它们现在还没有什么翅膀可拍哩，但它们身体两侧的柔毛之中有细嫩的纤毛，将来会从那里长出翅膀。黄昏来临时，松鸡妈妈把它们带到附近的一丛干草棵子里，那儿全是又干又脆的落叶，敌人只要一靠近，就会发出声响。它们呆在枝藤交错的野蔷薇下面，还可以躲避所有的空中敌人，没有比这更安全的休息场所了。

这时候，松鸡妈妈把满身茸毛的孩子们拥在自己的翅膀下，哄它们睡觉。孩子们在妈妈的怀抱里，挤来挤去，唧唧地叫着，快乐极了。最后，它们紧贴在一起，进入了梦乡。望着可爱的孩子们，松鸡妈妈充分体会到做母亲的喜悦和幸福。

2

第三天，小家伙们长得更加壮实了。它们遇到橡树果实的时候，不用再绕着道儿兜过去了，就连松果也能爬越过去。同时，在它们身上将来会长出翅膀的部位，已经出现一些小羽毛了，而且还隐隐约约布满了细小的血管，翅膀就要长出来了。隔了两天，小羽毛下果然长出小翅膀来，又过了一天，翅膀上的羽毛变得丰满了。一个星期以后，全家的浑身茸毛的小家伙，已经飞得挺有劲了。

但并不是所有的小家伙都这样。可怜的小伦蒂从出生的第一天起，就一直在生病。它出生以后，还把它的半个蛋壳，在身上背了好几个钟头。它不像其他的兄弟那样活活泼泼地跳，唧唧地叫着，它的身体很差。有一天晚上，一只臭鼬鼠跑来袭击它们，松鸡妈妈发出警告的声音："大家快飞起来，飞起来！"可是小伦蒂掉了队。等到松鸡妈妈在长满松树的小山上，把小松鸡们聚集起来的时候，才发现伦蒂不见了。从此它们再也没有看见过它。

这时，母松鸡继续训练它们。它们知道，在小溪旁的深草之中，有很多最好的蚱蜢，它们也知道，从红醋栗树上掉下来的一条条光溜溜、绿油油的小虫儿，是非常美味的食物。草莓最漂亮了，它们虽然不是真正的小虫儿，可是味道差不多和虫儿一样美；大斑蝶既有趣，又好吃，而且一点也不厉害，只是不容易逮到罢了。而在一块从腐烂的树桩子上脱落下来的树皮里，准能找到许多各式各样的好东西。但是，假如遇到黄蜂、蝎子、毛虫和蜈蚣的时候，最好还是别去碰它们。

现在到了七月，正是草莓成熟的季节。在上个月里，小家伙们长得很快。这会儿一个个都很强健。它们大得连妈妈的翅膀都无法掩护了，如果躲到妈妈的翅膀下，妈妈就得站上一整夜。

它们每天都要用沙土洗澡，可是后来，它们调到小山上另一处比较高的地方去洗了。这里是很多种鸟类常来洗沙浴的地方。刚开始，对这种用人家洗过的沙土来洗澡的做法，松鸡妈妈并不同意。可是，那里的沙土是那么细软舒适，孩子们又是那么高兴往那边去，所以松鸡妈妈也就不再反对了。

两个星期后，小松鸡们的精神萎靡不振了，松鸡妈妈自己也觉得有些不舒服。它们总是感到饥饿，虽然吃得很多，但是大家却越来越瘦了。松鸡妈妈是最后一个生病的。可是病一到它身上，就来势汹汹，非常厉害。它不时感到饥饿，头痛发热，浑身无力。这是什么原因呢，它一直觉得很奇怪。它当然不会知道其中的原因，原来，山冈上的沙土是旧沙袋的沙土，就在那些沙土里面，夹杂着许多寄生虫，也正是因为这些寄生虫的缘故，它们全家才染上疾病的。

凡是受天性驱使做出来的事，都具有一定的目的。松鸡妈妈在治疗疾病方面的知识，也仅仅是顺从了天性的驱使。它怀着一种热烈的欲望，想找到一种东西，但究竟是什么，它自己也不清楚。它的这种欲望，使它一遇见看上去能吃的东西，都要尝一尝。这种欲望，还驱使它去寻找最阴凉的森林。后来，它果然在森林里找到了一棵毒性很大的黄栌，树上结满了毒果子。如果是在一个月以前，它和孩子们都还健康时，它准会避之唯恐不及。可是这次，它冒险尝了尝那些难看的果子。果子苦涩的汁液，对它生理上某种奇特的需要好像挺合适，全身感觉舒畅起来。它吮了又吮，接着，它们全家都跑来参加这个奇特的医疗宴会。

不管人类的医术怎样进步，大概也不可能发明比这更奇妙的药物吧。事实证明，这是一种刺激性的猛泻药，潜藏在体内的寄生虫都被消灭了，危险解除了。但并不是所有的松鸡都获救了——对它们当中的两只来说，大自然这位老大夫，来得太晚了。那两只身体较弱的，被无情的自然规律摈弃了。它们被寄生虫病弄得身体极其虚弱，顶不住猛烈的药性。它们在小溪旁边喝下了大量的水。第二天一早，当其余的小家伙跟着母亲离开的时候，它们就动也不动了。但是，这两只小松鸡，却无意中为兄弟报了仇。有一只臭鼬鼠，就是那只吃掉伦蒂的，发现了它们的尸体，把它们狼吞虎咽地吃了个精光，结果，被它俩体内的毒药毒死了。

现在，松鸡妈妈还带领着九只小松鸡。它们各自不同的性格，早就表现了出来，它们有的愚钝，有的懒惰，当然也有聪明活泼的。照顾这些小松鸡，松鸡妈妈可真是费神哪！在它们当中，松鸡妈妈最喜欢的是那只最大的，就是伏在黄色的薄木片上隐蔽过的那一只。它在这些小松鸡当中，不但个儿最大，身体最好，长得最漂亮，而且又很听话。松鸡妈妈经常苦口婆心地跟它们说："危险呀，危险呀!"可是，这也挡不住别的小松鸡往危险的路上走，或者是去吃可疑的食物。可是对它来说，服从妈妈的命令，好像是非常自然的事，只要母亲轻轻地喊一声"来吧"的时候，它一定会回应妈妈，迎头跟上去。这种服从的性格使它获得了应有的结果，它享受到了最长的寿命。

八月，也就是换毛月，这个月之后，小松鸡们已经长得有大松鸡的四分之三那么大了。现在它们有了点知识，自以为聪明得很。小时候，它们在地面上睡觉，这样，妈妈才可以用身体保护它们。现在不同了，它们不需要妈妈费神照料了，而且松鸡妈妈开始让它们体验大松鸡的生活方式。它们已经能在树上睡觉了，这样会比较安全些。因为小鼬鼠、小狐狸、小臭鼬鼠和小貂，都开始会跑了。地面上的危险，一夜比一夜多起来。

一天，太阳落山后，松鸡妈妈就带着孩子们飞到一棵枝叶茂密的矮树上去了。小家伙们也跟在后面飞了上去，只有一只固执的小傻瓜，还是像刚才那样，执意要在地面上睡觉。当天夜里，没有发生什么事，可是第二天晚上，小家伙们全被它的喊叫声吵醒了，然后是一阵轻微的扭打的声音，接着又寂静无声了，后来，一种恐怖的啃骨头声和咂嘴声打破了沉寂。小松鸡们吓得魂不附体，它们瞪着眼朝下面可怕的黑暗中望去，看见两只闪闪发亮的眼睛，还闻到一阵霉臭的怪味儿……啊！原来吃掉它们兄弟的凶手是一只貂。

现在每天晚上，八只小松鸡都在树上蹲成一排，让松鸡妈妈夹在当中，有几只小家伙还总是伏在妈妈的背上。松鸡妈妈继续训练它们，大约就在这个时候，它们学会了"响声起飞"。只要它们愿意，松鸡是可以毫无声息地起飞的。但是有些时候，"响声起飞"也是非常重要的，所以松鸡妈妈要教所有的孩子，怎么样和应该在哪些时候，把翅膀拍得噼噼啪啪地飞起来。"响声起飞"有很多用处。危险来临时，可以利用它向附近其他的松鸡发出警告，还可以借此唬那些猎人；也可以吸引敌人的注意，好让其他的松鸡静悄悄地偷偷飞走，或是伏在地上躲开敌人的视线。

松鸡中间流传着一句古话，大概是这么说的：“每月有每月的敌人和吃食。”到了九月，种子和谷粒就代替了浆果和蚂蚁卵，它们的敌人也由貂和臭鼬鼠变成了带枪的猎人。

小松鸡知道狐狸是什么样儿，但是猎狗的样子，它们从没见过。它们懂得，要叫一只狐狸扑空，是很简单的事，那只要飞上枝头就行了。可是，一到九月，虽然狩猎的季节还没正式开始，老克迪就带着那只短尾巴的黄色杂种狗来到山谷里，到处搜寻着。松鸡妈妈发现了那只狗，立即向大家发出警告的声音：“快飞走！快飞走！”有两只小松鸡，看到妈妈这么容易就被一只狐狸搞得这么慌张，觉得太可怜了。于是，尽管这时候松鸡妈妈在着急地一再喊“快飞走！快飞走！”并且还示范给它们看，要它们一声不响地飞起来。但是，两只小家伙还是无动于衷。

就在这时，那只古怪的短尾巴狐狸跑到树底下，朝着它们汪汪、汪汪叫起来。两只小松鸡觉得它挺有趣，也觉得妈妈和哥哥弟弟们的惊慌失措非常可笑。这么一高兴，就没注意到灌木丛里的一阵窸窸窣窣的声音。刹那间，“砰砰”两声枪响，它们血淋淋地从树枝上摔了下来，被那只黄狗抓住乱咬一顿，直到猎人从灌木丛里跑出来，才把两只松鸡尸首保住了。

3

克迪住在唐谷附近一所小破房子里。他所过的生活，如果用希腊哲学的观点看来，是非常合乎理想的。他没有财产，没有负担，没有对名利的要求，也没有可以称道的家业。

他一生中工作的时间很少，大部分时间都是在游戏和随心所欲的户外生活中度过的。他认为自己是个真正的猎人，理由是因为他“热爱打猎”，还因为他在开枪以后，“看到猎物浑身是血地在地上挣扎，心里就觉得高兴”。

邻居们都叫他“侵占公物的人”，只把他看作是暂时在这里住一段时间的流浪汉。他一年到头都在用捕机和枪捕捉动物，有时也随着季节的需要，稍微变变花样。可是有人说，如果他把日历忘了，他就能从"松鸡的神态"上，说出这是哪个月份。毫无疑问，这说明他对松鸡很了解，可是也证明了，这里面还包含着一些不名誉的事情。捕杀松鸡的合法季节，从每年的九月十五日开始，可是，克迪违法提前两个星期出来打猎，已经不是什么稀罕事了。他违反法令，但是却总能巧妙地逃避处罚，所以也一直没有改变行径。在他射杀两只小松鸡的时候，松鸡妈妈带着其余的六个孩子，偷偷地逃走了。于是，他把两只打死了的松鸡往口袋里一放，回到小房子里去了。

就这样，小家伙们懂得了：狗跟狐狸是不同的，千万要小心提防，必须用不同的方法对待它们。同时，"听从教训的孩子，会活得更长久"这条古老的教训，也更加深刻地铭记在它们的心上了。

九月里剩下的那些日子，是在悄悄地避开了猎人们和某些老对头的情况下度过的。它们仍旧栖息在硬木树的细长枝条上，躲在最茂密的树叶中间。这样既可以保护它们不受空中敌人的袭击，又可以使它们安全地躲开地面上的敌人。这样一来，除了树狸，它们什么也不用担心了。这种树狸，在软软的树枝上，走起来步子又慢又重，因此它们也总能及时发现。可是，现在，树叶开始慢慢飘落了——每更换一个月份，就会有不同的敌人，也会有不同的食物。这个月是吃坚果的时候，但也是猫头鹰猖獗的季节。令人讨厌的猫头鹰从北边飞来这附近栖息，因此森林里猫头鹰的数量是平时的两三倍还多。天气逐渐冷起来，树狸的危险性减少了，于是松鸡妈妈就搬了家，栖歇到一棵铁杉的茂密的枝叶中去了。有一只小松鸡，不肯听从母亲的警告，它赖在那根摇来摆去的光秃秃的榆树枝上不肯离开。第二天，还没到天亮，它就被一只黄眼睛的大猫头鹰叼走了。

现在只剩下松鸡妈妈和五只小家伙了，它们已经长得和母亲一样大了。特别是在薄木片上隐蔽过的那只，比妈妈还要高大、健壮。它们的脖子上的羽毛已经开始长出来了。虽然只长了点毛尖儿，可是也能看得出长出来以后是副什么样子，因此它们为这点毛尖儿，感到了很大的骄傲。

松鸡脖子上的羽毛，就相当于孔雀的尾巴，所以它们对这些羽毛引以为荣。一般雌性松鸡的颈毛是黑色的，带着一层淡绿色的光彩。雄松鸡的颈毛就密得多，黑得多，上面的深绿色光芒也更加鲜艳。要是偶尔生出了一只特别大、特别壮的松鸡，那它的颈毛就不仅特别浓密，而且由于一种特殊的强化作用，会显出一种深红的铜色，上面还辉映着紫色、绿色和金黄色的虹晕。这样的一只鸟儿，一定会叫所有知道它的人们感到惊奇，而那只躺在薄木片上的、总是非常听话的小家伙，在十月还没有结束的时候，就长出了光彩夺目的、金黄色和紫铜色的颈毛。就这样，这只小松鸡在唐谷一带，就以"红脖子"之名闻名远近。

4

十月中旬，有一天，松鸡一家子正在草地朝阳光那一面的一棵大松树桩附近晒着太阳、吃着丰富的食物的时候，忽然听见远处响起了一声枪响。红脖子愣了一下，开始心神不宁起来，它跳到松树桩子上，竖起尾巴来回走了两趟。然后，由于明亮清爽的天空的影响，又耀武扬威地呼呼扇动着它的翅膀。接着，它像一匹跳跳蹦蹦的小马，在炫耀它的得意心情似的，做出一副更加勇壮的样子，把翅膀拍得更响了。后来，它不知不觉咚咚咚地啄击起来，并且因为发现了这种新的力量，高兴得不得了，就越发啄个不停。直到后来，附近的树林里，到处都听得见这只大雄松鸡的响亮的啄击声了。它的兄弟姊妹们听见这种声音，都露出惊讶和赞美的眼神，它的母亲也是这样，不过从这时候起，它就开始有点为它担忧了。

进入十一月了，这个月的敌人可真厉害，它不是肉眼可以看得见的。由于一种奇怪的自然规律，松鸡会在度过第一个十一月的时候，染上一种疯狂的怪病。这种情形，在人类当中也不是完全没有。这时，它们会产生一种想要飞向遥远地方的欲望，至于飞到哪里去，那倒无所谓。在这段期间，就是最聪明的松鸡，也会干出各种各样蠢头蠢脑的事情来。有的在夜里胡乱飞行；有的漫无目的、永不停歇地飞着，不是被电线割成两半，就是闯进灯塔里，或者是撞在火车头的前灯上。第二天早晨，这些鸟的尸体就会散布在建筑物上、沼泽里、电线下或沿着码头行驶的汽船上，总之，因这种不明的原因暴毙的松鸡触目皆是。这种疯狂的病似乎是它们以往的迁徙习惯留下的后遗症。但是，这种疾病对松鸡来说，也不是毫无好处：那就是把松鸡的家庭给拆散了，使它们避免了那种经常不断的同族近婚。不然的话，它们可真要灭种了。小松鸡第一年发起这种病来，总是发得很厉害。第二年秋天，它们还是有发病的可能，因为这种病的感染力是非常强的，不过到了第三年的这个季节，就几乎见不着了。

红脖子的母亲一看见落上霜的葡萄熟得发紫，深红色的枫叶开始往下飘落，就知道疯狂病快要到了。这时，它除了照顾好它们的身体，让它们呆在树林中最清静的地方以外，再也没有一点办法。

空中有一群雁呷呷呷地叫着向南飞去，这是疯狂病来临的最初征兆。小家伙们从来没见过这种长脖子的鸟，心里感到很害怕。可是，它们看到妈妈没有一点惧怕的样子，也就鼓起了勇气，兴致勃勃地朝那些雁望着。不知道是那些粗野的呷呷声使它们动了心，还是内在的欲望发泄了出来！这时候，每一个小家伙的心头，都产生了一种想跟随雁群远走高飞的想法。它们眼看着那些大雁就要在南方消失了，便飞到更高的树枝上去，看着它们向更远处飞行。同时，从那时起，情况就变得不一样了。十一月的月亮越来越圆了，等到满月的时候，季节性的疯狂病就会跟着到来。

身体最差的那只松鸡，病发得最厉害。这个小家庭东分西散了。好几个晚上，红脖子漫无目的地飞了很长一段路。它情不自禁地向南方飞去，可是遇见了无边无际的安大略湖，于是，它只好又飞回来，到疯狂月快结束的时候，它又回到了烂泥涧的溪谷里。不过，这一回只剩下它孤零零的一个了。

5

冬天来了，食物越来越匮乏。红脖子仍旧住在原来的峡谷里，在泰勒山松树环绕的那个斜坡上，它在那里可以找到食物，也会碰到敌人。"发疯月"（十一月）虽然让松鸡疯狂孤独，但也为它带来了葡萄；"飘雪月"（十二月）为它带来野玫瑰果；"暴风月"（一月）带来了白桦的嫩叶，但同时也带来了用冰包裹林子的银色暴风雪，要啄开冻结的嫩芽又要守着它的栖枝成了一件困难的事情。红脖子的喙因为经常干这种活儿磨损得很严重，所以即使闭起来，尖钩后面还是露着一道缝儿。不过，大自然早已为防止它脚底打滑做好了准备：九月份时还非常纤细平整的脚趾现在长出许多非常尖锐的粗糙的趾点。天气越来越冷，它脚上的趾点也越长越硬，越长越利。等到冬天第一场雪到来的时候，红脖子的脚上已经有了踏雪鞋和防滑鞋。因为寒冷，大多数的鹰和猫头鹰都躲了起来，那些四肢爬行动物也不可能偷偷靠近它，而不被它发现。所以事情总是有好有坏的。

红脖子每天都要飞到很远的地方去寻找食物，它会在小溪边发现银白色的白桦，它去弗兰克城堡寻找葡萄和浆果，在森林里它会得到成串的果实，即使在下雪的时候它也能发现诱人的白珠果。

它很快发现，不知道为什么，猎人们还没有闯进弗兰克城堡那高高的围栏。于是，它决定在这一带住下来过日子，它不断去新的地方，尝试新奇的食物，每天了解新的知识，变得越来越聪明，长得也一天比一天美丽。

红脖子现在没有一个亲人，孤独是不可避免的，但对于它来说，这种痛苦是可以忍受的。它在山谷里到处走动，每当它看到山雀在快乐地抢夺食物时，它总是想起自己小时候也曾经这样无忧无虑过。山雀是森林里最荒唐的乐天派。秋天都还没有过完，它们就开始唱起《春天快来了》这首著名的老歌，即使是在可怕的暴风雪中，它们也会欢唱。终于，二月——饥饿月即将结束。这时候，它们的歌声才真正有些符合情理，春天就要来了。它们加倍乐观地向人们宣告春天来了，颇有"看吧，我不是早说过"的语气。很快，它们的喜讯就找到了有力的支持，太阳变得越来越暖和了，弗兰克城堡南面的山坡上的冰雪开始融化，到处散发着青草的芳香。对于红脖子而言，它就要吃上浆果的盛宴了。没多久，第一只知更鸟飞到了这里，边飞边唱："春天来了！春天来了！"太阳也越来越暖，直到三月的一天清晨，黑暗的天空中传来一阵响亮的"呱呱"声，那是乌鸦之王——银点鸦带着它的伙伴们从南方飞回来了，正式宣布：

"春天到了！"

整个大自然仿佛都对此有所反应，百鸟开始了新春合唱，然而其实主要是春天的气息让它们敞开歌喉。山雀就像疯了一样，不停地唱着："春天在这里，春天在这里，春天在这里。"反反复复，不知停歇，这真是让人奇怪，这些鸟儿一天到晚唱个不停，怎么还能抽出时间去觅食。

山雀的歌声让红脖子兴奋不已。它在树桩上又唱又跳，在山谷里来回飞腾，发出的叫声响彻了整个山谷。它是如此的喜悦，因为春天来了。

克迪家的小屋就在山谷下面。当阵阵的击鼓声在清晨的山谷中回响时，他知道一定是有一只雄松鸡在那里，于是他带着枪偷偷地沿着峡谷摸了上来。可是红脖子早就飞走了，一刻也没有停歇，一直飞到了烂泥涧。后来，有一个小男孩儿想抄近路去磨坊，在经过森林时，他听到了松鸡击鼓的声音。他被吓得心惊肉跳，赶忙回到家，惊恐地告诉妈妈，印第安人一定是要打仗了，因为他听到了山谷里有擂战鼓的声音。

快乐的孩子为什么会感到害怕？寂寞的年轻人为什么要叹息？他们肯定不会知道答案。同样，红脖子也不知道自己为什么每天都要敲击木头，使雷鸣般的声音在森林的上空回荡。然后，它会高傲地走来走去，得意洋洋地欣赏自己光洁的羽毛在太阳的照耀下像珠宝一样闪闪发光。而接下来，它又会敲击个不停。它搞不懂自己为什么会有这么奇怪的想法，希望能有人羡慕自己的羽毛，在此之前，这个念头可从来没有出现过啊！

敲击声一遍又一遍地响个不停。一天又一天，红脖子终于找到了一块自己最喜欢的木头。渐渐地，在它又尖又亮的眼睛上方长出了一个新的漂亮的东西———一只玫瑰色的冠子，笨拙的雪鞋也从脚上完全脱掉了。它颈部的羽毛长得更美了，眼睛也变得更明亮了，当它在阳光下漫步时，全身金光闪耀。十分完美，可是———哎！它仍旧非常孤单。

红脖子每天都在盲目地敲击木头发泄，除此之外，它还能做什么呢？就这样，一直到了最迷人的五月初，延龄草把那块木头包裹上像银色星星一样的花边。一天清晨，它满怀渴望地擂了擂鼓，然后又擂了几下。正在此时，它敏锐的耳朵捕获到了一点点轻微的声音，那是灌木丛中轻轻的脚步声，它一动不动，侧耳倾听，它知道自己正在被别人注视着。是这样吗？没错！就在那儿，有一个孤单的，看起来很害羞的松鸡女士，羞答答地正准备寻找藏身之地。红脖子立刻来到了它的身边。现在是凉爽的春天，可是它的整个身体却充满了一种奇怪的感觉——一种燃烧的渴望。它该怎么展示自己引以为荣的羽毛呢？它怎么知道这样做会取悦对方？它展开羽毛，尽量想办法刚好站在阳光下，大摇大摆地踱着步，发出轻缓、温柔的鸣叫，这叫声对于异类来说虽然甜美，却什么都不是，可是很显然松鸡女士的心被征服了。其实，早在好几天前这位女士的心就属于它了，它要是早知道就好了。在三天前，这位女士已经来到了附近，但它只是羞怯地从远处欣赏红脖子，还因为它没有发现自己而觉得伤心，幸好，自己不小心的一次脚步声引起了它的注意。母松鸡终于温顺地低下了头，现在，它们就像刚在沙漠中迷失的行人一样，终于找到了甘甜的泉水。

啊，在那个名字不太可爱的幽谷中，它们度过了一段快乐幸福的日子。阳光从来没有这么明媚，空气中树木的清香比在梦中还要甜美。这只高贵的鸟儿每天都会来到它的树上唱歌，有时由它的新娘布朗尼陪着，有时孤单一人，为生活的美好而敲鼓奏乐。可是，它为什么有时候还是一个人来呢？为什么不与它的新娘永远形影不离？新娘为什么有时也只与它待上几个小时，然后就找到机会偷偷溜走，直到几个小时或第二天才会回来？从它敲击木头的声音中，我们能听到它因为新娘的迟迟不归而焦躁的心情。这可能就是这片林地的神秘之处吧，它一直弄不明白。新娘和它待在一起的时间一天天减少，以至后来减少到每天只和它在一起几分钟。终于有一天，它干脆没有回来。红脖子不停地抖动着翅膀，在木头上敲打着，然后离开这里，去另外一根木头上敲打着，它又掠过山峰，到达了另一处深谷，不断击鼓。到了第四天，红脖子飞回原来的地方，当它像它们第一次约会时那样大声呼唤它的妻子时，它听到灌木丛中传来了一种声音，接着，它看

182

到了失踪的妻子，身后还跟着十只吱吱叫着的小松鸡。

红脖子嗖地一下飞到妻子的身边，这着实把眼睛亮闪闪的小松鸡们吓了一跳。当它发现这些小家伙得到的关爱比自己要多时，不免有些沮丧。不过，它很快就接受了这个现实，加入到这个大家庭，悉心照顾起这些孩子，尽管，它的父亲从来没有这样做过。

6

在松鸡的世界里，好父亲可不常见。松鸡妈妈一般都独自担负起建立巢穴、孵化孩子的重任，得不到任何帮助。它甚至会把家安在父亲不知道的地方，只在击木或觅食的地方与公松鸡见面，或者在沙浴场，那是松鸡们玩乐的俱乐部。

当孩子出生后，新娘布朗尼早就把全部的心思放在了孩子身上，甚至连一度让它着迷的配偶，也被忘到了脑后。不过，过了三天，当这些孩子都能够走路的时候，松鸡妈妈仍然把这些孩子带到了它们的爸爸面前。

有一些松鸡父亲对自己的儿女们根本不关心，但红脖子却不一样，它立即融入了这个大家庭，帮助布朗尼抚养孩子们。小家伙们已经学会了吃喝东西，就像它们的父亲小时候的学习一样，在母亲的带领下，它们开始蹒跚学步，而父亲红脖子则在附近巡查保护，或远远跟在后面。

第二天，它们就从山上走了下来，向着小溪走去。它们排成一队，队伍看起来就像一串长长的两头粗、中间细的项链。这时，一只红松鼠站在一棵松树的树干上，看着这群小毛球在妈妈的带领下向前行进。红脖子则站在后面几码远的一根木头上得意地整理着自己的羽毛。当那只松鼠看到这些小鸟的时候，忽然有一种奇怪的冲动，它想喝这些鸟儿的血来解渴。松鼠开始把注意力放在最后一只小松鸡的身上。它朝着最后一个孩子猛地冲了过去，企图把落在队伍最后面的瑞蒂杀掉。等走在前面的布朗尼发现就太迟了，幸好红脖子立即飞了过来，直接扑向那个杀手。它的武器是拳头，也就是那个坚硬的翅膀关节，它用力打了出去。在第一次出击的时候，就对准了松鼠的鼻尖，这可是红松鼠最脆弱的部位。这一击就把敌人打得摇摇晃晃，踉跄着跑到了灌木丛里，红松鼠本来打算在这里把小松鸡吃掉的，现在却躺在这儿气喘吁吁，嘴角流血。松鸡们也没有理它，继续往前走，谁也不知道它最后怎么样了，但是它以后再也不敢骚扰这些松鸡们了。

一家人继续朝小溪前进。路上有一头牛走过时在沙滩上留下的几个深深的脚印，其中一只小松鸡不小心掉到了里面。它没办法爬出来，又害怕又伤心地吱吱叫起来。

这可真是棘手了。爸爸妈妈也不知道该如何救孩子。它们徒劳地在边上跑来跑去，踩着边缘的沙子。而沙地的边缘开始陷落，形成了一个长长的斜坡，坑里的小家伙沿着斜坡爬上来，又重新与自己的兄弟们聚在了一起，回到了母亲宽大的尾巴下。

布朗尼是一个聪明的小妈妈，虽然身材纤小，但却机智、敏锐，它昼夜保持着警觉，照顾它的宝贝孩子们。每次穿过丛林时，它都会信心十足地走在前面，咯咯叫着，撑起短短的褐色的尾巴，几乎形成半个圆，让孩子们躲在下面，这样可以给孩子们提供最大的阴影。而在面对敌人时，它从来不会退缩，而是随时准备战斗或起飞，当然，具体怎么行动它要视是否对孩子们最有利而定。

在小松鸡还不会飞时，它们曾与老克迪有过一次遭遇。虽然当时只是六月份，克迪就拿着他的枪出猎了。他爬到了第三个山谷，他的狗在前面搜索着，离布朗尼的家越来越近了，十分危险。于是，警惕的红脖子出去迎战，它用了老把戏，但很有用。在它的周旋下，那只愚蠢的黄毛杂种狗被引到了山下，向着唐谷寻去。

但是，碰巧克迪也正朝着松鸡们走来，而且就快要接近小松鸡们了。这时，布朗尼拼命地给孩子们发出要大家隐藏起来的信号，然后，也用和丈夫一样的办法，把这个男人引开了。出于强烈的母爱，基于对森林的了解，它悄悄地靠近克迪，直到很接近的时候，它叫着飞了起来，右翅膀几乎打在了克迪的脸上，接着，它翻滚在布满树叶的地方，故意装成跛脚的样子，它好像已经迷惑了那个猎人。但是，当它拖着一只翅膀哀鸣，又慢慢地在地上爬时，猎人终于明白了是怎么回事——这些把戏都是为了把他从它的孩子那边引开。他对着松鸡妈妈猛地一击，但布朗尼敏捷地躲开了，然后又一瘸一拐地跑到了一棵小树的后面，摔在了树叶上，似乎非常痛苦的样子。克迪又一次尝试着用棍子打它，它及时转移了位置，依旧勇敢、坚定地想把这个男人从它无助的孩子们的身边引开。它在克迪面前不停地用翅膀拍打着地面，哀鸣着，仿佛在乞求赦免。克迪没有打到它，于是，他举起枪，发射了一颗足以杀死一头熊的子弹，击中了布朗尼，布朗尼浑身是血，颤抖着倒在血泊中。

猎手知道，那窝松鸡一定就在附近，他开始在周围寻找。但没有一只小松鸡离开躲藏的地方或偷看外面的举动，所以他根本发现不了它们，但这个猎手在孩子们藏身的地方来回走动，虽然他没有看到，但他那双可恨的脚，却踩死了几只小家伙，它们没有来得及出声就死掉了。他不知道也不在乎。

红脖子把黄狗带到了下游，现在回到了它刚离开的地方。可恶的凶手走了，他带着布朗尼的尸体去喂自己的狗。红脖子四处寻找，只发现了现场零乱的羽毛和斑斑血迹。那是布朗尼的羽毛，它终于知道那一声枪响意味着什么了。

没有人知道它的恐惧和哀伤，它的脸上并没有表现出来，它只是一动不动，默默地、沮丧地在那里张望着，像傻了一样。然后，它想到了自己的孩子，赶紧寻找它们藏身的地方，不停地叫着他们。难道所有的孩子都丧身在枪口下了吗？不，几乎有超过一半的孩子还活着，有六个小毛球正睁着闪亮的眼睛，从躲藏的地方向它跑过来。可是，有四个孩子已经死掉了。红脖子不停地呼喊着，直到它确信那四个孩子已经无法醒来了。然后它带着幸免于难的孩子离开了这个可怕的地方。它们顺着小溪往上走了很远，到了一个地方，虽然那里有很多带刺的荆棘和灌木丛，但是却更安全一些，是更可靠的住所。

在这里，孩子们开始接受父亲的训练，就像它的母亲培养它一样，它拥有比母亲更广泛的知识和经验。它熟知这里的一切，也知道什么地方可以找到食物。还知道如何对付那些可能骚扰松鸡的疾病。夏天就这样过去了，小松鸡们茁壮成长，精力旺盛。到了"狩猎月"（九月），它们已经是一个和和美美的大家庭了

——六只成熟的小松鸡和它们的父亲红脖子。红脖子红铜色的羽毛熠熠生辉，非常漂亮。失去布朗尼后的那个夏天，红脖子已经不再去擂鼓了，但擂鼓对于松鸡来说，就像歌唱对于山雀一样，是生活中必不可少的，这不但是一种表达爱情的方式，也是一种健康的生活方式。脱毛期一过，九月的食物和温和的天气使红脖子重新振奋了精神，恢复了自信，在一棵老树边上，它又一次找到了擂鼓奏乐的冲动。

此后，它又开始常常敲鼓了，而它的孩子们则围坐在一起，甚至有一两只小松鸡为了显示自己的体内也流淌着父亲的血液，也在附近的一些树桩或石头上敲打起来，敲击声在森林上空回荡。

黑葡萄熟了，疯狂的月份来临了，但红脖子的孩子们一个个身体健壮，精力旺盛，所以也有着高深的智慧，虽然它们也患了疯病，但过了一个星期，只有三只小松鸡飞走了。

红脖子带着剩下的三只住在峡谷里。冬天到来了，漫天飞舞着雪花，当天气还不是很冷的时候，它们晚上就蹲在低矮的雪松树下。可第二天，暴风雪仍在继续，越来越冷，雪下了一整天，越积越厚。晚上的时候，雪停了，但是外面更加寒冷。于是红脖子带着一家人到了积雪很深的桦树底下，它钻进了雪堆里，孩子们也照着它的样子做了。风吹不进松软的积雪里，它们就像盖着一床纯白色的被子，睡得非常舒适，而且里面空气流通顺畅，足够呼吸了。第二天早晨，每一只松鸡醒来后都发现，它们前面的雪因为呼吸变成了冷冻的冰层。红脖子叫着"喀噜依依特"（来吧，孩子们！来吧，快走！），它们轻易转到另一面，走到外面，振翅而飞。

这是它们在雪堆中度过的第一夜，对于红脖子而言，这已经是轻车熟路了。第二天晚上，它们又高高兴兴地钻到雪里睡着了。但天气有了变化，北风呼呼作响，夜间风向转东。外面先是下着大雪，接着下起雨来雪，最后下起了大雨。整个世界都被冰封着，当松鸡们早上醒来准备离开它们的床时，它们发现自己被封闭在厚厚的冰里面了，根本无法动弹。

深层的雪比较柔软，红脖子开始往上钻，可上面的冰层太硬了，它是白费力气。无论它怎么敲，怎么挣扎，不仅没有在冰上留下一点痕迹，反而弄伤了翅膀和头。它的生活既有欢乐，也有艰辛，虽然也经常遇到灾难，但这一次几乎是它遇到的最危险的情况了。时间一点一点过去，它已经用尽了几乎所有的力气，可仍旧离自由很远。它可以听到孩子们挣扎的声音，还有它们向它求助时的哀怨声。

它们可以躲过很多敌人，但却无法躲避饥饿的袭击，当夜幕降临时，疲惫、饥饿和劳累已经让它们有气无力了，只能在安静中陷入绝望。刚开始时，它们害怕狐狸会来，看见它们被困在那里，由它摆布，而到了第二个夜晚的时候，它们便不在意了，甚至希望狐狸会来，打破冰层，至少可以努力获得一个逃生的机会。

然而，当狐狸真的在冰层上面走过时，它们又恢复了对生活的热爱，所以就静静地蜷缩在里面，直到狐狸走过去。第二天仍旧是风雪连天。北风像脱了缰的野马似的，嘶鸣着在雪白的大地上投掷下更多的冰雪，激起更多的雪花。夹着小颗粒的雪花似乎让冰层变得薄了一些，因为尽管下面本来就不暗，可还是越变越亮。红脖子一刻不停地用嘴巴啄冰层，直到它的头隐隐作痛，嘴巴也变钝了。可当太阳落下时，它觉得离逃脱还早着呢。

晚上仍然什么情况也没有发生，只是狐狸们也没有在上面走过。第二天早晨，它又重新开始啄冰层，尽管几乎没有什么力气，孩子们的吵闹声和挣扎声也听不到了，但它仍然没有放弃。外面的阳光逐渐强烈，红脖子的工作终于有了进展，它头顶上方的冰层已经有了一丝光亮，它继续啄着。外边，狂风肆虐，在风暴的践踏下，冰层越来越薄。到了下午的晚些时候，它已经啄出了一个小洞口，嘴巴都能露出去了，它又重新看到了希望。红脖子继续啄着，在太阳落山之时，这个洞越来越大，它的头，它那美丽的脖子都能伸出去了。但是，那宽阔的肩膀过大，出不去。不过，它现在伸在外面的头可以往下啄了，这给它增添了四五倍的力量。冰层终于被击碎了，不久，它就从这个冰冷的地下监狱中逃脱出来，获得了自由。

但孩子们在哪里呢？红脖子飞到最近的地方，匆匆找了几个红色的蔷薇果充饥，便又回到了雪堆那里，它咯咯地叫着，呼唤着那些孩子。可它只听到了一个微弱的回应。红脖子用自己锋利的爪子拼命刨着那些冰层，幸好那里的冰层比较薄，很快就打破了。"灰尾"有气无力地从洞里爬了出来。可是就只有这一只，其他的孩子都分散在各处，它们所在的具体位置也无从知晓。没有发现任何声音，也没有发现任何生命迹象，红脖子只得离开了那个地方。当春天到来，冰雪融化的时候，它们的尸体显露出来，但只有皮肤、骨骼、羽毛而已。

7

过了很久，在补给了丰富的食物和进行了充足的休息后，红脖子和灰尾才完全康复。冬季里的一天，万里无云，阳光明媚，精力充沛的红脖子又开始在木头上击鼓。或许是它的鼓声，也或许是它们留在地上的痕迹被克迪发现了，他背着枪，带着狗潜入了峡谷，试图抓住这只松鸡。克迪老早就盯着红脖子了，而红脖子也非常了解这个猎人。这只红脖子松鸡在山谷上上下下已经很有名气了。每当捕猎的季节，很多猎人都想把它抓住，借此扬名。正如从前有一个人想通过烧毁世界七大奇迹之一的阿尔忒弥斯神庙来名扬天下一样。但红脖子深谙森林生存之道，它很清楚自己应该在什么地方躲藏，知道什么时候应该不声不响地飞走，什么时候应该静卧着直到猎人从身边走过去，然后在一码以内轰隆隆地拍动翅膀，迅速躲到一棵树后面，最后再飞到别的地方。

不过，克迪从来没有放弃过对这只闻名的松鸡的追击，他曾经远距离地射击过它，可是中间总会挡着一棵树、一块石头或是其他什么东西。而红脖子每次都安然无恙，照常生活、成长、击鼓。

下雪的时候，红脖子和灰尾搬到了弗兰克城堡附近的树林里，这里食物丰富，古木茂盛。在树林东面的坡上，有一棵大松树，耸立在一片铁杉树中间，直径六英尺，它的最矮的一根树枝差不多到了其他树的树顶上。到了夏季，这棵树的树冠成了蓝背鹣鸟和它的妻子的度假屋。在这个猎枪打不到的地方，春天温暖的日子里，鹣鸟就会在它的妻子面前一边唱歌跳舞，一边展示自己美丽的羽毛。它的声音甜蜜、温柔，就像仙境的音乐，除了新娘之外，别人是不会听懂的。书本对此更是一无所知。

红脖子对这棵松树产生了浓厚的兴趣，现在，它和它的孩子就住在附近，不过，吸引它的不是这棵树的树冠，而是树根部分。这棵松树周围长满了葡萄藤和鹿蹄草，还有一些其他的矮小的植物和毒芹，在雪地下面还能找到甘甜的黑橡树果，没有比这里更好的觅食的地方了。要是那些贪心的猎手来到这里的话，它们可以从毒芹中飞到大松树那里，再飞到其他安全的地方去，这些大树和那可怕的枪口正在一条直线上，它们起飞的时候也不用担心子弹，猎人即使开枪，也只能打在树干上。在合法的狩猎季节，这棵大松树至少十几次挽救了它们的生命。深知松鸡觅食习惯的克迪，在这儿设计了一个新的陷阱。他先偷偷埋伏在河岸下面，偷偷观望，然后让另一个猎人去把鸟儿赶过来。这个猎手走进灌木丛，红脖子和灰尾正在那里进食，当他走到了红脖子附近的地方时，红脖子发出了低沉的"啊——啊"（危险！）的警告声，紧接着，就朝着大松树跑了过去。

而灰尾还在山上，离这里有一段距离，它忽然看到附近又多了一个新的敌人，一只黄狗正朝自己跑来。此时红脖子离得很远，又被灌木丛挡着，没有看到这一切，灰尾不知道怎么办，惊慌失措。

"起飞！起飞！"红脖子大声叫着往山下跑，准备起飞。

"快点！藏到这里！"此时，它看到一个猎人拿着枪往这边走，立刻向灰尾叫喊。它跑到一棵大树干的后面，停下来焦急地招呼灰尾："来这边！来这边！"这时，它听见前面的堤岸下面有细微的声响，便意识到那里肯定有埋伏。可此时的灰尾正被黄狗追赶，它一边惊慌地大叫了一声，一边飞了起来，它逃脱了后面的追捕，却正好落在了河岸附近，而那里正是埋伏者的火力范围。

灰尾越飞越高，这个美丽的、灵活的、高贵的小生灵！

"砰"的一声枪响，灰尾从空中掉落下来——它被击中了，血洒长空，瞬间变成了雪地上的一具鲜血淋淋的尸体。

而此时红脖子的处境也十分危险。它不敢高高飞起，而是悄悄蹲伏下来。黄狗就在离它不到十英尺远的地方。克迪的同伴朝着克迪走了过去，离红脖子仅有五英尺的距离，但红脖子一直没动，直到找到一个机会悄悄溜到了大松树的后面，避开了猎人和猎狗，然后才安全地飞了起来，飞到了泰勒山旁边的一个偏僻的山谷里。

那些可恨的枪声带走了自己一个又一个亲人，现在，红脖子又变得形单影只了。随着一次又一次的死里逃生，"飘雪月"终于过去了，猎人们都知道红脖子成了同类中唯一的幸存者，便无情地追杀它，它也变得一天比一天野。

到了最后，猎人们终于认识到，想用枪打到这只鸟简直是浪费时间。所以当积雪越来越深，食物也越来越少的时候，克迪又想出了一个新办法。"暴风月"时，他在聚食场的对面——那差不多是"暴风月"中唯一一个动物就食的地方，安置了一排罗网。红脖子的老朋友——那只棉尾兔用它那锋利的牙齿把好几只罗网都咬破了，可还有几只是好的。红脖子在暗处远远地注视着一个黑色的影子——可能是一只鹰，却不小心落到了其中一个陷阱里，立即就被套住一只脚拉到空中吊了起来。

野生动物在道德或者法律上难道就没有生存的权利吗？人类又有什么理由使一个生命遭受如此长时间而又可怕的痛苦，就仅仅是因为动物不会讲人类的语言吗？一整天，可怜的红脖子被吊在那里，忍受着越来越厉害的撕心裂肺的疼痛。它拍打着巨大而有力的翅膀试图挣脱，然而一切都是徒劳。从白天到黑夜，痛苦越发剧烈，到后来它只求痛快地死去。可是仍旧没有人出现。第二天，它依旧被吊着，慢慢地等待死亡，它的强大的体力反而成了祸因。第二个黑夜慢慢降临，时间依旧在爬行，终于，垂死的松鸡拍打翅膀的微弱的声音吸引来一只猫头鹰，从而结束了它痛苦的生命，真是做了一件好事。

北风吹刮着山谷，卷起的雪花飘过起皱的冰面，越过唐谷平原，越过沼泽，飞向湖面。风雪很大，湖面上本应白茫茫的一片，但是湖面上却散落着斑斑黑点，这是松鸡羽毛的碎片，这彩虹般的羽毛曾经闻名遐迩。那天晚上，它们乘风飘过湖泊，奔向很远很远的南方，就像它们曾经在"疯狂月"昏天暗地地飞行一样，它们不停地乘风向前，直到全部消失，那可是唐谷松鸡种族里最后一只松鸡的最后一丝痕迹啊。

弗兰克峡谷中再也没有松鸡了。树林中的鸟儿们怀念曾经在春天里响过的松鸡的击鼓声，而烂泥涧里那棵曾被松鸡击打的老松树，也已经无声无息地腐烂了。

威尼派克的狼

1

　　第一次见到那只威尼派克的狼，是在一八八二年。那年的三月中旬，我从美国北部城市圣保罗搭车穿过大草原，向加拿大南部的威尼派克出发。本来预计二十四小时之内便可以到达，但是暴风雪偏偏在这个时候戏弄我们——强烈的东风夹带着纷纷的大雪，挡住了我们前进的道路。风雪发怒似的一连吹刮了好几个小时。我平生从未见过像这样的大风雪。极目张望四周的景物，整个世界都笼罩在雪中。雪，雪，雪……永不止息地吹着的刺骨难忍的风雪。连火车头也像被困的巨兽一样，作着剧烈的挣扎，但最后仍抵不过风雪的威力，被迫停下脚步。

　　火车里有几个身强力壮的男人，手里拿着铲子跳下车，把阻挡在前面的雪清理掉了。一个小时后，火车可以通行了。可是没过多久，又碰到另一个雪堆，车里的人只好又下车，铲雪开路。就这样，火车开了又停，停了又开，真使人厌烦，然而雪花仍旧在我们周围不停地回旋、飞舞，好像在和大家做游戏。

　　据铁路局的人说，到加拿大国境的小城野麻松，只要二十二个小时就可以。而实际上，当我们到达那里的时候，却花了将近两个星期的时间。这是一个长满了白杨树的地方，这里的灌木丛阻止了雪的堆积。因此，从这里开始，火车一直很顺利地通行。白杨树林越来越繁茂了，火车在这片茂密的森林间穿梭了好几公里。过了那片森林，就到了比较宽阔的平原。当我们接近威尼派克东边的邻城圣孟尼费斯时，还横越了宽约五十码的小草原。在那个草原的中央，我们看到了使人心惊的一幕。

　　我看到了一大群狗，大小不等，颜色也不同，它们围成一个歪歪扭扭的圆圈，激动地蹦跳着；距离不远的地方，一只棕色的狗，安静地卧在雪地上，一动不动。环形队列的外围，一只大黑狗奋力地跳着、叫着，而圆圈的中间就站着一只高大而坚定的狼，也是这个事件的肇事者。

与其说它是狼，倒不如说是狮子来得贴切些。它镇定地站在那里，鬃毛全都竖立起来，脚坚定地踏住地面，眼睛环顾四周，一副无畏的神色。狼的上唇微翘，乍看之下，好像正在嘲笑的样子。其实，它是露出牙齿，准备迎接敌人的挑战。可是，那些狗都理解错了，以为这是在侮辱它们。于是，有只像狼一般的大狗首先发难，其他的同伴也蜂拥而上。毋庸置疑，前面已经有很多次进攻了。但是，那只巨大的、灰色的狼，忽东忽西地闪击着，解决了一只只逼上来的狗，孤独的战士没有发出一点声响。可是，狗群中却有好几只发出垂死的悲鸣声，其他的狗很快地逃散了，只剩下那只狼一动也不动地稳稳站在那儿，仍然是一副嘲笑的神情。

此时，我是多么希望这列屡次受到风雪拦阻的火车，能够和以前很多次发生过的情况一样，边走边停，因为我的心已被那只灰狼深深吸引，一种冲动驱使我想赶快下车去看个究竟。可是火车在林间的空地一闪而过，我的视线立刻被白杨树遮住了，火车继续向前奔去，朝着它的目的地。

这幕景象似乎是微不足道的，但几天之后，我才明白了，我真正一饱眼福了。原来我们见到的，正是远近闻名的威尼派克狼。

这只狼一直过着奇异的生活，它不喜欢寂静的乡村，而喜欢繁华的都市；它不吃羊肉，而专门以狗肉为食，而且每次都是单独出外猎取猎物。

在讲它的故事时，我虽然如数家珍，但是镇上大多数的人却对这些事情不了解，就连那个住在主要街道上自鸣得意的店老板也了解得很少。直到有一天在屠宰场最后一次见到那只狼，当时，它那巨大的尸体被搬到海因的标本店制成了标本，人们才知道有这样一只狼。后来，那个标本在世界博览会展出，然后就被威城的马露梅中学收藏着。可惜一八九六年时，该校发生火灾，它也难逃厄运，葬身火海。

2

有一件事似乎是保罗干的。

拉小提琴的乐手保罗，是个混血儿，相貌英俊，但是游手好闲，他不愿意工作而宁愿以狩猎为生。一八八〇年六月的一天，他带着猎枪、猎狗，在流经威尼派克附近的红河堤岸近旁的树林里徘徊着。

没多久，一只灰狼从堤岸附近的山洞里跑出来，保罗看见它，马上瞄准开枪，一枪就把它击毙了。然后，他又驱着猎狗进入山洞，看看里面是不是还有其他的狼。他随后跟着进去，却意外地发现里面还有八只小狼——以每只十美元计算的话，八只是多少呢？这一笔钱对他来说，是相当可观的。今天他真是时来运转啊！轻易就可以获得几十美元。他举起猎枪狠狠地射击小狼们，棕色的杂种狗也向它们猛扑过去。结果，杀死了七只狼，只留下一只。为什么要留下一只小狼呢？因为当地人有一种迷信的说法：如果杀死同胎动物的最后一只，就会遇到不幸的灾难。于是，保罗带着大狼和七只小狼的头，以及那只被留下来的小狼回到了小镇。

酒店老板买下了狼皮和那只活下来的幼狼。那只小狼是带着铁链长大的，可是它的胸膛和下颚，是镇上的任何一条猎犬所无法比拟的。它被拴在院子里，供酒客们消遣，他们消遣的方式，通常是让狗来和狼打斗。刚开始的时候因为小狼太小了，经常会被狗咬伤，好几次都差点儿丧命。不过日子一久，它的强悍慢慢显露出来，其他的狗不再是它的对手了，它们越来越少主动去挑逗小狼。最后，在这个镇子上，再也找不出一只能够抵抗那只狼的狗了。小狼的日子过得非常凄惨，但是在这个世界上，还是有一个人能够逗它开心，让它感到温暖的，那就是酒店老板的儿子吉姆。随着时间的飞逝，他们之间的感情也日渐加深。

吉姆是一个爱捣蛋而又有主见的淘气鬼，他喜欢这只狼的原因是狼曾经打败了追咬过他的狗。从那时起，吉姆每天都亲自拿食物去喂狼，而且还像玩具一样逗弄它；狼为了回报他的爱护，也就任他摆布。但是，除了吉姆，它不跟任何人玩。

194

吉姆的父亲并不是一位慈祥的父亲，虽然大多数时候他很疼爱吉姆，但是却常为了一些芝麻小事动怒而狠狠地痛打吉姆。孩子很快就意识到，有时候挨打，并不是因为他做了什么错事，而是父亲拿他出气。所以，吉姆只要知道爸爸在生气，就躲得远远的，不敢露面。有一天，吉姆的爸爸又生气了，他追着吉姆跑，吉姆很快躲进关狼的小屋里。由于爸爸追赶吉姆的时候大声怒骂，把小狼从睡梦中吵醒，它看清楚了是怎么一回事，就转身堵住小屋门口，露出两排锋利的牙齿，仿佛在说："不许你动手打吉姆！"

吉姆的父亲本来可以向灰狼开枪，打死它的，当时，他确实也那样想过。但是，他没有那样做，因为他知道，那样做无异于杀死了自己的儿子，所以随他们去吧。过了三十分钟后，他的气消了，回味了一下这件事，不禁大笑起来。这件事之后，不论吉姆遇到什么危险，都会跑到狼屋躲起来。当然喽，只要你看见吉姆躲在狼屋里，大概也就可以判断他一定又惹什么麻烦了。

吉姆父亲酒馆里的店员是一个中国人，他胆子小，但是很善良。保罗经常肆无忌惮地欺负他。有一天，保罗发现老板不在，只剩下店员在看着酒馆。当时，保罗已经喝醉了，可是，他还要赊酒和桐树鳕鱼，而且还假装已经付过钱了，但是还没给他上酒和鳕鱼，店员当然是拒绝了他。店员真诚地说："已经没有了，给您退钱吧。"保罗不仅没有同意这个提议，反而把店员痛打了一顿。这时，吉姆过来了，他用一根长棍子把保罗绊倒在地。保罗摇晃着站起来，骂骂咧咧地说要杀死吉姆。那时，吉姆正好站在后门旁，就迅速跑到小狼的房子里去了。

看到小男孩找到了保护者，保罗也捡起一根长棍，站在狼攻击不到的地方，然后对狼进行了一顿暴打。因为愤怒，灰狼把锁链挣得紧紧的，虽然它躲过了一些殴打，但是还是挨了很多棍。打着打着，保罗突然看见吉姆在给灰狼解锁链，而且马上就要解开了。如果不是灰狼的挣扎缠紧了链子，恐怕早就解开了。

想到如果链子被松开了，在院子里他将会任凭灰狼的随意处置，保罗吓得浑身发颤。

而且吉姆正在说："等一会儿，伙计，再往后退一点儿，那样的话，锁链就开了。"听到这些，保罗拔腿就往家里跑，到家后，把所有的门都关得紧紧的。

自从这件事后，狼和吉姆的友谊更深了。灰狼像那些浑身散发着酒味的人们，还有那些围攻它的狗展示着自己无穷的力量。它身上的力量是无与伦比的，而它身上的仇恨情绪也是非常强烈的。随着时间的推移，它的这种个性更加明显，而它对吉姆的爱也与日俱增，这种爱后来甚至推及到其他所有孩子的身上。

3

一八八一年的秋天，在这段时间里，威尼派克附近因为狼很猖獗，到处偷袭家畜，所以各地牧场的主人都为这件事伤透了脑筋。他们不断地布置毒饵、设下圈套，想捕捉狼，但都以失败告终。不久，一个很有名的德国人到威尼派克来。他在俱乐部里向人们提议说："最好的办法是找几只优秀的猎狗，把这里的狼群彻底消灭。"人们都对他说的抱有浓厚的兴趣。那些牛仔最喜欢打猎，所以大家都同意他的提议，就是养几只猎狗，然后带它们一起去打猎，这样就可以很容易地消灭那些令他们头痛的狼了。

很快，德国人就带来了两只凶悍的丹麦种大狗，一只是白的；另外一只黄底带有黑色斑纹，它身上有一块显眼的白色斑纹，使它看起来更凶。这两只狗都非常高大，每一条差不多有两百磅，德国人告诉大家，有了这两只狗，不论什么样的狼都不必怕。因此，大家都信以为真，跃跃欲试。接着，德国人开始描述如何捕猎狼：

"只要让这两只狗闻闻狼的足迹就可以了，即使是前一天留下来的也可以，它们一样闻得出来，而且绝对不会错。无论狼用什么方法来瞒骗、躲避，它们都有办法找到。不仅如此，它们还能追逐。假设狼调转方向逃跑，那只黄狗就会咬住它的屁股，像这样子把狼扔出去。"德国人一边说着，一边把手里的一块面包抛到空中。接着又说："在狼还没有摔到地面之前，白狗会咬住它的头，黄狗会咬住它的尾巴，一下子就把它们撕成两半。"

这个办法不错，在场的每个人都希望依照他的提议去试试看。于是，他们立刻组织了一队人马，动身去猎狼。可是经过三天之后，连一只狼也没有抓到。他们正打算放弃这个计划的时候，突然有人发现什么似的说："哦，对了，说到狼，我知道酒店里有一只，我们可以付给酒店老板一点钱，买下那只一岁多的小狼，来试试狗的真本领。"

酒店的老板听说有人要买他的狼，立刻提高了狼的价格。刚开始时，他还是有些顾虑的，后来，买的人把价钱提高，他也就答应了。为了避免生事，他把吉姆打发到祖母家去了，然后把狼赶进预先准备好的箱子里面，盖上盖子，又用钉子钉好，再抬上马车，运到广阔的草原去。

狗一闻到狼的气味，立刻活蹦乱跳，想要搏斗，想要阻止它们实在不容易，幸好有几个年轻力壮的男人紧紧地拉住了拴在狗脖子上的皮带。这时候，装载狼的马车已经停在离狗八百码远的地方了。人们费了很大的劲儿，才把小狼从箱子里赶出来。起初，小狼显得很恐惧，而且有些焦躁。它尽力避开人们的视线，但并没有攻击人。人们看到它唏嘘不已，当它发觉已经获得自由，而且人们又在旁边吆喝着催赶它时，就怀着难以置信的心情，踏着安稳的脚步，往起伏不平的南方逃走了。这时候，人们放出了狗，它们顿时大声咆哮，并且跃身追赶那只小狼。人们一阵欢呼，骑马从后面跟了上去。

因为狗比狼跑得快，所以他们早就料到小狼是逃不掉的，特别是那只白狗，以比猎狗还快的速度在草原上飞一般地逼近狼。德国人看到这情形，更像是疯子般大声叫嚷。人们开始打赌了。大家都赌狗赢，没有一个人认为狼会赢，于是问题变成：到底是哪一只狗会咬死狼？小狼这时候还在拼命往前跑，但跑了没到一英里半的路程时，白狗就已经逼近它了。

德国人喊道："大家仔细看！狼就要被抛到空中去了。"

一瞬间，狗跟狼厮打在一起，然后又突然分开、后退，小狼没有被抛到空中，反而是白狗的肩部出现一道可怕的伤口，痛苦地在地上打滚。它虽然没被咬死，但已经不能再上阵打斗了。大约过了十秒钟，黄狗也追上来了，它露出一副凶相，向狼扑过去。这场打斗也跟刚才一样，很快就分出胜负了。说也奇怪，它们好像谁也没碰到谁，但整个过程中，有一次灰狼跳到一边，动作迅速，就那样晃了一下。黄狗就摇摇晃晃了，血就从它的腰部流了出来。黄狗再次受到唆使，又向狼发起了进攻，结果还是负伤回来，这回它再也不敢靠近狼了。

这时候，那个德国人又带了几只更大的狗来助阵。狗被松了皮带，人们也拿着木棍和绳子包围上来，他们想同心协力来对付这只狼。正在这时，一个少年骑着一匹小马赶到草原上来，他正是吉姆。吉姆从马上跳下来，穿过人群，跑到草原中央，冲到狼的身边，然后无限爱怜地弯下身来搂着狼，轻声说着："可怜的家伙！"狼望着吉姆的脸，摇摇尾巴。然后吉姆转向人群，他的眼睛里溢满了泪水。他一边伤心，一边大骂起来。他只有九岁，但却是老成粗鲁的男孩，他在鱼龙混杂的酒馆里长大，常年听着人们的污言秽语，自然也学会了不少。他大骂在场的每一个人，就连他的父亲也受到了指责。

如果是一个大人骂得这样难听，人们肯定不会饶过他，但是，他还是个孩子，所以人们也不能拿他怎么样。最后，只得哈哈大笑来遮掩自己的难堪。他们不约而同地嘲笑那个德国人："还说你的狗很厉害，竟然连一只人家喂养的小狼都抵不过，真是不中用！"

吉姆泪流满面，把一只脏兮兮的小手插进口袋里，从里面掏出了口香糖、火柴、玩具枪、子弹、打鸟弓等一大堆东西，然后挑了一条绳子，系在狼的脖子上。他哭丧着脸，爬到马背上，骑着小马回家了。他一边牵着狼，一边恨恨地冲那个德国人大声嚷道："我不叫狼咬你，算是饶了你，你这个坏蛋！"

4

那年初冬，吉姆患了伤寒爬不起来，狼也许是因为见不到心爱的朋友，显得很寂寞，每天在院子里悲号。吉姆在屋里听见了，心里不忍，吵着一定要狼进他的病房。他爸爸只得勉强答应。在那里，这个充满野性的凶猛动物，却跟家狗一样忠实地守在床边，片刻不离地看护吉姆。

开始时，吉姆的病情并不严重，但是后来病情急速恶化，在圣诞节的前三天，他离开了这个世界。在所有的哀悼者中，最真诚的就是这只狼。平安夜那天，吉姆的遗体被运到墓地准备埋葬，狼也跟在送殡的行列后面。当教堂的钟声响起时，它竟然很伤心地仰天长啸。当天，狼回到了酒馆的后院，但当酒馆老板正想用铁链把它拴住时，它突然越过木栅，奔了出去，从此不知去向。

在那个冬天稍晚一些的时候，老雷诺——一个设陷阱的捕猎者和他的可爱的小女儿尼内特来到了这里，他们住在河边的一间木屋里。他对吉姆的事情一无所知。但他发现一件事，这件事让他很疑惑，那就是在圣伯尼菲斯教堂和嘉瑞城堡之间的河的两岸有狼的足迹。对此，他充满了兴趣，他怀疑那只狼是否就是哈德逊湾公司的人讲过的那只狼。据说它就住在这个地区，甚至晚上也会到镇上来溜达，他把这些信息和教堂附近的森林联系了起来。

那年的平安夜，像吉姆出殡那天的情形一样，教会的钟声又当当地响了，与此同时，从遥远的森林那边，传来了一阵狼的悲切嗥声。于是，雷诺确认了他的推测。他能区别狼的求助声，狼唱的情歌，狼孤独痛苦的悲号，还有狼战斗时的怒吼。而这一次，他听到的是痛苦和落寞。

雷诺来到河边，模仿狼的声音作了一个回应。于是，一个模糊的影子从树林里走出来，穿过结了厚冰的河流，来到雷诺的附近。雷诺静静地坐在一根原木上，如同自己也是一根原木。狼绕着他转了一圈，又嗅了嗅他的气味儿，然后两眼放光，愤怒地咆哮了一声，消失在黑夜里。

这样，雷诺真的确认了。不久，镇上的人都知道了，有一只大灰狼生活在他们的周围，在街道上逡巡。

"那只狼比过去饲养在酒馆的那只还要大三倍呢！"它令镇上的人十分恐惧，因为无论在什么情况下，它都可以轻而易举地咬死那些狗。还有人说，虽然没有核实过，但是据说它已经吃掉了好几只出去狂欢的狗了。

它，就是我在那年冬天看到的那只威尼派克狼。当时，我看到好多好多的狗一起围攻它，真害怕它会抵不住它们的攻击，还曾兴起下车搭救它的念头！不过，后来事实证明，我的忧虑是多余的，虽然我不知道当时那场战斗是怎样结束的，但我知道后来人们又见过它很多次，而那些曾经包围它、攻击它的狗，却有好几只再也没有出现过。

威尼派克狼就是这样过着跟其他的狼完全不一样的生活。它放弃了森林、平原，每天逡巡在人烟稠密的镇上，过着危机四伏的生活——每个星期，它都要突围逃亡好几次；每天都有想不到的危险发生；有时候甚至要在木板路的岔路口下面紧急避难。它每天都要投入到战斗中，因为它憎恨人类，蔑视狗。假如它发现只有一只狗，或者是数目不多，它就会毫不留情地将狗咬死；它经常攻击醉酒的人；看到带枪的人，它会立刻躲起来；它熟悉各种陷阱和毒饵；它能分辨各种人类无法辨认的东西；它总是从陷阱下逃脱，对于它而言，那不算什么。

它非常熟悉威尼派克的每一条街、每一条巷。镇上的警察常常看到它像魔影般在黎明的街道上穿梭。无论是哪一只狗，只要闻出这只狼躲在附近，都会恐惧得浑身发抖。对于狼来说，世界上所有的人畜，都是它的敌人，它要与所有的人战斗。可是，除了这些让人觉得夸张和不实的传闻外，我还发现了一个令人感动的现象——它从来没有伤害过任何一个小孩子。

5

尼内特今年十六岁，是一个出生在沙漠地区的女孩，长得很漂亮，就像她那具有印第安血统的母亲一样。她的眼睛有点灰色，像她父亲。她很听父亲的话，是个极好的孩子。以她的条件，配得上村子里最有钱、最可靠的年轻人，可是，不知怎的，她偏偏喜欢上了保罗。因为这个家伙长得英俊，而且会拉小提琴，每个宴会上总少不了他的小提琴演奏。不过，他还是个没用的酒鬼，还有人说，其实他在加拿大南部有一个妻子。

有一天，保罗来拜访尼内特的父亲，希望老人家能尽早让他与尼内特结婚。可是，他遭到了拒绝。可这样也没有用，尼内特不愿意与自己的情人分开，甚至为此违背父亲的话。有一天，她为了和保罗约会，去了河对岸的森林。尼内特是个虔诚的基督教徒，经常到教堂去，这次也说去教堂，父亲便允许了。尼内特穿过白雪覆盖的树林。不知不觉，后面跟上来一条灰色的大狗。它对尼内特表现出很亲热的样子，因此她也不感到害怕。等她到达约会的地方时，保罗已经在那里了。那只大灰狗走上前去，喉咙里发出咕噜咕噜的声音。保罗一眼就认出，那正是一只大灰狼。他怕得要命，慌忙逃走了。当然，后来他告诉别人，自己回去拿枪了。不过，他肯定是忘记了枪的位置，因为他爬上了离自己最近的一棵树。而这时，尼内特跑回去找到保罗的朋友，告诉他们保罗遇到了危险。保罗在树上，什么武器也没有，就只好把小刀系在一根树枝上，当成长矛。然后瞄准树下的狼，扔了出去。小刀刺伤了灰狼的头，它咆哮起来。但是，它并没有往前走，而是与树上的那个人保持着距离，它要等着他下来。不一会儿，保罗的朋友们赶到了，狼这才不情愿地离开了。

尼内特仍然深爱着他，而尼内特的父亲仍然不同意他们在一起。他们绝望了，决定等保罗从亚历山大港口回来以后就私奔。保罗去亚历山大港口为公司办事，他负责驾驶狗拉的车。拉车的三条狗是个头很大的爱斯基摩狗，健壮而脾气暴躁。保罗的工作就是把一些包裹用车运到亚历山大港。保罗是一个驾狗拉车的好手，因为他对于用鞭子抽打这些狗毫不在乎。早晨，他喝了几口酒，精神百倍地出发了。当车经过尼内特家旁边时，尼内特在大门旁挥手送别保罗。从此以后，人们再也没看过他的踪影。

当天晚上，那群拉雪橇的狗，狼狈不堪地回到运输公司，它们的身上血迹斑斑，而且到处都是被鞭打的伤痕，但是，它们看起来却饱饱的。

人们循着狗的脚印追踪下去，想看个究竟。只见货物散落在离河旁大约一英里的地方，距离货物不远处，还有许多衣服的碎片，那是保罗的衣服。

事情已经很清楚了，那些狗在途中咬死了保罗，并把他吃掉了。

猎狗的主人不相信，他觉得自己的狗不会将人咬死并吃掉。狗的主人立刻同尼内特的父亲猎人雷诺一起去那个地方察看。

在距离保罗出事地点不到三英里的地方，雷诺发现了一条很深的雪橇的痕迹，从东向西横穿过河面。沿着这个痕迹，雷诺从河东岸向东至少走了一英里。他一边走一边留意那些狗行走和奔跑的脚印，他告诉猎狗的主人："有一只大灰狼一直跟在雪橇的后面。"

然后，他们又沿着痕迹走到西岸。在离基度南林大约两英里的地方，狼好像停下了，走到了有雪橇痕迹的地方，然后绕着那个痕迹走了几步，就回到森林里了。

"保罗一定是把包裹或者是什么东西掉在这里了，那只狼就闻着气味跟了上来，它知道他就是那个刺伤它头的人，因此一直跟着。"

狼追着雪橇跑了大约一英里。这时，在后面赶着雪橇的人的脚印，到这里也消失不见了。保罗一定是发现狼从后面追踪过来，才坐上雪橇，迅速向前逃跑的。他们又发现了甩掉货物的痕迹，据推测，可能是保罗想抛弃货物以减轻重量，好让雪橇能够更快速地逃离，所以，雪地上才散落了这么多东西。他们也看到狗受到保罗的鞭打，拼命跑而留下的痕迹。不久，又在雪地上发现了保罗的刀子，看起来一定是他想跟狼搏斗，不小心掉落的。可是，奇怪的是，雪橇仍然继续向前奔行，但是狼的脚印却不见了。肯定是狼跳到雪橇上了。当时那些狗因为恐惧而跑得更快。它们不知道身后的雪橇上，一场激烈的搏斗正在进行。不过，战斗一会儿就结束了。保罗跟狼一起从雪橇上滚落下来。后来，狼的脚印又出现了，它朝着东边的森林走了，而雪橇却冲向了西边，走了半英里以后，才绊到树根上，彻底散架了。

通过地上的痕迹，雷诺发现，狗被缰绳缠住了，它们互相帮助咬断了套在身上的绳子，一只只都往家里跑，在路过保罗的尸体时，把他吃掉了。

毫无疑问，做这件事情的就是威尼派克狼。雷诺终于松了口气："那只狼从保罗那里拯救了我的女儿，它对我女儿可真好。"

6

因为这件事情，镇上开始发动大规模的猎捕威尼派克狼的行动，日子就定在圣诞节那天。此时，离吉姆去世正好两年。

人们动员了所有的狗，有爱斯基摩犬、丹麦狗、牧羊犬和来自镇子各个不同角落的狗。它们都背负着追捕威尼派克狼的任务。上午，他们出发到镇子东边的森林里搜寻，找了半天，毫无收获。后来，有人打电话来说，有人在西边的森林里看到了那只狼。狗与人们一起朝那里进发，一个钟头之后，这一队浩浩荡荡的猎捕人马，沿着威尼派克狼的新脚印，呐喊着追了上去。

大队人马一直前进。先锋队是大群的狗，接着是骑着马、穿着五颜六色衣服的猎人。马队的后面，还有一群步行的男人和小孩。威尼派克狼对狗并不害怕，但它知道拿枪的人是非常可怕而危险的。于是，它向着森林一直跑过去。这时，骑在马上的猎人已穿过宽广的平原，在它还没有跑进森林之前，就挡住了去路，使它不得不向后折回。猎人已经向它开枪了，子弹不停地在它身边飞过，它一边躲闪子弹，一边沿着低洼地带跑去，不久便穿过铁丝网，甩掉了那些猎人。不过，它也只能呆在洼地里，因为只有那里可以躲避子弹。这时，大群的狗已经朝威尼派克狼逼近。现在，它必须单独抵挡四五十只狗，但它毫不畏怯。大群的狗已经把它团团围住，却没有一只敢逼近它，只有一只瘦瘦的猎狗凭着它的脚力，跟狼并肩跑在一起，但立刻就被狼狠狠地咬了一口而倒下去。那些骑在马背上的猎人，看到狗跟狼混在一起，只得远远地围住它们。这里离镇上很近，更多的人和狗跑出来，加入战斗。

威尼派克狼往屠宰场跑去，这是它以前经常去的地方。猎人们被迫停止射击，因为这里离住宅太近，还有很多的人和狗，如果开枪，可能会发生意外。这时，人们已经离狼越来越近了，完全可以把它包围起来。

狼知道事到如今，已经没有退路了，现在它只希望在死之前，能够轰轰烈烈地作一次英勇的战斗。这是第一次，也是最后一次，在白天，威尼派克狼出现在猎人的面前。

7

三年来，威尼派克狼每天都在战斗，那是一段很长很长的艰苦岁月。现在，它孤独地面对着大敌——围绕在它周围的数十只狗和许多带枪的猎人。但它仍跟以前一样，毫无惧色。它的嘴唇往上翘起，露出锐利的牙齿，结实浑厚的腹部微微抽动着，黄绿色的眼睛闪闪发亮。狗群开始向它逼近了。镇上的虎头犬冲在前头，好多好多狗跟在后头。它们一步步紧逼，混战很快就开始了，嘶咬声不断响起，狼、狗混在一起，哪是狼哪是狗都分不清楚。不久，狗的叫声突然停下来，只听到一阵低低的呻吟。威尼派克狼露出红红的嘴巴，“啪!”的一声跳离狗群，在外围矗立不动，看起来好像是勇猛、凶狠的山贼。大群的狗三度袭击它，都被它击退了。它的周围横卧着那些最勇敢的狗，而最先被咬死的，就是那只虎头犬。狗群开始畏怯地往后退；相反，威尼派克狼仍然昂首阔步、不可一世的模样。一会儿，威尼派克狼好像等得不耐烦了似的，往前走了几步，这正好让猎人有机会开枪。它身中三枪，倒在了雪地上，结束了它战斗的一生。

威尼派克狼离开酒馆以后，它总是喜欢什么就做什么，过着任性又自由的生活，只可惜，它的生命太短暂了。在这种不安定的岁月中，它选择了自己喜欢的生活方式，并且勇敢地坚持下去。它选择了一口喝完生命的酒，并且潇洒地打碎酒杯——但是在它死了以后，它的名字却永远为人铭记。

有人能了解威尼派克狼的内心吗？为什么它要选择那样的生活方式呢？它为什么要坚持生活在这样一个充满危险的地方呢？它不可能不知道还有别的地方可以生活。大地一望无际，随便哪里都可以找到能充饥果腹的食物，它为什么会眷恋人类居住的城镇？难道是为了等着报仇？不，任何动物都不会为了报仇而轻易拿自己的生命开玩笑。只有人类，才会有这种愚蠢的念头。野生动物所追求的，只是能够平安度日而已。

那么，真正使威尼派克狼对这城镇恋恋不舍的是什么呢？我们能够想象出来的答案就是——对吉姆的爱。

威尼派克狼死了以后，它的尸体被做成标本，留存在镇上的一所中学里。后来那所中学发生火灾，关于威尼派克狼的遗迹便一点也没有了。不过，直到现在，每年的圣诞节，当教堂的钟声敲响的时候，牧师们都说自己能听到令人毛骨悚然的悲哀的狼嗥声，就从离教堂不到百码的树林深处的墓地中传来，那里是吉姆的墓地，他是这个世界上唯一给过威尼派克狼爱的人。

小黄狗乌利

　　乌利是一条矮小的黄狗。黄狗并不一定等同于黄颜色的狗。它不只是犬科动物，毛细血管的覆盖物含有高度的黄色色素，它也是所有杂种狗中混血程度最高的一种，和所有的狗都有一些血缘关系，和所有狗的品种都有交集。人们一般不把黄狗算为一个品种，但不可否认的是它们是比任何品种，包括那些贵族亲属更古老更优良的品种，因为它是大自然企图恢复所有狗的老祖宗——豺的古老血脉的尝试。

　　的确，豺的学名意思就是"黄色的狗"。这种动物的很多特点可以从它已经驯化了的后代身上看出来。这种平凡的杂种狗非常机灵，身体敏捷强壮，比它的任何一门"纯种"亲戚更具备真正的生存斗争的条件。

　　打个比方，假如我们把一条黄狗、一条灵缇犬，还有一条斗牛犬同时扔在一个荒无人烟的小岛上，那么六个月后，哪一条小狗能生存下来呢？毫无疑问，肯定是平时不起眼的黄毛杂种狗。它没有灵缇犬跑得快，但是它不会得病，既不会得肺结核也不会得皮肤病；它没有斗牛犬有力量，也缺少视死如归的勇气，但是它了解很多生存的常识，这些常识要比力量和勇气更有用。在与命运抗争的过程中，健康和才智是它具有的可贵条件。当狗的世界不是由人类来管理的时候，这种黄毛杂种狗总是能脱颖而出，成为唯一胜利的幸存者。

　　有时候，这种豺的返祖遗传显得更为完全，所以，如果一只黄狗有一对特别敏锐的竖起的耳朵，那你一定得对它特别小心，因为这种黄狗既狡诈又勇猛，能够像狼一样撕咬。另外，在黄狗的天性中，有一种奇特的野性。虽然黄狗有一些比较好的品质，能够让人类喜爱它们，可是如果长期遭受虐待或者是处于逆境的情况下，它的这种野性就会发展成致命的叛逆行为。

1

在切威俄特山区，小乌利出生了。在刚刚出生的这窝狗中，只有两只狗活了下来，一只是它，另一只是它的弟弟，这是因为它的弟弟长得像当地一只最出色的狗，而乌利自己则是一只漂亮的小黄狗。

乌利小时候过的是牧羊犬的生活，它的伙伴是一只经验丰富的柯利牧羊犬，这只狗也是它的训练师，当然也少不了一个老羊倌。乌利的智力绝不亚于他们。两岁的时候，乌利的身体完全发育成熟，也学完了关于牧羊的所有课程。对于那些羊，从壮年的羊到正在吃奶的小羔羊，它都了如指掌。而它的主人——老罗宾对它的能力也非常信赖。他竟然放心把乌利独自留在山里，管理那些毛茸茸的笨蛋，而自己经常整晚泡在酒馆里。它受过良好的训练，不论从哪一方面来讲，它都是一条聪明能干的小狗。不过乌利从来没有学着去轻视自己的主人，尽管老羊倌浑身都是毛病，对生活的要求也很低，只要求每天能醉生梦死就可以了。尽管他每天都过着萎靡不振的生活，但总的来说，很少虐待乌利，而乌利对他的回报就是夸张的崇拜，那是连这片土地上最伟大最睿智的人都渴望获得的。

乌利从来没有想过，还有谁能比罗宾这个人更了不起。为了挣一周的五个先令，罗宾的全部生命力和脑力都献给了一个并不十分了不起的牛羊贩子，这个牛羊贩子也是乌利真正的主人。

这个时候，这个牛羊贩子正威严地对罗宾下达命令，他让罗宾和乌利把羊群分批赶到约克郡郊外的市场上去。他们一路平安地经过了诺森波兰郡，到达泰银河畔后，羊群被赶到了船上，经过一段海上旅程后，他们在烟雾弥漫的南希尔兹上岸了。

整座城市好像刚从夜间的睡梦中苏醒一样，工厂里的大烟囱喷出滚滚的浓烟，看起来就像神秘的灰色迷雾，天空变得灰暗起来，像雷雨云低悬在街道上空。那群从没见过世面的羊儿以为那些浓烟是暴风雨来临之前的浓雾，在它们脑海中切威俄特的大暴雨来临之前就是这番场景。它们惊慌失措，全然不顾乌利和老羊倌，整整三百七十四只羊乱哄哄地往城市里的四面八方逃散。

此时的罗宾非常头疼，他呆呆地站在那里看着奔逃的羊群，足足站了半分钟才缓过劲儿来，他下达命令："乌利，把它们给我赶回来！"动过了这番脑筋后，罗宾坐了下来，点起他的烟斗，然后取出随身携带的毛线活，开始编织一只已经完成一半的毛线袜子。

　　对于乌利而言，罗宾的命令是神圣不可违抗的。它拼命地往三百七十四个不同的方向跑去，拦截那些惊慌失措的羊，把它们赶到一起，带回到码头附近罗宾的跟前。这个任务十分艰巨，而乌利却非常坚定。罗宾傻傻地注视着整个过程，这时他刚刚织完了袜子尖。

　　经过一番忙碌，乌利确认这些羊一只也没少，老羊倌自己数了数——"三百七十、三百七十一、三百七十二、三百七十三。"

　　"乌利，"罗宾责怪道，"还少一只。"乌利感到非常羞愧，虽然已经筋疲力尽，但还是拖着疲惫的身子跑出去，开始全城搜索那只跑丢的羊。

　　乌利刚离开不久，旁边一个小男孩就向罗宾指出，羊群里一共有三百七十四只羊，一只都不少，全都在这里。罗宾不知道怎么办。主人命令过，要尽快赶到约克郡。可是另一方面，他也知道乌利的自尊心很强，不找到那只羊肯定不会回来，就算去偷，也要再带一只羊才肯回来。类似的事情以前就发生过，还因为这个惹了很多麻烦。罗宾实在不知道如何是好，他知道乌利是只好狗，失去了很可惜，但总得完成主人交给的任务吧，要不这周的五先令就没了。可是假如乌利又偷了一只羊回来凑数，那该怎么办呢？何况在这里人生地不熟的。想来想去，他决定不等乌利了，独自赶着羊群走了。没有人知道他们是怎么去约克郡的，也没有人关心。

　　而这时，乌利已经在城市里的大街小巷来回奔跑了好几英里，可它寻找了一整天，也没有找到那只丢失的羊。到了晚上，乌利又累又饿，它满脸惭愧地偷偷地回到了码头，结果却发现主人罗宾和羊群都不见了。凡是看见乌利的人，都会为它悲伤的样子心碎。乌利一边呜咽着，一边四处乱跑寻找罗宾，它还跳上渡船到了对岸，希望在那里能找到主人。毫无结果后，它又回到了南希尔兹搜索，整整一夜，它都在寻找它那狠心的主人。第二天，乌利继续搜寻，它多次渡河到对岸，再返回来。它观察着过往的每一个人，嗅嗅每个人的气味。乌利聪明得很，不停地在附近的酒馆里搜寻着主人。

新的一天开始了，乌利决定开始系统地搜索，每一个经过码头渡口的人，乌利都要用鼻子嗅一嗅。码头的渡船每天都来回五十趟，每趟差不多一百个人。乌利每次都会跳上渡船，用鼻子嗅，不放过每一双腿。那一天，乌利用自己的办法检查了五千双腿，也就是一万条腿。第二天，第三天，那一周的时间里，它一直都在做着这一件事，达到了废寝忘食的境界。很快，因为肚里空空，又很忧虑，它开始吃不消了。乌利越来越瘦，脾气也越来越暴躁，没人敢碰它。如果有人试图阻止它干每天的嗅腿工作，就会把它激怒，甚至使它拼命。

时间一天天过去了，乌利依然在等待着罗宾的出现，而它的主人却始终没有露面。渐渐地，乌利的忠诚引起了摆渡者的尊敬。他们给乌利提供食物，不让别人欺负他，但乌利对这些不屑一顾，没有人知道它是如何活下来的。后来，它实在饿得受不了了，才接受了摆渡者的食物，而且对那些给他食物的人也友善了一些。乌利对这个世界充满了憎恨，但是，它的心却仍然忠诚于那个微不足道的主人。

十四个月后，我结识了乌利，它仍然在继续着嗅腿的工作。看起来它的气色不错，脸庞上热情洋溢，颈部有一圈洁白的毛，耳朵尖耸，不论走到哪里，都很引人注目。但是，它发现我的腿并不是它主人的，就不再理我了。接下来的十个月里，无论我做出怎样友好的表示，它也不会多看我一眼，唉，看来它对待我就像对待别的陌生人一样，我没能赢得它的信赖，更别说和它进一步沟通了。

整整两年，这条忠实的黄狗一直守候在那个渡口。对于它而言，只有一件事阻挠它回到山里的老家，既不是距离远，也不是担心迷路，只是因为它始终相信罗宾会来找它，它认为它眼里神一样的罗宾让它留在渡口，所以它要留下来。

只要觉得有这个必要，它就会来来回回地渡河。假设一只狗的渡船费用是一个便士，这样算下来，乌利为了寻找它的主人，已经欠了渡船公司好几百英镑了。无论什么时候乌利都不会忘记用它的鼻子去嗅渡船跳板上经过的每一条腿。到目前为止，乌利已经可以称得上一个嗅腿专家了，经它嗅过的腿多达六百万条，不过这都是白费力气。它依旧坚定不移、从不动摇，不过，长时间的紧张和疲劳使乌利的脾气变得越来越坏。

罗宾后来怎么样，我们从来也没听人说过。可是有一天，从渡船上下来一位强壮的牲畜贩子，他大步从跳板上走过，此时，正在例行公事地嗅着这个人的腿的乌利，突然跳了起来，全身毛发倒竖、浑身颤抖，发出了一声低沉的吼叫，它一动不动地盯着那个牲畜贩子。

渡船上的一个工作人员不明白，他向陌生人喊道："喂，伙计，你好像惹怒了我们的狗。你是不是伤了它啊?"

"你这个蠢货，我哪里伤它了! 是它想咬我!"不过，不必解释了。乌利的态度忽然完全变了，它对牲畜贩子撒起娇来，尾巴不停地摇着，这么久以来它还没这么高兴过。

原来，这个牲畜贩子叫多利，是罗宾的老朋友，他手上带着的连指手套，还有脖子上围的羊毛围巾都是出自罗宾之手，而且曾经还是他的部分行头。

乌利认出了主人身上的痕迹，由于对再回到主人身边已经绝望，它索性放弃了自己在渡口的工作，明确表示愿意追随这位带着连指手套的新主人。兴奋的多利把乌利带回了坐落于德贝郡群山之中的家里。在那里，乌利再一次成为了一只牧羊犬，看管着一群羊。

2

孟萨尔谷是德贝郡知名的峡谷之一。"猪哨"是当地唯一的也是最有名的旅馆。旅馆的老板乔格雷托雷克斯是约克郡人，精明能干，身体健壮。他天生是一位拓荒者，而生活却让他成为了一个旅馆老板。他生来又喜欢——好啦，不要紧，在那个地方偷猎的事儿屡见不鲜。

乌利的新家在孟萨尔谷的高地上，正好位于乔家的上面。我到孟萨尔谷去，并不是没有受到上述事实的影响。多利在附近的洼地上种了一些庄稼，家里养了一群羊。乌利现在的工作就是守护这些羊，羊群在吃草的时候，乌利在周围放哨，到了晚上，就把它们带回山谷来。对于一只狗来说，它沉默寡言、全神贯注，经常对着陌生人露出牙齿。但是，它却把自己的羊群照料得非常细心。人们发现，附近农夫家里的羊经常被狐狸和鹰偷走，可是自乌利来了以后，多利家的羊一只也没有丢失。

在这一地区，由于山谷地势的原因，并不适合捕猎狐狸。山脊嶙峋不齐，到处都是一堵堵石头墙，还有悬崖峭壁，骑马的人真是犯愁。岩石缝里有的是藏身之所，所以在这里狐狸没有猖獗倒成了怪事。可是到了一八八一年，一只狡猾的老狐狸出现在了这片肥沃的山谷，就像一只住进了奶酪的老鼠一样，猎人和猎犬都对它无能为力，它嘲笑那些猎人和猎犬以及农夫们的杂种猎狗。

有好几次，它被一群猎犬追逐，但最后，它都是跑进魔鬼洞，让那些猎犬无可奈何。在这个峡谷当中，岩石丛中有很多裂缝，人们不知道这些裂缝有多深多远。这些裂缝就是上面我们提起过的魔鬼洞，一旦跑进这些魔鬼洞，狐狸就安全了。关于狐狸和魔鬼洞在当地有很多传闻。有人说每当快要抓住它的时候，它都能从魔鬼洞逃走，这只狐狸一定会魔法。一次，一条猎犬差点儿就抓住它了，可是奇怪的事情发生了，猎犬居然随后就发了疯。从此以后，那些传闻更加活灵活现了。

魔鬼狐狸继续作恶，大肆破坏，但每一次都能逃脱。最后，它变得和许多老狐狸一样，嗜杀成性。一夜之间，迪格比家里的十只羔羊都被杀死了；第二天夜里，卡罗尔家的羊死了七只；再后来，当地教区牧师家的鸭子无一幸免。于是，这一地区夜夜不得安宁，天天都有很多家禽、羊羔和绵羊被杀，后来甚至连牛犊也不能幸免。

大家认为，这一切都是魔鬼洞老狐狸所为。不过人们对这只狐狸并不了解，只是知道它的体型很大，常常留下很大的脚印。但是，谁也没有真真切切地看见过它，即使最精明的猎人也不例外。还有人注意到一个奇怪的现象，当地最忠实的猎犬——"霹雳"和"铃铛"都不愿意用舌头去舔老狐狸留下的踪迹,连追踪的事都不肯干。

魔鬼狐狸的疯狂行为使皮克猎犬的主人们不敢到这一带去。在乔的倡议下,孟萨尔谷的农夫们达成了统一的意见,只要天一下雪,他们就集结起来,进行全区大搜捕。不必遵守所有的狩猎规则,要采取一切手段,铲除这只丧心病狂的动物。可是,等了很长时间也没有下雪,那位红发绅士依然过着逍遥的日子。尽管它很疯狂,可是并不缺少心计。这只狡猾的狐狸从来不会连续两个晚上到同一个地方去。它从来不在杀死猎物的地方吃东西,也从来不会留下暴露老巢的蛛丝马迹。它夜间的行踪常常是在一片草地上,或者是一段大路上消失了。

有一次,我在路上看到了这只狐狸。那是一个深夜,当时正下着猛烈的暴雨,我走在从贝克威尔到孟萨尔谷的路上。当我刚要绕过斯特德的羊圈时,一道耀眼的闪电从空中横空而来,借着这闪电,我看到了一幕令人惊愕的场景:在离我二十码的地方,蹲着一只体型庞大的狐狸,它一边挑衅般地舔着自己的嘴巴和鼻子,一边恶狠狠地盯着我。这一切我都看到了,不过,也就看到这些而已,原以为自己看错了,也就把这件事忘记了。可是,在第二天早晨,就在斯特德的羊圈里,人们发现了二十具羔羊的尸体,其中三只还是母羔羊,那清楚明白的迹象使人认识到,这桩罪行就是那个臭名昭著的强盗犯下的。

让人惊奇的是,在这一场场的惨剧中,只有多利家的牲畜没有遭难。多利家就在劫难区的中心,离魔鬼洞不到一英里,忠实的乌利证明了自己比其他所有的狗还要能干。每天晚上,它都会把羊群带回来,一只也没有丢过。如果它愿意,那只疯狂的老狐狸会在多利家的农场动手,但乌利比这只狐狸更精明更勇敢,不仅保护了主人的羊群,自己也毫发无损。当地的每个人都对这只狗充满了敬意。遗憾的是,乌利从不和其他人亲近,而现在它的脾气越来越坏了,不然的话它会更受欢迎。乌利只喜欢多利和赫尔达,赫尔达是多利的大女儿,精明能干,负责家里的一切事务,也是乌利的特别监护者。乌利对多利家的其他成员也学会了容忍。可对这个世界之外的东西,不管人还是狗,它好像都非常憎恨。

在上次我和它相遇的时候，我已经领教过了它怪诞的性格。现在我正准备从多利家的房子后面走过，那里正好有一条小路，可以穿过荒野。此时乌利正卧在多利家门前的台阶上。我靠近它时，它就像没看见我似的，起身朝小路上跑了过来，在离我大概十码远的地方横身站住了。它静静地站在那儿，一声不吭地专注地注视着远方，就像一块石头或者说一个雕塑一样。只有那微微耸动的鬃毛表明它是一个活物。我走近它，它仍旧一动不动。我不想惹它，就绕过它继续往前走。可是，乌利忽然离开了原地，带着阴冷的沉默往前跑了二十英尺左右，再次挡在路中间。我又走上前去，想从它的旁边走过去。我的脚刚迈进路旁的草丛里，正要从它的身旁跨过，突然，它一声不响地咬住了我的左脚跟。我赶紧用另一只脚去踢它，它跑开了。我手边没有棍子，于是从地上捡了一块大石头朝它扔去。它向前跳去，石头击中了后腿，它栽进了旁边的沟里。我听见它掉进沟时喉咙里发出一声凶狠的吼叫，随后挣扎着一声不响地从沟里爬起来，一瘸一拐地逃走了。

乌利对周围的世界态度冷漠、凶猛，好像有无穷的仇恨需要发泄。但它对多利家的羊群却一直很呵护。当地流传着很多它解救羊儿的故事。有时候一些羔羊掉到池塘里或者洞窟里，如果不是乌利及时聪明的救助，那些小羔羊早就没命了。还有很多次，乌利把迷路的母山羊带回家。乌利的眼睛非常锐利，它密切注视着飞在羊群上方的鹰，时刻准备着和这些鹰搏斗，保护羊群。

3

十二月下旬，大雪飘然而至，孟萨尔谷的农民们仍旧每天晚上都要向那只疯狂的狐狸缴纳"贡品"。一天夜里，寡妇格尔特家失去了二十只羊。一大早人们都知道了这件事，大家怒不可遏。身材高大的农夫们纷纷背上自己的猎枪，沿着雪地上的脚印出发了。毫无疑问，那个脚印一看就是体型庞大的狐狸留下的。人们下定决心，不把这个杀羊不眨眼的恶棍打死绝不罢休。有一段路，狐狸的脚印非常清晰，一直延伸到河边，不过这时，那个禽兽狡猾的一面就显露出来了。它朝下游斜走了很长一段路，到了水边，然后跳进了还没有结冰的河水中，奇怪的是，河的对岸却没有任何踪迹表明它上岸了。人们搜寻了很久，终于在河的上游四分之一英里的地方找到了一点痕迹。沿着这个线索，人们继续往下找，发现狐狸的踪迹出现在亨利家的高墙上。那里没有积雪，无法提供更进一步的线索。但人们并没有放弃，仍旧耐心地搜索。当循着脚印从光滑的雪地来到大路上时，人们的意见发生了分歧，有人认为狐狸应该往上走了，有人认为狐狸应该下去了。最后乔解决了这个难题。又经过很长一段时间的搜索，猎手们发现痕迹又在一个地方出现了，但有人认为这个脚印比以前他们要找的那个更大。不过看上去应该是同一个脚印。这个脚印离开大路进到羊圈里，却没有伤害这里的牲畜，很快就离开了。这个脚印的制造者踩在一位乡民的脚印上面，一直延伸到莫泽的大路。从那里，那个脚印径直到了多利的农庄。

那天因为下雪，多利家的羊群都在羊圈里没有出去。乌利不必做平时的工作，此时它正躺在一块木板上晒太阳。当它看到猎人们正往这边靠近时，开始凶狠地咆哮起来，然后偷偷地跑到了羊圈周围转来转去。乌利的脚印留在了雪地上，乔走进去看了一眼，顿时惊讶得目瞪口呆，随后，他用手指着那条正在后退的牧羊犬，高声地说道："伙计们，我们失去了踪迹，可是却找到了杀死寡妇格尔特家的羊群的凶手！"

一些人同意乔的判断，但一些人认为这个痕迹当中存有很多疑点，建议回去再检查一遍。这时，多利从屋子里出来了。

"多利，"乔说，"你家的狗昨晚把寡妇格尔特家二十只羊咬死了，真是令人难以置信。依我看，这可不是它第一次作案。"

"你说什么，老兄，你疯了吧。"多利说道，"我的牧羊犬特别爱护羊，怎么可能呢？"

"你要相信我，多利，我们很多人都知道昨天晚上发生的事情。"乔说。

大伙把早上跟踪足迹的情形叙述了一遍，但多利根本听不进去，他太激动了。他说大家是在嫉妒他，想要把乌利从他身边夺走，才想出这样一个阴谋诡计。

"乌利每天晚上都睡在厨房里，从来都不出去，只有牧羊时才放出去。它一年到头都帮我看守着羊群，从来没有出过什么差错。"

显然多利很激动。因为大家的说法是对乌利的污辱。乔和他的同伴们也同样很气愤。这时赫尔达提出了一个好建议，大家都安静下来。

"爸爸，"她说，"我今天晚上睡在厨房，要是乌利出去，我就会知道。如果它没有出去，村子里的羊还是被杀死了，那我们可以证明它是无辜的。"

那天夜里，赫尔达睡在厨房的长沙发上，而乌利则像平时一样睡在桌子底下。夜色越来越浓，乌利变得焦躁不安。它辗转反侧，有一两次还爬起来，伸伸懒腰，看了看赫尔达，又躺下了。午夜两点的时候，乌利好像按捺不住自己的冲动，它又悄悄地爬了起来，望望低矮的窗户，然后又回头看了看沙发上熟睡的女孩。赫尔达静静地躺在那里，呼吸均匀，假装睡得很沉。乌利慢慢地向赫尔达走过去，嗅了嗅，狗鼻子的热气喷在她脸上。赫尔达没有动。乌利又用自己的鼻子轻轻地碰了碰赫尔达，赫尔达还是没动。这时，乌利歪着头，两只尖耳朵高耸着，打量着赫尔达安详的脸，赫尔达还是没有动静，仿佛进入了沉沉的梦乡。于是，乌利悄悄地走到窗前，爬上桌子，把鼻子放在窗闩下面，抬起那个轻便的框架，直到能把一只爪子塞进去为止。然后它又改变了方法，把鼻子贴在窗框下面，把窗框抬高到足以使它溜出去，最后，它让框架轻轻地落在自己的屁股和尾巴上。乌利做这些动作做得非常熟练，看来它经常这样干。然后，乌利消失在茫茫的夜色之中。

赫尔达躺在那里惊异地观望着。她等了一会儿，确信乌利已经走了，便站起身来，想把她的父亲叫过来，但又想，等有了更多的证据再告诉父亲吧。她凝视着漆黑的夜色，看不到一点乌利的踪影。她强打精神，往火堆上加了一些木头，然后躺在沙发上。一个多小时过去了，赫尔达躺在那里，毫无睡意，她的头脑非常清醒，一边想着狗在干什么，一边听着厨房里的动静，任何细微的声响都会引起她的警觉。难道真的是乌利杀死了那些羊吗？真的是它？随后她又想到，乌利对自己家的羊是那么呵护，她感到更加困惑了。

又过了一个小时，赫尔达听到窗户那里传来了一阵细微的声响，她的心紧张得怦怦直跳。先是一阵抓挠声，接着就是窗户开启和关上的声音。很快，乌利回到了厨房，它身后的窗户也关上了。

借着微弱的火光，赫尔达看到乌利的眼睛中闪动着一种陌生而野性的光，它的嘴巴上和胸前全是星星点点的血迹。乌利屏住了呼吸，在一旁仔细地盯着赫尔达。赫尔达仍然是一动不动。于是，乌利开始躺下来，开始舔自己的爪子和口鼻，偶尔还发出一两声低低的吼叫，似乎是在回忆刚才发生的什么事。

赫尔达偷偷地看到了这一切，毫无疑问，乔说得对。而且，赫尔达的脑海里闪现出一个更加可怕的念头，她猛地意识到，那条臭名昭著的魔鬼狐狸就是躺在眼前的乌利，这使赫尔达分外震惊。她猛然站了起来，怒视着乌利，然后惊叫起来："乌利！乌利！原来那一切都是真的，你这个该死的畜生！"

赫尔达充满了愤怒而责备的声音在沉寂的厨房里回荡。乌利好像中了枪一样，畏缩起来。它朝着窗户看了一眼，充满了绝望，那扇窗户已经关上了。乌利的眼睛闪烁着，颈毛竖立起来。但是在赫尔达的注视下，它畏缩着，在地上匍匐着，好像在祈求宽恕。它慢慢地朝赫尔达爬去，好像要去舔她的脚。等乌利离赫尔达非常近的时候，它突然像狂暴的老虎一样跳起来，一声不响地朝赫尔达的喉咙扑过去。

女孩子没有丝毫防备，她本能地把胳膊抬了起来，乌利尖锐的牙齿插进她的肉里，戳着她的骨头。

"救命！救命！爸爸！爸爸！"赫尔达尖声呼救。

幸亏乌利不是很重，赫尔达一下把它推开了。但是，它的意图一目了然：游戏结束了，现在只能拼个你死我活！

"爸爸！爸爸！"赫尔达大声喊着。这时乌利就像一个复仇者，疯狂地咬着赫尔达的手臂，一心要置她于死地，那双手曾经无数次地喂给它食物。

赫尔达拼命挣扎、反抗，但无济于事。乌利很快就要咬到她的喉咙了。正在这千钧一发之际，多利冲进来了。

　　这时，乌利又猛地扑向了多利，还是照样一声不响，令人恐怖，它一次一次地撕咬着多利。突然，嘭的一声，多利拿着柴钩狠狠一砸，打中了乌利的头，它瘫倒在地上。这对乌利来说是一次致命的打击，它在石头地上喘息着，挣扎着，在绝望中，它仍然想站起来，想要顽抗到底。接着，又是猛烈的一击，它的脑浆喷溅在壁炉边上。这么久以来，它在这里一直是忠心耿耿、颇受礼遇的护羊犬。乌利，聪明、勇猛、忠诚而又叛逆的乌利，抽搐了一会儿，然后四脚一蹬，永远地躺下了。